Herman
Melville

Israel Potters Irrfahrten und Abenteuer

Zu diesem Buch

Israel Potter, der Rebell im amerikanischen Unabhängigkeitskrieg, ist am einen Tag ein Glücksprinz, am nächsten ein rechter Pechvogel. Als Kriegsgefangener wird er nach England verschleppt, entwischt, schlägt sich nach Paris durch und wird im Auftrag Benjamin Franklins zum Spion der amerikanischen Befreiung. Er segelt auf dem Schiff des patriotischen Piraten Paul Jones mit, wird in Seeschlachten verwickelt, wieder gefangen, entkommt erneut und lebt bis fast an sein Lebensende in größter Armut in London. Als er zuletzt in seine Heimat zurückkehrt, findet er sein Vaterhaus nicht mehr.

Dieser Abenteuerroman erzählt die Odyssee rund um eine Welt, die sich in Umwälzung befindet. »Israel Potter« ist Melvilles letzter Roman vor seinem großen Schweigen.

Der Autor

Herman Melville (1810–1891) war zunächst Seemann und lebte ab 1863 in New York. Zu seinem Werk gehören unter anderem die Romane »Moby Dick«, »Weißjacke« und »Billy Bud«. In »Israel Potter« fand Melville ein Gleichnis für die Tragödie seines eigenen Lebens.

Herman
Melville

Israel Potters Irrfahrten und Abenteuer

Aus dem Englischen von
Walter Weber

Unionsverlag
Zürich

Die Originalausgabe erschien 1855
bei G. P. Putnam & Co., New York,
und gleichzeitig
bei G. Routledge & Co., London,
unter dem Titel
Israel Potter, His Fifty Years of Exile.

Auf Internet
Aktuelle Informationen
Dokumente über Autorinnen und Autoren
Materialien zu Büchern
www.unionsverlag.ch

Unionsverlag Taschenbuch 175
Übernahme der Übersetzung mit freundlicher Genehmigung
des Manesse Verlags, Zürich.

Rieterstrasse 18, CH-8059 Zürich
Telefon 0041-1 281 14 00, Fax 0041-1 281 14 40

Umschlaggestaltung: Heinz Unternährer, Zürich
Umschlagbild: Claude Monet, »La Tamise et
Le Pont de Westminster«, 1871
Druck und Bindung: Clausen & Bosse, Leck
ISBN 3-293-20175-X

Die äußersten Zahlen geben die aktuelle Auflage
und deren Erscheinungsjahr an:

1 2 3 4 5 - 03 02 01 00

Seiner Hoheit
dem Denkmal von Bunker Hill*
gewidmet

Die Biographie in ihrer reinsten Form, die sich auf das abgeschlossene Leben treuer und tapferer Menschen beschränkt, darf wohl als edelster Lohn der Menschentugend gelten, weil er vollkommen selbstlos gespendet und entgegengenommen wird; denn es kann weder der Darsteller Anerkennung von seinem Helden noch der Held irgendwelchen Gewinn für sich erhoffen von der Auszeichnung, die ihm so zuteil wird.

Israel Potter verdient diesen unseren Dankesdienst wohl. Als vergessener Kämpfer von Bunker Hill wurde er vor Jahren für seine treue Pflichterfüllung zu einer noch tieferen Vergessenheit unter den Erdboden befördert und erhielt, in Ermangelung einer Rente zu seinen Lebzeiten, eine solche nach seinem Tode in Gestalt einer alljährlich im Frühjahr neu hervorsprossenden Moos- und Rasendecke.

Ich wage um so eher dieses Werk Ihrer Hoheit zu Füßen zu legen, als es fast wie ein Neudruck, bloß unter Änderung der Erzählerperson, Israel Potters autobiographische Aufzeichnungen verwendet. Kurz nach seiner Heimkehr als alter, gebrechlicher Mann verkauften Hausierer einen kurzen Bericht über seine Irrfahrten, der unansehnlich auf schäbigem grauem Papier gedruckt war.

Wahrscheinlich stammte er nicht einmal von ihm selbst, sondern von einem anderen, der ihn nach seinen Worten aufgezeichnet haben mag. Aber wie der Krüppel am Himmelstor seine Krückenmale abgeworfen hat, so ist heute dieses vergilbte Dokument vergriffen. Die vorliegende Erzählung verdankt ihre Entstehung einem zerfetzten Exemplar, das die Lumpensammler ganz zufällig retteten. Man mag sie, trotz einiger Erweiterungen und der Beifügung historischer und persönlicher Einzelheiten sowie der einen oder anderen Umstellung des Schauplatzes, zu

*Die mit * bezeichneten Begriffe werden in den Anmerkungen (Seite 241) erklärt.*

Recht für einen verwitterten alten Grabstein halten, der aufgefrischt worden ist.

Im vollen Bewußtsein, daß in den Augen Ihrer Hoheit der Wert meiner Geschichte darin liegen muß, den Hauptzügen der ursprünglichen Erzählung getreulich zu folgen, versagte ich mir überall, das bittere Schicksal meines Helden zu beschönigen, und besonders dem Ende zu durfte ich, obwohl die Versuchung keine geringe war, den Willen der Vorsehung durch keinerlei künstlerische Zugeständnisse an die poetische Gerechtigkeit fälschen, so daß niemand sich über die Düsterkeit der letzten Kapitel mehr beklagen kann als ich.

So ist das Werk und so der Mensch, die ich die Ehre habe, Ihrer Hoheit darzubringen. Daß der hier gepriesene Name nicht in den Bänden von Sparks zu finden ist, mag Anlaß zur Verwunderung sein oder auch nicht. Israel Potter scheint absichtlich gewartet zu haben, bis er sich unter Ihrem hohen Schutz der Öffentlichkeit vorstellen konnte; denn Ihre Hoheit können, entsprechend der obigen Erklärung, im höchsten Sinne als der große Biograph gelten, bewahren Sie doch das Andenken der unbekannten Kämpfer vom 17. Juni 1775, die vielleicht nie einen anderen Sold als den dauerhaften Ihres Granites erhalten haben.*

Ihre Hoheit möge mir verzeihen, wenn ich mir bei dieser verheißungsvollen Gelegenheit gestatte, nur den wärmsten Empfindungen meine herzlichen Glückwünsche anläßlich der Wiederkehr des Jahrestages, den wir feiern, auszudrücken, indem ich Ihrer Hoheit (auch wenn Ihre Hoheit in der Tat etwas vorzeitig grau erscheinen) noch manche Wiederkehr dieses Festtages wünsche. Möge die Sommersonne jedesmal ebenso hell auf Ihre Stirne scheinen, wie der Winterschnee auf dem Grabe von Israel Potter leicht sei.

Ihrer Hoheit
höchst ergebener und treuer
Herausgeber.
17. Juni 1854.

1

Israels Heimat

Wer sich heutzutage damit begnügt, in gutem altem asiatischem Stil zu reisen, weder von einer Lokomotive ungestüm hinterhergezerrt noch von einer Postkutsche verschleppt; wer auf weitverstreuten Gehöften Unterschlupf suchen statt in einem Gasthof seine Rechnung bezahlen will; wer sich durch keinerlei Einsamkeit abschrecken noch auch von den holprigsten Straßen und höchsten Hügeln abhalten läßt; der wird, bereist er den östlichen Teil von Berkshire* (Massachusetts), reichlich Stoff für poetische Betrachtungen finden in der einzigartigen Landschaft, die, infolge der Zerklüftung des Bodens und der Abgelegenheit von allen menschlichen Verkehrsmitteln, dem gewöhnlichen Reisenden fast ebenso unbekannt bleibt wie das Hinterland von Böhmen.

Von der Siedlung Otis nordwärts zieht sich die Landstraße zwanzig bis dreißig Meilen bis nach Windsor, das breit auf dem langgestreckten felsigen Gebirgsausläufer thront, welchen die Grünen Berge von Vermont nach Massachusetts hineinschicken. Fast während der ganzen Strecke hat man die anhaltende Empfindung, man sei auf einer Mondterrasse. Nie hat man das Gefühl, auf einer Ebene oder in einem Tal, kaum das Gefühl, auf der Erde zu sein. Solange man nicht plötzlich von der Straße in eine jähe Schlucht hinabgeführt wird, schreitet man weiter und immer weiter auf den Kämmen oder Halden idyllischer Berge, während in den fernen Niederungen sich wundervoll klar und deutlich das Tal des Housatonic* abzeichnet, das sich endlos zu unseren Füßen ausbreitet. Oft, wenn dein Pferd eine hohe, ebene Strecke, flach wie ein Tisch, erklommen hat und munter über die fast unbenützte, aufgesprungene Straße trabt, während dein staunendes Auge über die weite Landschaft zu deinen Füßen hinschweift, kommst du dir vor wie Bootes*, der über den Himmel steuert. Abgesehen von in weiten Abständen verstreuten Kartoffeläckern, ist das ganze Land entweder mit Wald oder Weidegründen bedeckt. Pferde, Kühe und Schafe sind die hauptsächlichsten Bewohner dieser Berglandschaft. Das ganze Jahr hindurch aber steigen träge Rauchsäulen aus den Tiefen der Wälder empor und verraten so die Anwesenheit jenes Halbächtlings, des Kohlenbrenners, während im Frühjahr zusätzliche Dampfkringel ankünden, daß der Zuckerahorn-Sieder ebenfalls an der Arbeit ist. Landwirtschaft als regelrechtes Auskommen gibt es hier jedoch kaum. Jedenfalls häuft niemand damit Reichtümer an auf diesem dünnen und steinigen Boden, dessen pflügbare Stellen längst ausgenützt sind.

Und doch war das Land zur Zeit der ersten Kolonisten nicht unfruchtbar. Hierher kamen die ursprünglichen Siedler, nach dem wohlbekannten Grundsatz, der sie in der Wahl der Örtlichkeiten leitete und der ihnen anriet, das Hochland der Tiefe vorzuziehen, weil es den gefährlichen Seuchen, die in die reichen Täler und angeschwemmten Gründe unberührter Gebiete einbrachen, weniger ausgesetzt war. Nach und nach jedoch verließen sie den Schutz dieser kargen Höhen, um den Gefahren reicherer, wennschon tieferer Gefilde zu trotzen. Infolgedessen bieten manche von diesen Gebirgssiedlungen heutzutage einen Anblick seltsamer Verlassenheit. Obwohl sie nie etwas anderes als Frieden und Glück sahen, muten sie einen, in einer gewissen Hinsicht wenigstens, an, als ob sie von Seuche und Krieg entvölkert worden wären. Alle paar Meilen ist ein Haus unbewohnt. Die Haltbarkeit des Fachwerks dieser alten Bauten läßt sie lange den Anstürmen des Zerfalls widerstehen. Grau und grün gefleckt vom Wetter, sehen ihre Balken aus, als seien sie in den ursprünglichen Naturzustand zurückgefallen und als dienten sie jetzt dazu, den Anblick der Natur malerischer zu gestalten. Sie sind von außerordentlichem Umfang, verglichen mit modernen Bauernhäusern. Eine Eigentümlichkeit bildet ihr riesiger Schornstein aus hellgrauem Stein, der wie ein Turm aus der Mitte des Daches aufragt.

Rundum sind die Zeichen einstigen Fleißes zu bemerken. Da es in diesen Bergen nirgends an Steinen fehlt, war dieses Material ebenso zur Hand wie Holz, um Zäune herzustellen, und dabei erst noch viel haltbarer. Daher ist das Landschaftsbild nach allen Richtungen hin mit Mauern von ungewöhnlicher Sauberkeit und Stärke abgeteilt.

Noch erstaunlicher als die Anzahl und die Länge dieser Mauern aber ist der Umfang einzelner Blöcke darin. Es sieht aus wie regelrechtes Titanenwerk. Daß eine so kleine Schar, wie die ersten Siedler ohne Zweifel gewesen sein müssen, sich eine derart merkwürdige Mühe gab, einen so undankbaren Boden zu umzäunen; daß sie solch herkulische Leistungen mit so geringen Aussichten auf Belohnung vollbrachten: das ist eine Überlegung, welche uns einen nachdrücklichen Begriff von der Verfassung der Leute in der Revolutionszeit gibt.

So mochte sich als Geburtsort für den glühenden Patrioten Israel Potter kaum ein geeigneteres Land finden.

Heute noch stammen die besten Maurer wie auch die besten Holzhacker aus jenen verlassenen Bergstädten; es ist eine schlanke, athletische Rasse, das Beil meisternd wie der Indianer die Streitaxt, beim Steinewälzen so zäh wie Sisyphus und so stark wie Samson.

An schönen, hellen Junitagen ist der Blütenflor dieser Berge über alle Beschreibung entzückend. Wenn der Frühling zuletzt diese Höhen erreicht hat, streut er, wie der Sonnenuntergang, ehe er schwindet, seine süßesten Reize darüber aus. Jedes Büschel Hochlandgras verbreitet wie ein Blumenstrauß Wohlgeruch. Der würzige Windhauch schwingt hin und her wie der Duft aus einem Weihrauchfaß. Nach der einen Seite hin folgt das Auge wie auf Adlerhöhen den geschwungenen Bergketten südwärts vom großen Purpurdom des Taconic* – dem St.-Peters-Dom unter den Hügeln – nordwärts zu den Zwillingsgipfeln von Saddleback, der natürlichen zweitürmigen Kathedrale von Berkshire. Tief unten aber, nach Westen zu, windet der Housatonic sich durch sein Wasserlabyrinth über entzückende

Wiesen, die sich im Lichte baden, das die Hügelhalden widerstrahlen.

In dieser Jahreszeit belebt die Pracht aller umgebenden Dinge die Einsamkeit deines Pfades. Du würdest dir nicht mehr Siedlungen wünschen, auch wenn du könntest. Glücklich, solchen Liebreiz durch alle Sinne einzuschlürfen, begehrt das Herz keinen anderen Gefährten als die Natur.

Wie stürmisch entzückt schaust du jenen stolzen Adler über einem mächtigen Bergkessel schweben oder gemächlich in unendlicher Höhe über dem tief versunkenen Housatonic-Tale hintreiben! In unvergleichlichem Hochsinn blickt er auf Ebene und Gebirge herab. Oder du siehst einen Habicht sich von einem Felszahn schwingen, wie einst ein Ritter am Rhein von seiner gezinnten Burg, und herniederschießen zum Fluß nach der Beute. Vielleicht auch, während der raufsüchtige Vogel träge im Scheitelpunkt des Himmels kreist, wird er plötzlich von einer Krähe angefallen, die mit zäher Kühnheit auf ihn loshackt und ihn schließlich, trotz all seines Heldenmutes, in seinen Felsenhorst zurücktreibt. Der Räuber, den sonst nichts abschreckt, muß schließlich auf seinem stolzesten Höhenflug dem dunklen Bilde des Todes erliegen. – Doch fehlt es auch nicht an vielen kleineren und weniger bekannten Vögeln, die, wenn auch nicht die Großartigkeit, so doch die Schönheit der Landschaft wesentlich erhöhen.

Die Goldamsel flattert wie eine beschwingte Narzisse hin und her; wie Knäuel von Veilchen tummeln sich die Blaufinken haufenweise auf den Grashalmen, während das Rotkehlchen, von der Wiese zum Hain huschend, wie ein Brandstifter die Fackel an die Bäume setzt. Und währenddessen erschallt die Luft von ihren Liedern, und deine eigene Seele jubelt im allgemeinen Jubel mit. Wie ein Fremdling in einem Orchester kannst du nicht umhin, selber zu singen, da alles rundum solche Lobgesänge anstimmt.

Im Herbst aber kehren diese frohen Nordländer, die Vögel, zurück zu ihren südlichen Pflanzungen. Die Berge bleiben rauh und kahl. Der Wanderer wird an gefährlichen Stellen von dichten Nebelmassen umlagert. Einen Augenblick gelangt er in durchsichtigere Luft, und während er an einem grauen, vereinsamten Haus vorübereilt, sieht er deutlich die luftigen Dämpfe an der traurigen Türschwelle vorüberwallen, so wie man von der Ebene aus beobachten kann, wie sie um die Zinnen ferner, einsamer Gipfel brauen. Oder er steigt von seinem scheugewordenen Pferd und führt es eine finstere Bergschlucht hinunter, wo der Weg inmitten grausiger Felsen steil abfällt, um ebenso steil wieder anzusteigen; und wenn er vorsichtig, von der drohenden Landschaft mit Grauen erfüllt, seinen Weg sucht, sieht er ein geisterhaftes Etwas durch den Nebel am Weg vor ihm aufragen; und wenn er seine Schritte darauf zulenkt, erblickt er einen rauhen, weißen Felsblock, plump beschriftet, um die Stelle zu bezeichnen, wo vor etwa fünfzig bis sechzig Jahren irgendein Bauer mit seinem Holz stürzte und unter seiner Ladung umkam.

Im Winter ist diese Gegend durch den Schnee blockiert. Ungangbar und unbefahrbar sind diese wilden, selten benützten Wege, die im August von hohem Gras überwuchert sind, im Dezember mit weißem Vlies bedeckt, daß man bis zur Achselhöhle einsinkt. Als ob ein Meer zwischen Mensch und Mensch rollte, so ist oft jede Verbindung wochenlang unterbrochen.

So sieht heute die Gegend aus, die unseren Helden zur Welt brachte, der von seinen strengen puritanischen Eltern prophetisch Israel getauft worden war: denn während mehr als vierzig Jahren wanderte der arme Potter durch die wilden Wüsten des tiefsten Ungemachs und Elends dieser Welt.

Wie wenig ahnte er wohl in seiner Jugend, wenn er hinter seines Vaters Viehherde inmitten dieser Neuengland-Hügel herjagte, daß er selber als flüchtiger Rebell wie ein wildes Tier durch halb England gehetzt werden sollte. Oder wie hätte er sich träumen lassen, wenn er in die Herbstdämpfe dieser Berge gehüllt war, daß schlimmere Wirrnisse seiner warteten, dreitausend Meilen überm Meer, auf seinen Wanderungen im Kohlennebel von London. So aber war es ihm vorbestimmt. Dieser kleine Junge auf den Hügeln, geboren im Angesicht des glitzernden Housatonic, sollte den größten Teil seines Lebens als Häftling oder als Armenhäusler an den schmutzigen Ufern der Themse dahinschmachten.

2

Israels Jugendabenteuer

Mit etwas Phantasie kann man sich die Jugend Israels in der ländlichen Umgebung leicht ausmalen. So wollen wir sofort zu einer reiferen Lebensstufe vorschreiten.

Es scheint, als ob er seine Irrfahrten recht früh begonnen habe; außerdem löste er sich, wie Israel vorzeiten das Joch seiner Könige abschüttelte, aus ebenso verzeihlichen Gründen von seinem Herrn und Vater. Er genoß die Liebe seiner Angehörigen, bis er mit achtzehn Jahren eine Neigung zu der Nachbarstochter faßte, die von seinem Vater aus irgendeinem Grunde nicht für eine schickliche Lebensgefährtin erachtet wurde. Er erhielt einen strengen Verweis; es wurde ihm untersagt, seine Besuche fortzusetzen, und, falls er nicht nachgebe, angedroht, mit Schimpf und Schande verjagt zu werden. Da das Mädchen nicht nur sehr schön war, sondern auch liebenswürdig – obwohl, wie man noch sehen wird, eher schwach – und ihre Familie wohl arm, aber doch so ehrenwert wie jede andere, hielt Israel seines Vaters Weigerung für ungerechtfertigt und tyrannisch, besonders als sich herausstellte, daß dieser heimlich Maßnahmen getroffen hatte, seines Sohnes Absichten mit Hilfe der Verwandten zu durchkreuzen, wenn nicht gar mit dem Mädchen selber, um so unüberwindliche Hindernisse vor eine mögliche Heirat zu legen. Es war aber gar nicht Israels Absicht gewesen, das Mädchen sofort zu heiraten, sondern erst später, wenn dieser Schritt sich als vernünftig und klug erweisen würde. Daher faßte der Junge in der Verzweiflung, von seinem Vater tyrannisiert und von seiner Geliebten bitter enttäuscht, den Entschluß, beiden den Rücken zu kehren, um ein anderes Heim und andere Freunde zu suchen.

An einem Sonntag, als seine Angehörigen zum Gottesdienst in ein nahes Gehöft gegangen waren, packte er soviel von seinen

Kleidern zusammen, als in einem Halstuch Platz hatte, und versteckte es in einem kleinen Gehölz hinter dem Hause. Dann kehrte er zurück und blieb bis neun Uhr abends daheim, als er unter dem Vorwand, zu Bett zu gehen, durch die Hintertüre verschwand und dem Walde zustrebte, um sein Bündel zu holen.

Es war eine gewitterschwüle Julinacht, und damit er am nächsten Tage um so ruhiger reisen könne, streckte er sich unter einer Kiefer aus und schlief bis vor Tagesanbruch. Als er erwachte, hörte er das leise, prophetische Seufzen der Kiefer, worin der erste Morgenwind rauschte. Wie die Nadeln dieses immergrünen Gewächses, so bebten die Fibern seines Herzens in ihm. Aber da dachte er an die Gewaltherrschaft seines Vaters und an die anscheinende Treulosigkeit seiner Geliebten, und sein Bündel schulternd, erhob er sich und schritt weiter.

Er hatte die Absicht, die neuerschlossenen Gebiete nördlich und westlich zwischen den holländischen Siedlungen am Hudson* und den Yankee-Niederlassungen am Housatonic zu erreichen. Dies tat er hauptsächlich, um alle Nachforschungen zu verunmöglichen. Aus demselben Grunde mied er für die ersten zehn bis zwölf Meilen die offenen Landstraßen und schlug sich durch die Wälder; denn er wußte wohl, daß er bald vermißt und verfolgt werden würde.

Er kam wohlbehalten an Ort und Stelle an, verdingte sich einen Monat lang für die Ernte bei einem Farmer und wechselte dann vom Hudson hinüber nach Connecticut*. Als er hier auf einen Glücksritter stieß, der die unbekannten Gebiete rund um die Quellgewässer dieses Flusses besuchen wollte, fuhr er mit ihm meilenweit in einem Kahn stromaufwärts, halb rudernd, halb treidelnd. Auch hier verdingte er sich drei Monate lang, worauf er als Entlohnung zweihundert Morgen Land in New Hampshire erhielt. Der Boden war nicht nur deshalb so billig, weil die Gegend Neuland, sondern weil damit allerlei Gefahr verknüpft war. Denn es war nicht nur eine von gefährlichen Tieren wimmelnde Wildnis, sondern die weit verstreuten Bewohner waren in ständiger Angst, in einem unbewachten Augenblick von den kanadischen Wilden umgebracht oder gefangengenommen zu werden. Diese hatten seit dem Krieg mit Frankreich jede Gelegenheit wahrgenommen, Raubeinfälle über die unbeschützte Grenze zu unternehmen.

Da sich sein Arbeitgeber hinsichtlich dieses Bodens als vertragsbrüchig erwies und es im Land kein Gesetz gab, um ihn zur Rechenschaft zu ziehen, mußte Israel – der trotz seiner Tapferkeit, ja zur Not sogar Tollkühnheit, in gar manchen Zeiten seines Lebens eine einzigartige Geduld und Sanftmut an den Tag gelegt zu haben scheint – sich nach anderen Möglichkeiten des Lebensunterhalts umsehen, als selber eine Farm in der Wildnis zu gründen. Eine Gruppe königlicher Feldmesser nahm eben zu jener Zeit die unbesiedelten Gebiete längs des Connecticutflusses bis zur Quelle auf. Zu fünfzehn Shilling im Monat verdingte er sich als Hilfsfeldmesser bei diesen Leuten, kaum ahnend, daß der Tag kommen werde, da er des Königs Kerker in Ketten messen würde, genau wie er sie hier als freier Waldmesser nachschleppte. Es war mitten im Winter; das Land wurde in Schneeschuhen abgeschritten. Bei Einbruch der Nacht steckten die Leute mit Zweigen trockener Schierlingstannen ein Feuer an, schlugen eine Hütte auf, aßen und streckten sich zum Schlafe aus.

Als er endlich seinen Lohn erhielt, kaufte Israel ein Gewehr und Schießbedarf und wurde Jäger. Rotwild und Biber gab es im Überfluß. Nach zwei bis drei Monaten konnte er viele Felle vorweisen. Ich glaube kaum, daß er sich bewußt wurde, wie er sich derart zum Schützen auf menschliches Wild heranschulte. In dieser Weise aber wurden die prächtigen Schützen, welche solche Fertigkeit an den Tag legten, herangeschult: jene Jäger-Soldaten, welchen Putnam* befahl, sie sollten nicht vorher schießen, als bis sie das Weiße in den Augen der Feinde sahen.

Mit dem Ertrag der Jagd erstand er etwa hundert Morgen Land etwas weiter flußabwärts nach den dichter besiedelten Teilen zu, baute sich eine Blockhütte und rodete im Verlauf von zwei Sommern dreißig Morgen für die Aussaat. In der Winterzeit jagte er und stellte Fallen. Am Ende der zwei Jahre verkaufte er sein Land, das jetzt viel wertvoller war, wieder an den früheren Besitzer mit einem Gewinn von fünfzig Pfund Sterling. Er schickte Bargeld und Felle nach Charlestown * am Connecticut (zuweilen Nummer vier genannt), wo er sie gegen Indianerdecken, Farbstoffe und andere vorzeigbare Artikel tauschte, welche sich für den Handel mit Wilden eigneten. Es war wieder Winter geworden. So lud er seine Habseligkeiten auf einen Handschlitten, zog als Hausierer in die Wildnis hinaus gegen die kanadische Grenze zu und übernachtete statt in Landhäusern in Wigwams.

Man mag sich vorstellen, wie Israel mit derselben Selbstverständlichkeit, mit der Dienstmänner ihre Karre über das Straßenpflaster rollen, im Sommer eine Schubkarre gestoßen und seinen Plunder durch die Urwälder geschoben hätte. Auf diese Weise wurde das unerschütterliche Selbstvertrauen und Freiheitsbedürfnis, das unseren Ahnen die nationale Unabhängigkeit brachte, eingepflanzt.

Dieser Abstecher nach Kanada erwies sich als höchst ertragreich. Israel setzte sein Flitterzeug sehr vorteilhaft ab, indem er dafür kostbare Felle und Pelze entsprechend billig eintauschte. Bei seiner Rückkehr nach Charlestown verkaufte er sein erworbenes Gut wieder mit einem schönen Gewinn. Und jetzt beschloß er, mit leichtem Herzen und gewichtigem Geldbeutel sein Liebchen und seine Eltern wieder aufzusuchen, von denen er drei Jahre lang nichts mehr gehört hatte.

Man war nicht weniger erstaunt als entzückt, als er wieder auftauchte, da man ihn bereits zu den Toten gerechnet hatte. Seine Geliebte schien aber noch immer seltsam spröde, zwar bereit und doch irgendwie geheimnisvoll zurückhaltend. Das alte Ränkespiel war immer noch im Gang. Israel entdeckte bald, daß sein Vater, obwohl er sich über die Rückkehr seines verlorenen Sohnes – so nannten ihn manche – freute, weiterhin unerbittlich gegen diese Heirat war und fortfuhr, seine Werbung auf unerklärliche Weise zu hintertreiben. Wehen Herzens fügte er sich sanftmütig in sein vermeintliches Mißgeschick. Und da er für sich selbst Gefahren kaltblütiger ins Auge schaute, als wenn er andere dadurch mit gefährdete, daß er auf seine Rechte pochte (denn er war jetzt einundzwanzig), beschloß er, sich noch einmal zurückzuziehen und seine blauen Hügel gegen die noch blaueren Wellen zu vertauschen.

Die Einsiedelei im Wald ist die Zufluchtsstätte des engherzigen Menschenhasses; die Hängematte auf dem Ozean ist die Freistatt des edlen Kummers. Der Ozean ist voll bis zum Rande von natürlichem Kummer und Unheil, und in dieser feuchten Unendlichkeit des Schreckens verliert sich des Menschen persönlicher Gram wie ein Tropfen.

So wanderte Israel auf Schusters Rappen nach Providence*, in Rhode Island, ging an Bord einer Schaluppe, die mit Kalk nach Westindien fahren sollte. Am zehnten Tag auf hoher See fing das Schiff Feuer, da das Wasser mit dem Kalk in Berührung geraten war. Die Flammen konnten nicht gelöscht werden. Das Boot wurde ausgesetzt; da es aber so lange an der Sonne gelegen hatte, mußte es ständig ausgeschöpft werden, damit es flott blieb. Sie hatten gerade Zeit, ein Viertelfaß Butter und ein zehn Gallonen fassendes Tönnchen mit Trinkwasser an Bord zu nehmen. So übergab sich die acht Mann starke Besatzung den Wogen in einem lecken Gefährt, viele Meilen vom Land entfernt. Wie das Boot unter dem brennenden Bugspriet durchschoß, fischte Israel ein Bruchstück des Außenklüvers auf, dessen Segel auf das Stag heruntergefallen war, weil das Tau, das es hißte, an Deck verkohlt war. Rauchgeschwärzt und mit angebranntem Saume half ihnen dieses Stücklein Segeltuch tüchtig vorwärts. Die Vorsehung fügte es, daß sie am folgenden Tag von einem holländischen Schiff aufgefischt wurden, das von Eustatia* nach Holland fuhr. Die Schiffbrüchigen wurden gastfreundlich aufgenommen und mit allem Notwendigen ausgerüstet. Nach einer Woche, als der unschuldige Israel im Großmars saß und eben darüber nachsann, wie es ihm wohl in Holland ergehen werde, und neugierig war, ob es ein unbewohntes, wildes Land sei und ob man dort Rotwild jage oder Biberfallen stelle, sieh!, da kam auf einmal eine amerikanische Brigg, die von Piscataqua* nach Antigua fuhr, in Sicht. Die Amerikaner nahmen sie an Bord und brachten sie wohlbehalten in ihren Heimathafen. Dort schiffte sich Israel nach Porto Rico ein, und von da segelte er nach Eustatia.

Weitere Irrfahrten folgten, bis er schließlich an Bord eines Nantucket-Schiffes* ging, das auf der Höhe der Azoren und vor der afrikanischen Küste sechzehn Monate lang dem Walfang oblag und endlich bis an den Rand beladen nach Nantucket zurückkehrte. Von dieser Insel aus segelte er nun mit einem Walfänger; diesmal aber führte ihn seine Fahrt in die große Südsee. Dort wurde Israel zum Harpunier befördert, und Auge und Arm, die mit seiner Flinte in der Wildnis so geübt waren, wurden durch den Wurf der Harpune noch besser für die Zukunft vorbereitet; denn ahnungslos übte er sich für das Gefecht von Bunker Hill.

Auf dieser letzten Reise erfuhr unser Abenteurer alle Mühsal und Entbehrung des Walfängerlebens auf einer langen Fahrt nach fernen und barbarischen Gewässern bis zur Neige aus – Mühsal und Entbehrung, wie sie heutzutage nicht mehr bekannt sind, da die Wissenschaft auf mannigfache Weise beigetragen hat, die Leiden zu verringern und den Seefahrern das Leben erträglicher zu gestalten. Israel hatte die See richtig satt und sehnte sich wieder nach den Wäldern, als er am Ende seiner Reise in Nantukket entlassen wurde; so eilte er geradewegs zurück in seine Bergheimat.

Die Hoffnung, seine Geliebte wiederzufinden, beflügelte seine fluchtartige Heimreise; aber seine Hoffnung sollte nicht von Erfolg gekrönt sein. Die teure, falsche Braut gehörte einem anderen.

3

Israel zieht in den Krieg, erreicht Bunker Hill im Augenblick, da er sich nützlich erweisen kann, und muß bald seine Reisen über das Meer in Feindesland ausdehnen

Fruchtlose Klagen hätten nun tiefe Furchen in Israels Stirn ziehen können. Er aber schluckte sein Leid hinunter und zog lieber selber Furchen mit dem Pflug.

Der Ackerbau treibt dem Menschen die Sorgen aus. Diese gelassene Beschäftigung duldet nur gelassene Beschaulichkeit. Aber auch hier in der Mutter Erde kannst du säen und ernten, statt, wie in anderer Hinsicht, säen und zusehen, wie die Saat mit den Wurzeln ausgerissen wird. Wenn aber die Wanderungen in der Wildnis und die Irrfahrten auf dem Meer, das Bäumefällen und das Weidwerk und der Schiffbruch und die Waljagd und all seine anderen seltenen Abenteuer ihm immer noch seine nun aussichtslose Hoffnung nicht ausgetrieben hatten, so erwarteten ihn bald Dinge, die sie endgültig ertränken sollten.

Es war im Jahre 1774. Die längst schwelenden Schwierigkeiten zwischen den Kolonien und dem englischen Mutterland erreichten ihren Siedepunkt. Ein Austrag war unvermeidlich. Die Amerikaner rüsteten sich. In den meisten Neuengland-Städten wurden Gesellschaften gegründet, deren Mitglieder als Pikettmannschaft bereitstanden, unverzüglich überallhin zu eilen, wo man sie rief. Israel, der die letzten acht Monate als Landarbeiter auf einer Farm in Windsor verbrachte, ließ sich im Regiment von Oberst John Patterson von Lenox, dem späteren General Patterson, anwerben.

Die Schlacht von Lexington* fand am 18. April 1775 statt; man erfuhr davon in der Grafschaft Berkshire am 20. um Mittag. Am folgenden Morgen bei Sonnenaufgang schwang Israel seinen

Tornister auf den Rücken, schulterte seine Muskete und zog mit Pattersons Regiment im Eilschritt nach Boston.

Wie Putnam erhielt Israel die aufregende Nachricht am Pflug. Obwohl er aber nicht weniger willig war als Putnam, sofort in den Kampf zu ziehen, trieb er sein Gespann an und pflügte das begonnene Ackerstück – bloß noch einen halben Morgen – fertig. Bevor er zur nächsten Arbeit eilte, wollte er die alte nicht unbeendet lassen. Und bevor er half, die Briten mit der Peitsche zu züchtigen, übte er sich ein wenig mit der Rute an seinen Ochsen. Vom Feld des Farmers stürzte er sich auf das des Soldaten, um sein Blut mit seinem Schweiß zu mischen. Während wir im feinen Trauerrock schmausen, wollen wir doch nicht vergessen, was wir dem schlechten Baumwollkittel verdanken.

Mehrere Tage lang bezog Israels Regiment, zusammen mit anderen Abteilungen aus verschiedenen Gegenden, in der Nähe von Charlestown sein Lager. Am 17. Juni wurden tausend Amerikaner, einschließlich Pattersons Regiment, zur Befestigung von Bunker Hill eingesetzt. Da sie die ganze Nacht hindurch arbeiteten, war die Schanze gegen Morgengrauen des nächsten Tages aufgeworfen. Doch kennt ja jeder alle Einzelheiten der Schlacht. So begnügen wir uns, festzustellen, daß Israel zu jenen Schützen gehörte, denen Putnam seine Ansprache betreffend die Augen der Feinde widmete. So langmütig er mit seinem tyrannischen Vater und mit seiner treulosen Geliebten, so mild er auf seiner Farm war, bei Bunker Hill war Israel nicht mehr der gleiche. Putnam hatte den Leuten eingeschärft, die Offiziere aufs Korn zu nehmen. So zielte Israel zwischen die goldnen Schulterklappen, wie er in der Wildnis zwischen die verzweigten Äste des Geweihs gezielt hatte. In eigensinniger Verachtung ihrer Feinde marschierten die englischen Grenadiere mit finsterer Gemächlichkeit den Hügel hinan und boten sich dadurch nur als um so bessere Zielscheiben für die Musketen dar, von denen die Schanze starrte. Der bescheidene Israel pflegte zu behaupten, man könne ihn wegen seiner Übung in den Wäldern kaum für einen unerfahrenen Schützen halten; er ließ durchblicken, daß jeder Schuß, den die mit Schulterklappen geschmückten Grenadiere aus seinem Gewehr bekamen, ihm bei anderer Gelegenheit ein Rehfell eingebracht hätte. Und wie angeschossenes Wild flohen die Engländer, allzu tollkühn, wie sie waren, vor dem eröffneten Feuer davon. Doch der Schießvorrat der Schützen war verbraucht; so folgte ein Handgemenge. Nicht eine amerikanische Muskete von zwanzig war mit einem Bajonett versehen. So bahnten sich die fürchterlichen Bauern, hutlos und hemdärmlig, indem sie ihren Kolben links und rechts schwangen, ihren Weg durch die pelzbekleideten Grenadiere und erschlugen sie links und rechts, wie Robbenjäger am Strand mit ihren Keulen den Shetland-Seehund erlegen. Im dichten Gewühl und Aufruhr sah Israel, dessen Muskete irgendwo hängengeblieben war, wie ein Degen waagerecht vom Boden her seine Füße bedrohte. In der Meinung, irgendein gefallener Feind wolle ihn mit der letzten Kraft treffen, ließ er seine Muskete fahren und zerrte an der Klinge, mußte aber feststellen, daß die Hand – obwohl eine tapfere – für immer kraftlos geworden war. Es war der rechte, galonierte Arm eines britischen Offiziers, der im Augenblick, als er sich zum Stoß erhob, abgeschlagen worden war und der seinen Degen nicht fahrenlassen wollte. Im selben Moment holte eine andere Klinge aus nach Israels Kopf; es war ein Offizier, der am Leben geblieben war. Sofort wurde der Streich mit verwandtem Stahl abgewehrt, und der Angreifer fiel durch die von fremder Hand geschwungene Waffe seines Kameraden. Doch Israel kam nicht ungeschoren davon. Ein Schnitt am rechten Arm, nahe beim Ellbogen, den er empfangen hatte, als er des Offiziers Hieb parierte; eine lange Wunde quer über die Brust; eine Gewehrkugel, die sich in seine Hüften gebohrt hatte, und eine zweite, die ihn am Knöchel desselben Beins verstümmelte; das waren die Siegel seines Heldenmutes, die unser Sicinius Dentatus* vom denkwürdigen Schlachtfeld heimbrachte. Trotzdem gelang es ihm, mit seinen Kameraden Prospect-Hill zu erreichen, von wo er ins Krankenhaus von Cambridge* befördert wurde. Die Kugel wurde entfernt, seine kleineren Wunden verbunden, und nachdem ihm der Knöchelbruch viele Schmerzen bereitet hatte, da der Arzt verschiedene Splitter herausziehen mußte, kehrte Israel, dank seiner kräftigen Gesundheit und seinem echten Bauernblut, zu seinem Regiment zurück, als es eben auf Prospect-Hill Schützengräben aufwarf. Bunker Hill lag jetzt in den Händen des Feindes, der es seinerseits zu einer Festung ausgebaut hatte.

Am 3. Juli erschien Washington aus dem Süden, um den Oberbefehl zu übernehmen. Israel war dabei, als er jubelnd von den begeisterten Kompanien begrüßt wurde.

Die Briten, die jetzt in Boston lagen, litten empfindlich unter der Knappheit der Verpflegung. Washington traf alle Maßnahmen, um den Nachschub zu unterbinden. Im Inland war es leicht, alle Hilfe abzuschneiden. Um zu verhindern, daß Konservative oder andere unzufriedene Leute ihnen welche zu Wasser verschafften, rüstete der General drei bewaffnete Schiffe aus, die alle verräterischen Kreuzer abfangen mußten. Darunter befand sich auch die Brigantine »Washington«, mit zehn Geschützen, unter dem Befehl von Kapitän Martindale. Seeleute waren schwer aufzutreiben. So wurden die Truppen aufgefordert, Freiwillige für diese Schiffe zu stellen. Israel war einer von ihnen, weil er dachte, er als erfahrener Seemann dürfe sich unter solchen Umständen nicht drücken, obwohl er der neuen Aufgabe wenig Geschmack abgewinnen konnte.

Kaum war die Brigantine drei Tage aus dem Hafen von Boston ausgefahren, wurde sie von dem feindlichen Schiff »Foy«, mit zwanzig Geschützen, gekapert. Israel wurde wie die übrige Mannschaft gefangengenommen und später an Bord der Fregatte »Tartar« gebracht, die Befehl hatte, sofort nach England zurückzufahren. Es waren zweiundsiebzig Gefangene auf dem Schiff. Unter Führung Israels planten diese Leute – auf hoher See –, das Schiff zu nehmen, wurden aber von einem abtrünnigen Engländer verraten. Israel wurde als Rädelsführer in Ketten gelegt und blieb es, bis die Fregatte in Portsmouth* vor Anker ging. Dort wurde er an Deck gebracht, und er hätte wahrscheinlich ein schreckliches Ende genommen, wenn nicht ruchbar geworden wäre, daß der Engländer ein Fahnenflüchtiger seines ursprünglichen Mutterlandes gewesen war, bevor er seine Wahlheimat verraten hatte. So wurde Israel freigelassen und in das Marinelazarett an Land gebracht, wo die Hälfte der Gefangenen die Pocken erwischte, die ein Drittel aus ihrer Schar dahinraffte. Was lag schon an diesem Verlust? –

Vom Lazarett wurden die Überlebenden nach Spithead* befördert und in ein Galeerenschiff geworfen. Und hier in den finstern Eingeweiden dieses Kahns, tief versunken in der sonnenlosen See, lag unser armer Israel einen Monat lang wie Jonas im Bauche des Wales.

Aber eines hellen Morgens wurde Israel an Deck gerufen. Ein Ruderer aus dem Boot des Kapitäns war krank. Da man wußte, daß Israel Seemann war, wurde er diesmal bestimmt, statt seiner das Ruder zu ziehen.

Als die Offiziere an Land gegangen waren, schlugen einige Leute als echte Engländer, die gerne lustig sind, vor, zu einer nahen Bierschenke zu eilen und vereint einen gemütlichen Krug oder zwei zu leeren. – Abgemacht. – Sie zogen los und Israel mit ihnen. Als sie die Kneipe betraten, fielen Israel plötzlich noch dringlichere Geschäfte ein. Ohne jeden Verdacht zu erregen, erhielt er die Erlaubnis, sich für einen Augenblick zu entfernen. Kaum sah Israel seine Gefährten unter Dach, wuchsen ihm Flügel, und er floh wie ein wildes Tier, als hätte er Feuer unter den Füßen. Vier Meilen weit rannte er (so versicherte er später), ohne anzuhalten. Er zielte nach London, wohl wissend, daß Entdeckung ausgeschlossen sei, sobald er in dem Menschengewühl untergetaucht war.

Er war schätzungsweise zehn Meilen vom Ort entfernt, wo er die Schiffsleute verlassen hatte. Gemächlich schritt er am Wirtshaus eines kleinen Dorfes am Weg vorbei und glaubte sich jetzt ziemlich in Sicherheit, als – horch!, was war das für ein Geräusch?

»Ahoi!«

»Kein Schiff«, gab Israel zurück und eilte weiter.

»Halt!«

»Kümmern Sie sich um Ihr Geschäft, so werd' ich mich um meines kümmern!« erwiderte Israel kaltblütig. Und alsbald setzte er sich wieder in Trab und sauste, darf man schon sagen, mit einer Geschwindigkeit von beinah dreißig Meilen die Stunde davon.

»Haltet den Dieb!« tönte jetzt der Ruf. Eine Menge Leute schoß aus den Häusern am Wegrand hervor. Eine Meile weit jagten sie ihm nach, und dann lag das arme, keuchende Wild in der Falle.

Da er nun Ausflüchte für unnütz hielt, gestand Israel keck, er sei ein Kriegsgefangener. Der Offizier, der sich als gutmütiger Kerl erwies, ließ ihn zum Wirtshaus zurückführen, wo er mit der Bemerkung, das müsse ein echter Yankee sein, Getränk auftragen ließ, um Israel nach seinem Wettlauf zu erfrischen. Hierauf wurden vorläufig zwei Wachen für ihn bestimmt. Das war gegen Nacht; und bis spät in die Nacht hinein war die Schenke von Fremden gefüllt, welche herbeiströmten, um den Yankee-Rebellen zu besichtigen, wie sie ihn höflich benannten. Diese biederen Bauern schienen die Yankees für eine Art wilder Tiere zu halten, so etwas wie ein Opossum oder ein Känguruh. Israel aber war sehr leutselig mit ihnen. Dieses Getränk, das ihm der Feind einschenkte, goß vielleicht warme Gefühle in sein Herz für alle seine übrigen Feinde. Doch so ganz sicher ist das nicht. Wir werden ja sehen. Jedenfalls hatte er immer noch sein einziges Ziel im Auge – Flucht. Weder die Späße noch die Grobheiten des Pöbels vermochten ihn zu beirren. Bei sich heckte er einen kleinen Anschlag aus.

Offenbar hatte der gutmütige Offizier – der seinem König so treu ergeben wie verständnisvoll gegen den Gefangenen war – Weisung hinterlassen, man solle Israel mit allem Getränk versorgen, das er diese Nacht verlangen werde. So ließ Israel eine Kanne um die andere kommen und lud die beiden Wachen ein, zu trinken und fidel zu sein. Endlich schlug ein Spaßvogel unter der Gesellschaft vor, Israel solle das Volk mit einem Tänzchen unterhalten; er (der Spaßvogel) habe erfahren, die Yankees seien ganz ausgezeichnete Tänzer. So wurde eine Fiedel hereingebracht, und der arme Israel betrat den Tanzboden. Nicht wenig betroffen darüber, daß die Leute so unbarmherzig waren, sich auf Kosten eines unglücklichen Gefangenen belustigen zu wollen, sann Israel weiter an seinem heimlichen Anschlag, während er auf und ab tanzte, und beschloß, über kurz oder lang den Feinden eine Ahnung von einem gewissen Yankee-Tanz zu geben, von dem sie bislang in ihrer einfältigen Weisheit nicht geträumt hatten. Sie wollten das Spiel nicht satt werden, bis er sich regelrecht in Schweiß getanzt hatte, so daß ihm die Tropfen vom schlichten Flachshaar rollten. Doch Israel war bei aller Taubensanftmut nicht ganz bar der Schlangenklugheit. Erfreut über die schäumenden Becher, lachte er sich ins Fäustchen, daß ihn sein Schwitzbad daran hinderte, der vergiftenden Wirkung des Getränkes zu erliegen.

Tief in der Nacht brach die Gesellschaft auf. Mit einem Paar Handschellen versehen, wurde der Gefangene auf eine Decke gelegt, die am Boden neben dem Bett ausgebreitet wurde, worin seine zwei Wächter ruhen sollten. Anscheinend gleichgültig und sich für die Decke warm bedankend, streckte Israel seine Glieder aus. Eine Stunde oder zwei verstrichen. Alles war still draußen.

Jetzt war der entscheidende Augenblick gekommen. Sicher würde sich nicht so bald wieder eine ähnliche Gelegenheit bieten, wenn er diese unbenützt verstreichen ließ. Ohne Zweifel würden die zwei Wachen früh am nächsten Morgen, wenn man sie nicht irgendwie daran hinderte, Israel zu seinem schwimmenden Kerker zurückbringen, wo er weiter bis zum Ende der Feindseligkeiten eingesperrt bleiben würde – durch Jahre hindurch vielleicht. Wenn er an diesen scheußlichen alten Stall dachte, wachte sein Wille zur Flucht wieder auf. Aber welche Kühnheit es auch brauchte, sie zu bewerkstelligen, Behutsamkeit war ebenso geboten. Seine Wächter waren unter der vollen Wirkung des Alkohols zu Bett gegangen. Das kam gelegen.

Doch es waren ausgewachsene, starke Männer, und Israel trug Handschellen. So beschloß Israel zunächst eine List, und erst wenn sie fehlschlug, wollte er Gewalt anwenden. Er lauschte gespannt. Einer der betrunkenen Soldaten murmelte etwas im Schlaf, zuerst leise, dann immer lauter. – »Fangt sie! Packt sie! Faßt sie! Ha – lange Messer! Da hast du was, Ausreißer!«

»Was ist nur mit dir los, Phil?« fragte der andere, der noch wachte, zwischen zwei Rülpsern. »Sei still! Du bist jetzt nicht in Fontenoy*.«

»Unser Gefangener ist ein Ausreißer, sag' ich dir. Fang ihn, fang ihn!«

»Mach Schluß mit deinem besoffenen Wahn«, brummte sein Kamerad und gab ihm einen kräftigen Rippenstoß. »Das kommt vom Zechen.«

Bald darauf fiel der Träumer wieder mit lautem Schnarchen in tiefen Schlaf. Aus irgendeinem Anzeichen aber, wie der andere Soldat atmete, merkte Israel, daß der Mann unruhig war und wach blieb. Er überlegte zunächst einen Augenblick, was am besten zu tun sei. Endlich beschloß er, seinen alten Trick anzuwenden. Er wandte sich an die zwei Leute und gab vor, er hätte dringend ein Geschäft irgendwo hinter dem Haus zu verrichten.

»He, wach auf da, Phil!« brüllte der Soldat, der wach lag. »Der Kerl hier sagt, er müsse austreten. Hol der Teufel diese Yankees! Sind so miserabel erzogen, daß sie zu solcher Nachtstunde ihren natürlichen Bedürfnissen nachgehen müssen. Das ist doch absurd, einfach widernatürlich. Hol dich der Henker, Yankee, hast du wirklich nicht mehr Anstand?«

Unter einer Reihe weiterer Verwünschungen taumelten die zwei auf die Füße, packten Israel und führten ihn die Treppe hinunter und durch einen langen, schmalen, dunklen Flur nach hinten, bis sie zu einer Tür kamen. Kaum war diese von der ersten Wache aufgeriegelt, so stößt der gefesselte Israel, der sich flink wie der Blitz mit einem Ruck freigemacht hatte, den einen Soldaten zurück in den Hausgang, daß er mit gespreizten Beinen daliegt. Dann schmeißt er, ohne seine Hände zu brauchen, mit einem Satz in entgegengesetzter Richtung den zweiten kopfüber hinaus in den Garten. Und endlich stürzt er mit einem Sprung über dessen Kopf hinweg, blindlings in die Nacht hinaus. Im Nu war er an der Gartenmauer. Kein Ausgang war im Dunkel zu erkennen. Aber ein Obstbaum wuchs nahe bei der Mauer. Verzweifelt springt Israel, gefesselt, wie er ist, daran hoch, setzt über das Hindernis, und ohne innezuhalten und zu sehen, wo er ist, läßt er sich auf der anderen Seite auf die Erde fallen und setzt seine Flucht fort. Mittlerweile tappen die zwei betrogenen Trunkenbolde laut schreiend und wie wahnsinnig im Garten umher.

Nachdem Israel zwei bis drei Meilen gerannt war, ohne einen Verfolgungslaut hinter sich zu hören, hielt er inne, um sich der hinderlichen Handschellen zu entledigen. Endlich, nach vielen schmerzhaften Bemühungen, gelang es ihm. Dann eilte er in aller Hast weiter, während der Tag anbrach und ein gepflegter, umzäunter und prächtiger Landstrich sichtbar wurde, weich, aufgeräumt und heiter, in den ersten frischen Frühlingsfarben des Jahres 1776 strahlend.

O Gott, dachte Israel, am ganzen Leibe zitternd, jetzt wird man mich gewiß wieder fangen; da bin ich ja in den Park eines Edelmannes eingebrochen.

Doch als er weiterhastete, gelangte er an eine Landstraße, und da wußte er, daß er sich ja auf dem offenen englischen Land befand, so lieblich und glatt, wie es dalag, als ein einziger prächtiger, weiter Park, vom weißen Schaum der See umsäumt. Ein Gebüsch längs der Straße war eben am Aufblühen. Jedes Blättlein, das sich entfaltete, war gerade dabei, sich einem Kerker zu entringen. Israel betrachtete bald die schwellenden Blätter, bald den sprossenden Rasen, dann wieder das keimende Licht des Tages. Er war so betrübt, und all die Natur rundum war so froh, daß Israel wie ein Kind schluchzte. Erinnerung an seine Bergheimat wehte wie der Wind über sein Herz. Doch bezähmte er diese Anwandlung und wanderte weiter. Kurz darauf kam er nah an einem Feld vorüber, auf dem zwei Gestalten arbeiteten. Sie waren rotbackig, untersetzt, mit kräftigen Beinen, an denen die blauen Strümpfe fast bis zu den Knien sichtbar waren, und trugen lange, grobe, weiße Röcke und grobe, breitrandige Strohhüte. Sie wandten ihr Gesicht etwas ab.

»Entschuldigen Sie, meine Damen«, sagte Israel halb spitzbübisch und zog seine Mütze, »führt die Straße hier nach London?«

Bei diesem Gruß drehten die zwei Gestalten ihr Antlitz mit einem Ausdruck blöden Staunens herüber und versetzten Israel in beinah dieselbe Verwunderung; denn jetzt sah er, daß es Männer waren und nicht Frauen. Er hatte sie wegen ihrer Kittel dafür gehalten und weil sie statt langer nur Kniehosen trugen, die von den Röcken verdeckt wurden.

»Verzeihung, Jungs, aber ich hielt Sie für jemand anders«, sagte Israel wieder.

Wieder staunten die zwei Gestalten den Fremdling an und mit noch größerer Bauernüberraschung.

»Führt diese Straße hier nach London, meine Herren?«

»Herren – meiner Treu«, rief einer von beiden aus.

»Meiner Treu!« wiederholte der andere.

Ihre Hacken vor sich hinstellend, schauten jetzt die beiden Bauerntölpel Israel lange an und kratzten sich dabei am Kopf unter ihren geflochtenen Strohhüten.

»Stimmt's, meine Herren? Führt sie nach London? Seien Sie doch so gut und sagen Sie's einem armen Kerl!«

»Ja, sie geht nach London, wirklich! Na – denn, nur zu, nur zu!«

Und ohne ein weiteres Wort zu sagen, da sie ihre bäurische Neugierde befriedigt hatten, machten sich die zwei menschlichen Büffel mit wunderbarem Gleichmut wieder hinter ihre Hacken, ohne Zweifel in der Annahme, sie hätten alle nötige Auskunft erteilt.

Bald darauf kam Israel an einer alten, dunkeln, vermoosten Kapelle vorüber, deren Dach ganz vom feuchten, gelben Laub des Vorjahres bedeckt war, das von einer Gruppe altehrwürdiger

Bäume mit mächtigen Stämmen und weithinragendem Geäst herabgefallen war. Dann betrat er ein Dorf, auf dem noch die Stille der Morgenfrühe lag. Nur wenige Menschen waren zu sehen. Als Israel durch die Fenster eines einsamen Wirtshauses schaute, sah er einen unordentlichen Tisch mit leeren Flaschen und Tabakasche und langen Pfeifen, einige davon zerbrochen.

Nachdem er eine Weile stehengeblieben war, ging er weiter. Da erblickte er auf der anderen Seite der Straße einen Mann, der stillstand und ihm nachsah. Plötzlich fiel ihm ein, daß er ja die Uniform eines englischen Seemannes trug und daß er vermutlich deshalb die Aufmerksamkeit des Fremden auf sich gezogen hatte. Obwohl er wohl wußte, daß ihn sein auffälliger Aufzug mancher Gefahr aussetzte, eilte er noch rascher davon, um das Dorf hinter sich zu lassen, und beschloß, bei der ersten Gelegenheit seine Kleider zu wechseln. Bald fand er an einem abgeschiedenen Ort, etwa eine Meile weit vom Dorf entfernt, einen alten Grabenschneider, der unter dem Gewicht einer Spitzhacke, einer Haue und einer Schaufel schwankend zur Arbeit ging. Es war ein Bild der Armut, Mühsal und Verzweiflung. Seine Kleider waren zerfetzt.

An diesen alten Mann machte sich Israel, nach einem Wort oder zwei des Grußes, heran und bat ihn mit ihm die Kleider zu vertauschen. Da die seinigen fürstlich waren, verglichen mit denjenigen des Grabenschneiders, hoffte Israel, wie sehr sein Vorschlag auch bei dem Mann Verdacht erregte, der Eigennutz würde ihn hindern, seinen Verdacht preiszugeben. Kurz, die zwei gingen hinter eine Hecke, und als Israel wieder auftauchte, war er das Bild der trostlosesten Armut, während der alte Gräber in entgegengesetzter Richtung mit entsprechend besserem Anzug davonhumpelte, obwohl er eher lächerlich aussah in seinen riesigen, faltenwerfenden Matrosenbeinkleidern, die um seine mageren Schenkel schlotterten, von der überschüssigen Weite der Tuchjacke ganz zu schweigen. Israel dagegen – wie jammervoll, wie traurig war er dran! Er ahnte nicht, daß diese elenden Lumpen, die er da trug, gerade eben zu seiner langen Laufbahn bitterer Not paßten, die vor ihm lag: eine kurze Frist der Wander- und Abenteuerjahre und dann vierzig müde Jahre der Armut. Der Kittel bestand aus lauter Flicken, und nicht zwei Lappen waren gleich, und nicht ein Fleck trug die ursprüngliche Farbe des Tuches. Die ungeschnürten Reithosen klafften weit an den Knien; die langen Wollstrümpfe sahen aus, als wären sie vorzeiten als Zielscheibe benutzt worden. Israel schien plötzlich von einem Jüngling in einen Greis verwandelt; wie ein alter Mann von achtzig sah er aus. Allerdings aber wartete seiner jetzt ein dumpfes, ödes Elend, und Elend, sei es mit achtzig oder mit achtzehn Jahren, ist in Wahrheit des Menschen Greisenalter. Sein Kleid entsprach seinem Schicksal.

Von dem freundlichen alten Grabenarbeiter erfuhr Israel die richtige Straße, die er nach London einschlagen mußte, das jetzt zwischen siebzig und achtzig Meilen weit entfernt war. Der ehrwürdige Freund belehrte ihn auch, daß das Land von Soldaten wimmelte, die ständig nach Fahnenflüchtigen der Flotte wie der Armee suchten, da sie für jeden, der erwischt wurde, eine ausgesetzte Prämie erhielten, genau wie das in Massachusetts zur selben Zeit für herumstreichende Bären der Fall war.

Nachdem er seinem alten Freund nachdrücklich eingeschärft hatte, ihn in keiner Weise preiszugeben, falls irgend jemand, den er träfe, sich nach einem Menschen wie Israel erkundigen sollte, marschierte unser Abenteurer rüstig mit leichterem Herzen weiter, da er sich jetzt in seiner Verkleidung verhältnismäßig sicher fühlte.

An jenem Tage legte er dreißig Meilen zurück. Nachts schlich sich Israel in eine Scheune, in der Hoffnung, Stroh oder Heu für ein Lager vorzufinden. Doch es war Frühling; alles Stroh und Heu war weg; so begnügte er sich schließlich, nachdem er im Dunkeln herumgetappt hatte, mit einem ungegerbten Schaffell. Frierend, hungrig, fußwund und sich nach dem Morgengrauen sehnend, verbrachte er traurig dahindösend die Nacht.

Beim ersten Sonnenstrahl, der durch die Ritzen der Scheune drang, war er auf und davon. Als er sich bald in der Vorstadt einer größeren Ortschaft befand, verschaffte er sich eine einfache Krücke, um sich desto besser vor Entdeckung zu sichern, und als ob er ein Krüppel sei, hinkte er quer durch die Stadt, von einem bösartig gesinnten Köter verfolgt, der gehässig und argwöhnisch hinter ihm her kläffte. Gerne hätte ihm Israel einen tüchtigen Denkzettel mit seiner Krücke versetzt, aber er dachte, Rachsucht passe jetzt schlecht zu der Rolle eines armen alten Krüppels.

Ein paar Meilen weiter kam er in ein zweites Dorf. Während er genau wie früher durch die Hauptstraße hinkte, wurde er plötzlich von einem echten Krüppel angehalten, der, ebenfalls ganz zerlumpt, voll Mitgefühl nach der Ursache seiner Lahmheit fragte.

»Weiße Schenkelgeschwulst«, erwiderte Israel.

»Genau wie ich«, keuchte der andere. »Sie aber sind lahmer als ich«, fügte er mit hilfloser Selbstzufriedenheit hinzu und betrachtete Israels Bein kritisch, als er wieder seines Weges humpelte, da er keine Lust hatte, zu lange zu verweilen.

»Aber heda, wozu die Eile, Freund?« rief er, als er Israel tüchtig ausziehen sah. »Wohin geht's?«

»Nach London«, antwortete Israel, sich umwendend, und wünschte den alten Kerl zum Kuckuck.

»Was, nach Lunnun willst du hinken? Na, wünsche Glück!«

»Gleichfalls!« erwiderte Israel höflich.

Am anderen Ende der Ortschaft wollte es das gute Geschick, daß ein leerer Gepäckwagen, der nach der Hauptstadt fuhr, aus einem Seitenweg in die Landstraße einbog. Sofort hinkte Israel erbärmlich und bat den Fuhrmann, einen armen Krüppel aufsitzen zu lassen. So stieg er auf; da er aber nach einer Weile die elefantenhaften Zugpferde unerträglich langsam fand, bat Israel um die Erlaubnis, wieder absteigen zu dürfen, worauf er seine Krücke wegschmiß und zur höchsten Verwunderung seines ehrlichen Freundes, des Fuhrmannes, mit seinen Beinen hurtig auszog.

Der einzige Gewinn, den ihm seine Wagenfahrt – wenn

überhaupt – einbrachte, war, daß er bei der Durchfahrt durch ein drittes Dorf, das nur wenig vom zweiten entfernt war, völlig unbemerkt geblieben war, indem er sich im Wagen hingelegt hatte.

Die Ortschaften überraschten ihn, weil sie so zahlreich und so dicht beieinander lagen. Etwas Ähnliches gab es bei ihm daheim nicht. Da er wohl wußte, daß er in diesen Siedlungen viel leichter entdeckt würde als auf dem offenen Lande, tat er hinfort alles mögliche, um sie zu meiden, indem er einen Umweg machte, sobald eine in der Ferne in Sicht kam. Diese Reiseart verlängerte nicht nur seinen Weg, sondern legte ihm auch unerwartete Hindernisse in die Quere: Mauern, Gräben und Flüsse.

Kaum eine halbe Stunde nachdem er seine Krücke weggeworfen hatte, übersprang er einen zehn Fuß breiten Graben, der unergründlich tief und schlammig war. Ich möchte wissen, ob der alte Krüppel mich jetzt immer noch für den lahmeren halten würde, dachte Israel bei sich, als er drüben war.

4

Weitere Wanderungen des Flüchtlings; wie er einen guten Edelmann von Brentford trifft, der sich seiner annimmt

Am dritten Tage, als es dunkelte, war Israel bis auf sechzehn Meilen Entfernung an die Hauptstadt herangekommen. Wieder suchte er in einer Scheune Obdach. Diesmal fand er etwas Heu, und als er sich hingeworfen hatte, verbrachte er eine leidlich gute Nacht.

Frisch und früh erhob er sich ausgeruht, mit der lieblichen Aussicht, sein Ziel vor Mittag zu erreichen. Da er jetzt so weit von seinen ursprünglichen Verfolgern entfernt war, wurde Israel übermütig und ließ es an der nötigen Vorsicht fehlen. So stieß er um zehn Uhr, als er durch die Stadt Staines schritt, plötzlich auf drei Soldaten. Unglücklicherweise hatte er sich bei seinem Kleidertausch mit dem Grabenzieher nicht entschließen können, sein Hemd ebenfalls preiszugeben; das aber war ein britisches Marinehemd, das Hemd eines Bootsknechtes, und obwohl er sonst den blauen Kragen, um ihn zu verbergen, zurückgekrempelt hatte, war er doch in diesem Augenblick offenbar nicht vollständig versteckt. Jedenfalls erspähten die Soldaten, erpicht auf Fahnenflüchtige und angespornt durch die Aussicht auf eine Belohnung für die Beute, den verhängnisvollen Kragen und brachten den Flüchtling augenblicklich in ihre Gewalt.

»Heda, Junge«, sagte der vorderste Soldat, ein Korporal, »du bist einer von den Seeleuten seiner Majestät! Du kommst mit uns!«

So wurde er, außerstande, sich befriedigend zu rechtfertigen, auf der Stelle gefangengenommen und befand sich bald darauf mit Handschellen eingeschlossen im »Runden Turm« des Ortes, wie man das Gefängnis nannte und das dazu diente, Flüchtlinge und leichtere Verbrecher einzusperren. Der Tag verstrich ohne

Mittags- und Abendmahlzeit in dieser düsteren Haft, und die Nacht brach an.

Drei Tage lang hatte Israel nichts außer einem Zwei-Penny-Brötchen zu essen gehabt. So verlangte sein Körper immer heftiger nach Nahrung; seine Lebensgeister, die ihn bisher mit Widerstandskraft gewappnet hatten, ließen ihn allmählich im Stich. Wieder gefangen und erst noch knapp vor dem Ziel, war Israel nahe daran, in hoffnungslose Verzweiflung zu versinken. Doch faßte er sich, und auf Grund der Überlegung, daß Kummer das Elend nur noch verschärft, versuchte er mit eigensinniger Hartnäckigkeit, sich mit seinem Los abzufinden, ohne sich von Kleinmut überwältigen zu lassen. Er raffte sich auf und fing an zu überlegen, wie er aus diesem Labyrinth herausfinden möchte.

Zwei Stunden Sägearbeit am Fenstergitter befreite ihn von seinen Handschellen. Dann kam die Tür dran, die glücklicherweise nur mit einem Schließband und Vorhängeschloß gesichert war. Dadurch, daß er den Bolzen seiner Handschellen durch ein Fensterchen in der Tür stieß, gelang es ihm, das Schließband aufzubrechen und seine Freiheit etwa um drei Uhr früh wiederzugewinnen.

Nicht lange nach Sonnenaufgang kam er in der Nähe von Brentford* vorbei, etwa sechs bis sieben Meilen von der Hauptstadt entfernt. So groß war sein Hunger, daß er glaubte, regelrecht zugrunde gehen zu müssen. Er kaute Gras und verschlang es. Von seiner ersten Flucht auf dem Gefangenenschiff her waren sechs englische Pennies alles Geld, das er besaß. Mit zweien davon hatte er am Tage, nachdem er aus dem Gasthof ausgebrochen war, ein kleines Brot gekauft. Die anderen vier steckten immer noch in seiner Tasche, da er keine günstige Gelegenheit gefunden hatte, sie gegen etwas Eßbares einzutauschen.

Nachdem er seinen Hemdenkragen weggerissen und in eine Hecke geschmissen hatte, wagte er, einen achtbaren Zimmermann an einem Lattenzaun anzureden, etwa eine Meile herwärts Brentford; an ihn wandte er sich in seiner bedauernswerten Lage um Arbeit. Der Mann wollte ihn zwar nicht selber einstellen, sagte aber, falls er (Israel) das Bauerngewerbe oder die Gärtnerei verstünde, könne er ihm vielleicht Arbeit bei Sir John Millet verschaffen, dessen Sitz, wie er sagte, nicht weit weg liege. Er fügte hinzu, der Edelmann pflege in dieser Jahreszeit viele Leute einzustellen, weshalb er höchstwahrscheinlich unterkommen werde.

Von dieser Aussicht auf Hilfe neu belebt, ging Israel, gemäß der erhaltenen Weisung, auf die Suche nach dem Landsitz des Herrn. Doch er verfehlte die Richtung, und wie er einen mit Kies bestreuten und prächtigen Fußweg hinaufschritt, erblickte er zu seinem Entsetzen eine Anzahl Soldaten, die dicht zusammengedrängt in einem Garten standen. Sofort zog er sich zurück, bevor er von ihnen gleichfalls entdeckt wurde.

Kein wildes Tier in Amerikas Wildnis fühlte größere Angst vor dem Feuerbrand als der gehetzte Israel zu dieser Zeit vor einer roten Jacke. Hinterher stellte sich heraus, daß dies der Garten der Prinzessin Amalia war.

Auf einem anderen Pfad gelangte er bald zu einigen Taglöhnern, welche Kies schaufelten. Diese erwiesen sich als Arbeiter in Sir Johns Dienst. Sie schickten ihn zum Hause und bezeichneten ihm den Edelmann, wie er eben barhaupt mit mehreren Gästen innerhalb der Einzäunung umherspazierte. Da man Israel die reichen Engländer immer mit allerlei hervorstechenden Eigentümlichkeiten dargestellt hatte, fühlte er nicht wenig Abneigung, sich als Fremdling einer so eindrucksvollen Gesellschaft zu nähern. Aber er faßte sich ein Herz und trat näher. Als er so zerlumpt und zerrissen daherkam, betrachteten ihn die Herren etwas erstaunt und wollten wissen, was so eine sonderbare Erscheinung wohl begehren mochte.

»Mr. Millet«, sagte Israel und neigte sich gegen den barhäuptigen Herrn.

»Wie? Wer sind Sie, bitte?«

»Ein armer Kerl, Sir, der Arbeit sucht.«

»Kleider offenbar auch«, fügte einer von den Gästen mit sehr jugendlichem, glücklichem und stutzerhaftem Aussehen lächelnd hinzu.

»Wo ist Ihre Hacke?« fragte Sir John.

»Ich besitze keine, Sir.«

»Haben Sie Geld, eine zu kaufen?«

»Nur vier englische Pennies, Sir.«

»*Englische* Pennies? Was für welche sonst könnten Sie denn haben?«

»Na, chinesische natürlich«, lachte der jugendliche Herr. »Sehen Sie sich sein langes, gelbes Haar hinten an; er sieht aus wie ein Chinese. Irgend so ein heruntergekommener Mandarin. Schade, daß er keinen Kopf an seinem alten Hut hat; wenn er einen hätte, könnte er ihn herumreichen und seine vier Pennies in acht verwandeln.«

»Wollen Sie mich dingen, *Mr.* Millet?« wiederholte Israel.

»Was sagt er? Merkwürdig!« rief der Edelmann. »Merken Sie sich, Bursche«, sagte ein flinker Diener, der eben aus dem Hausgang getreten war, »das ist *Sir* John Millet.«

Als ob er mit der offensichtlichen Unwissenheit wie auch mit der sichtbaren Armut Israels Mitleid hätte, sagte nun der gute Edelmann, wenn er am nächsten Tag kommen wolle, werde er dafür sorgen, daß er mit einer Hacke versehen und beschäftigt werde.

Es ist kaum möglich, die Erleichterung des Wanderers auszudrücken, als er diese aufmunternde Antwort erhielt. Ermutigt dadurch, kehrte er jetzt zu einer Bäckerei zurück, die er erspäht hatte, trat ohne Zögern ein, warf alle vier Pennies hin und verlangte Brot. In der Voraussicht, er werde bis zum nächsten Morgen nichts mehr zu essen bekommen, beschloß Israel, nur eines von den zwei Brötchen zu verzehren. Als er aber eines verschlungen hatte, war seine Gier so heftig geworden, daß er der Versuchung unmöglich widerstehen konnte und das zweite Brot auch hinunterstopfte, dem ersten Gesellschaft zu leisten.

Nachdem er unter einer Hecke ausgeruht hatte, sah er, daß die Sonne schon tief stand, und so machte er sich auf eine weitere harte Nacht gefaßt. Er wartete, bis es dunkel war, dann kroch er in einen alten Wagenschuppen, in dem er nichts als einen alten, abgetakelten Zweispänner fand. Dahinein kletterte er, rollte sich zusammen wie ein Dalmatiner und versuchte zu schlafen. Außerstande jedoch, die Unbequemlichkeit eines solchen Lagers auszuhalten, stieg er wieder aus und streckte sich auf den bloßen Bohlen des Fußbodens aus.

Kaum erschien im Osten das Licht, so eilte er dem Manne zu, von dem ein dunkles Gefühl ihm sagte, er werde sich als sein Wohltäter erweisen. Gewohnt, auf seines Vaters Farm mit der Lerche aufzusein, war Israel, als er sich dem Hause näherte, verwundert, daß sich noch keine Seele regte. Es war vier Uhr. Geraume Zeit schritt er vor dem Portal hin und her, bevor jemand erschien. Der erste, der aufstand, war ein Diener des Haushaltes, der Israel mitteilte, sieben Uhr sei die Stunde, da die Leute an ihre Arbeit gingen. Bald darauf begegnete er einem Stallknecht des Ortes, der ihm gestattete, sich auf dem Stroh im Nebengebäude auszustrecken. Da genoß er einen süßen Schlaf, bis er um sieben Uhr durch den Lärm rundum geweckt wurde.

Von dem Aufseher der Leute mit einer breiten eisernen Gabel und Hacke versehen, folgte er den Arbeitern aufs Feld. Er war so schwach, daß er sein Werkzeug nur mit Mühe tragen konnte. Er versuchte, seine Müdigkeit zu verheimlichen; aber es gelang ihm nicht. Endlich gestand er, um schlimmere Unterstellungen zu vermeiden, die Ursache. Seine Gefährten hatten Mitleid mit ihm und erließen ihm die schwerere Arbeit.

Um Mittag kam der Edelmann zu seinen Arbeitern hinaus. Da er sah, wie schleppend Israel vorwärtskam, meinte er, er stelle sich trotz seiner langen Arme und breiten Schultern schwach oder sei es tatsächlich auch.

Da erklärte einer der dabeistehenden Arbeiter dem Herrn, was Israel fehle, worauf der Edelmann ihm sofort einen Shilling in die Hand drückte und ihn aufforderte, zu einem kleinen Gasthof an der Landstraße zu gehen, der näher war als das Haus, um sich Brot und einen Krug Bier zu beschaffen. Derart erfrischt, kehrte

Israel zu der Schar zurück und mühte sich mit ihnen, bis um vier Uhr die Tagesarbeit zu Ende war.

Zum Haus zurückgekehrt, erblickte er wieder seinen Arbeitgeber, der ihn erst schweigend und aufmerksam eine Weile beobachtete und ihm dann zu essen bringen ließ. Als die Magd eine kleinere Portion brachte, als ihr guter Meister für nötig erachtete, mußte sie zurückkehren und die ganze Platte heraustragen. Israel aber wußte wohl, wie gefährlich es unter seinen Umständen ist, wenn man plötzlich zuviel schwere Speisen zu sich nimmt; so aß er, vom einfachen Imbiß im Gasthof schon etwas gestärkt, nur sparsam. Die Mahlzeit wurde im Grase eingenommen, und als sie vorüber war, schaute der gute Ritter Israel erneut forschend an, gab Weisung, ihm ein bequemes Lager in der Scheune zu richten, und da verbrachte Israel eine köstliche Nacht. Am nächsten Morgen nach dem Frühstück wollte er eben mit den Landarbeitern zur Arbeit gehen, als sein Arbeitgeber mit wohlwollender Miene näher trat, ihn aufforderte, auf sein Lager zurückzukehren und dort zu bleiben, bis er sich sattgeschlafen habe und in besserer Verfassung sei, seine Arbeit aufzunehmen.

Als er etwas nach Mittag hervorkroch, fand er Sir John allein zur Stelle. Sobald Israel ihn sah, wollte er sich zurückziehen, um ihn nicht zu stören. Der Edelmann aber winkte ihm, und als Israel näher trat, schaute er ihn mit einem so durchdringenden Blick an, daß unser armer Held bis ins innerste Mark hinein erbebte. Seine Angst vor Entdeckung wurde noch heftiger, als der Edelmann laut jemanden aus dem Hause herbeirief. Israel war drauf und dran, davonzurennen; aber als er hörte, was sein Meister dem erscheinenden Diener befahl, wich alle Angst:

»Trag Wein auf!«

Sofort war er da; auf des Edelmannes Weisung hin wurde das Tablett auf einer grünen Bank in der Nähe niedergesetzt, und der Diener zog sich zurück.

»Mein armer Bursche«, sagte jetzt Sir John, schenkte ein Glas Wein ein und reichte es Israel. »Ich bemerke wohl, daß Sie

Amerikaner sind. Und wenn ich mich nicht irre, sind Sie ein entkommener Kriegsgefangener. Aber keine Angst – trinken Sie ruhig!«

»Mr. Millet«, rief Israel aufs höchste bestürzt aus, und das unberührte Glas zitterte in seiner Hand, »Mr. Millet, ich –«.

»Mr. Millet – da haben wir's wieder. Warum sagen Sie nicht *Sir* John wie die anderen?«

»Nun, Sir – verzeihen Sie – aber irgendwie bring' ich es nicht fertig. Ich hab's versucht; aber es geht nicht. Sie werden mich deshalb doch nicht verraten?«

»Verraten – armer Kerl! Mir scheint, Ihre Geschichte ist gewiß ein Geheimnis, das Sie nicht einem Unbekannten anvertrauen möchten; was immer aber mit Ihnen geschehen mag, ich verspreche Ihnen aufs Ehrenwort, daß ich Sie niemals verraten werde.«

»Gott segne Sie dafür, Mr. Millet!«

»Ach was, nennen Sie mich bei meinem richtigen Namen. Ich bin nicht Mr. Millet. *Sie* haben selber *Sir* zu mir gesagt; und bestimmt haben Sie tausendmal andere Leute *John* genannt. Und jetzt können Sie doch wohl die beiden Wörter nebeneinanderstellen! Versuchen Sie einmal! Los! Einfach *Sir* und dann *John* – *Sir John* –, das ist doch keine Hexerei!«

»John – es geht nicht – Sir, Sir! – Verzeihen Sie! Ich hab's nicht so gemeint.«

»Mein guter Junge«, sagte der Edelmann und schaute Israel scharf an. »Sagen Sie, sind all Ihre Landsleute so wie Sie? Wenn ja, so ist es aussichtslos, mit ihnen zu kämpfen. Das muß ich Seiner Majestät persönlich schreiben. Nun denn, Sie brauchen mich nicht Sir John zu nennen. Aber sagen Sie mir geradeheraus, sind Sie nicht ein Seemann und seit kurzem Kriegsgefangener?«

Israel legte ein freimütiges Geständnis ab und erzählte seine ganze Geschichte. Der Edelmann lauschte seiner Erzählung mit großer Teilnahme, und zum Schluß warnte er Israel vor den Soldaten; denn da die Landsitze einiger Mitglieder der Königlichen Familie in der Nachbarschaft waren, wimmelte es in der Gegend von Rotröcken.

»Ich möchte nicht unnötig gegen meine eigenen Landsleute sprechen«, fügte er bei, »ich möchte Ihnen einfach helfen. Die Soldaten, die man auf den Straßen herumlungern sieht, sind keine würdigen Vertreter der Armee. Es ist eine Gesellschaft gemeiner, feiger Banditen, welche ihre besten Freunde um Sündenlohn verraten würden. Noch einmal, hüten Sie sich vor ihnen! Doch genug; folgen Sie mir jetzt ins Haus, und da Sie mir erzählt haben, wie Sie schon einmal Ihre Kleider wechselten, so können Sie es noch einmal tun. Was meinen Sie? Ich will Ihnen eine Jacke und Kniehosen gegen Ihre Fetzen da geben.«

So versah ihn der gute Edelmann großherzig mit Kleidern und anderen nützlichen Dingen. Darum fühlte sich Israel, voll grenzenlosem Vertrauen zu dem gutherzigen Mann, wieder froh werden, und im Laufe von zwei oder drei Wochen hatte er wieder soviel Fett an den Schenkeln, daß er Sir Johns alte Bocksfellhosen stramm ausfüllte, die anfänglich nur lose an ihm herumschlotterten.

Man hatte ihm eine Beschäftigung zugewiesen, die ihn von den anderen Arbeitern fernhielt. Das Erdbeerbeet wurde unter seine ausschließliche Obhut gestellt. Und an warmen, sonnigen Nachmittagen pflegte der Edelmann, leutselig und mild gestimmt vom Mittagessen, barhaupt zum schmucken Erdbeerbeet zu schlendern, wo er nette, trauliche Gespräche mit Israel führte; während Israel, den das patriarchalische Benehmen dieses echten abrahamitischen Gentlemans entzückte, mit einem Lächeln auf den Lippen und Tränen der Dankbarkeit in den Augen ihm von Zeit zu Zeit die schönsten Beeren des Beetes anbot. Als die Erdbeerzeit vorüber war, wurden ihm andere Flächen des Gartens zugeteilt. So verflossen sechs Monate, als Israel auf Empfehlung von Sir John bei Prinzessin Amalia eine gute Gärtnerstelle erhielt.

So vollständig hatten die jüngsten Erlebnisse ihn in allen äußerlichen Dingen verwandelt, daß ihn wenige für etwas anderes als einen Engländer gehalten hätten – nicht einmal die Dienstboten des Edelmannes. Im Garten der Prinzessin jedoch, wo er in Gesellschaft vieler anderer Leute arbeiten mußte, wurde oft über den Krieg gesprochen. Und die »verdammten Yankee-Rebellen« waren nicht selten Gegenstand verletzender Bemerkungen. Schwer fiel es dem Verbannten, solche Beleidigungen gegen ein Land, für das er geblutet hatte und für dessen ehrenvolle Sache er im selben Augenblick litt, schweigend hinzunehmen. Mehr als einmal war er nahe daran, aus Entrüstung seine Vorsicht zu vergessen. Er sehnte sich nach dem Ende des Krieges, nur um einmal wieder frei reden zu können.

Nun war der Oberaufseher des Gartens ein harter, herrischer Mann. Die Arbeiter ertrugen unterwürfig und knechtisch seine schlimmsten Beleidigungen; Israel aber, der im Gebirge aufgewachsen war, konnte sich nicht beherrschen, wenn er unverdienterweise Ziel der unbarmherzigen Scheltworte wurde. Ehe zwei Monate um waren, verließ er die Stelle bei der Prinzessin und trat bei einem Bauern in Dienst, der in einem kleinen Dorf unweit von Brentford wohnte. Kaum aber war er drei Wochen dort, so ging wieder das Gerücht um, er sei ein kriegsgefangener Yankee. Wie es aufkam, konnte er nie ermitteln. Sobald die Soldaten Wind davon bekamen, lauerten sie ihm auf. Zum Glück erfuhr Israel rechtzeitig von ihrer Absicht; aber er war in arger Bedrängnis. Er wurde mit einer Hartnäckigkeit gehetzt, die eines würdigeren Zieles wert gewesen wäre. Gar manchmal entkam er nur mit knapper Not. Er wäre unfehlbar geschnappt worden, hätten ihm nicht heimlich einige Persönlichkeiten geholfen, die möglicherweise der amerikanischen Sache gewogen waren, obwohl sie sich nicht dazu bekennen durften.

Eines Nachts, als er von den Häschern im Haus eines solchen Freundes, in dessen Dachstübchen er sich verborgen hielt, aufgespürt worden war, mußte er durch die Luke flüchten und über das Dach weg zehn bis zwölf Nachbarhäuser überklettern, bis er schließlich entschlüpfen konnte.

5

Israel in der Löwengrube

Tag und Nacht auf dem Sprung, von Schlaf und Speise verjagt, von Höhle zu Höhle gehetzt wie der Fuchs im Wald, ohne Hoffnung, auch nur einen Stundenlohn zu erwerben, erhielt er endlich von jemand, an dessen Ehrlichkeit er nicht zweifeln konnte, den Rat, sich mit einer Empfehlung von Sir John Millet um eine Stellung als Arbeiter in den Königlichen Gärten von Kew zu bewerben. Dort, hieß es, würde er restlos sicher sein, da sich kein Häscher dem Gelände nähern und irgend jemanden, der darin beschäftigt sei, belästigen dürfe. Es kam dem armen Verbannten absonderlich vor, daß dem Flüchtling ausgerechnet die Höhle des britischen Löwen, die Privatländereien des englischen Königs, als sicherster Zufluchtsort empfohlen wurde.

Israel wurde dem Obergärtner von einem, der diesen gut kannte, persönlich vorgestellt, wobei seine Herkunft wohlweislich verheimlicht blieb. Dazu besaß er ein Schreiben von Sir John und wurde von seinem Begleiter als außergewöhnlich erfahrener Gärtner empfohlen. So sah sich Israel alsbald eingestellt, um gewisse weniger bekannte Gewächse und Spazierwege des Parkes zu überwachen.

Hier, auf diesem leicht erreichbaren Landsitz, pflegte Georg III.*, der verworrenen Staatsgeschäfte müde und den geschwärzten alten Ziegelsteinbau von St. James weit hinter sich lassend, unter den langgestreckten Lauben, welche die verschlungenen Kronen hoher Bäume bildeten, auf und ab zu spazieren.

Mehr als einmal sah Israel, während er den Kies harkte, durch das trennende Laubwerk in einen verborgenen Parallelweg und warf einen flüchtigen Blick auf die einsame Gestalt, die nicht weniger von den tiefhängenden Ästen überschattet war als von den Wolken königlicher Sorgen.

Unerlaubte und abscheuliche Gedanken überfallen zuweilen

auch das edelste Menschenherz. Wie er den Monarchen so unbewacht vor sich sah, mußte er daran denken, daß der Krieg mehr dem Eigensinn des Königs als der Bereitschaft des Parlaments oder der Nation zu verdanken war; und beim Gedanken an all seine eigenen Leiden infolge dieses Krieges und an all das Elend seiner Heimat schossen dunkle Regungen unheilschwanger durch die Seele des Verbannten, ähnlich wie sie den Königsmörder Ravaillac* zu seiner Tat trieben. Doch den Versucher abweisend, überwand Israel all diese Regungen, die ihn auch nicht mehr heimsuchten, nachdem er ein einziges zufälliges Gespräch mit dem Fürsten gehabt hatte.

Als Israel eines Tages einen kleinen Seitenweg mit Kies bestreute, stand er plötzlich vor dem König, der, tief in Gedanken versunken, um eine Gebüschgruppe bog.

Sofort fuhr Israel mit der Hand an die Mütze, ohne sie abzuziehen, verbeugte sich und wollte verschwinden, als irgend etwas an seinem Äußeren den König aufmerksam machte.

»Sie sind kein Engländer – kein Engländer – bestimmt nicht.«

Blaß wie der Tod suchte Israel nach einer Antwort. Da ihm aber nichts einfiel, blieb er wie angewurzelt stehen.

»Sie sind ein Yankee – ein Yankee«, sagte der König wieder in seiner hastigen, halb stotternden Weise.

Wieder wollte Israel antworten, brachte aber kein Wort hervor. Was wollte er auch sagen? Konnte er einen König anlügen?

»Jawohl – Sie sind einer von dieser halsstarrigen Rasse – dieser halsstarrigen Rasse. Wie kommen Sie hierher?«

»Durch das Kriegsgeschick, Sir.«

»Entschuldigen Ihre Majestät«, sagte eine leise, unterwürfige Stimme und kam näher. »Der Mann hat Weisung, nicht auf diesem Weg zu sein. Irgendein Irrtum, mit Verlaub, Majestät. – Fort von hier, Tölpel!« zischte er Israel an.

Es war einer von den Gärtnerburschen, der so sprach. Offenbar hatte Israel an jenem Morgen seine Weisungen mißverstanden.

»Pack dich, du Hund!« zischte der Gärtner wieder, und dann

sagte er laut zum König: »Ein Versehen des Mannes, ich versichere Sie, Majestät.«

»Macht, daß Ihr fortkommt – weg mit Euch, und laßt mich allein mit ihm!« erwiderte der König.

Einen Augenblick hielt der König inne, bis der Mann außer Hörweite war. Dann wandte er sich wieder an Israel.

»Waren Sie dabei auf Bunker Hill? – Dem blutigen Bunker Hill – was, ja?«

»Jawohl, Sir.«

»Haben gekämpft wie ein Teufel – wie ein richtiger Teufel, nehme ich an?«

»Jawohl, Sir.«

»Haben geholfen, meine Truppen zu verhauen – zu verhauen?«

»Jawohl, Sir; tat es sehr ungern.«

»Wie? Was meinen Sie damit?«

»Ich hielt es leider für meine Pflicht, Sir.«

»Schwerer Irrtum – schwerer Irrtum, in der Tat. Warum reden Sie mich mit Sir an? Was? Ich bin Ihr König – Ihr König!«

»Sir«, sagte Israel entschieden, aber mit tiefer Ehrfurcht, »ich habe keinen König.«

Einen Augenblick lang funkelte ihn der König wütend an; doch ohne mit der Wimper zu zucken, blieb Israel, da für ihn alles aus war, mit stummer Ehrfurcht vor ihm stehen. Der König drehte sich langsam um, lief hastig eine Weile von Israel weg, kehrte aber sofort wieder zurück mit einem ruhigeren Schritt und sagte: »Es heißt, Sie seien ein Spion – ein Spion oder etwas Derartiges –, stimmt's? Aber das glaube ich nicht – o nein! Sie sind ein entlaufener Kriegsgefangener, ja? Sie haben diese Stelle gesucht, um vor Verfolgung sicher zu sein, nicht wahr? Stimmt's nicht?«

»Sir, so ist es.«

»Nun, Sie sind ein ehrlicher Rebell. Hören Sie, verraten Sie niemandem etwas von diesem Gespräch. Und hören Sie, solang

Sie hier in Kew bleiben, will ich dafür sorgen, daß Sie sicher sind – sicher.«

»Gott segne Ihre Majestät.«

»Was?«

»Gott segne Ihre edle Majestät!«

»Na, Schluß damit!« lächelte der König vor Entzücken. »Ich hab's ja gewußt, daß ich Sie gewinnen würde – gewinnen würde.«

»Nicht als König, sondern durch Ihre königliche Güte, Ihre Majestät.«

»Treten Sie in meine Armee ein – Armee.«

Israel senkte traurig den Blick und schüttelte den Kopf.

»Nicht? Nun gut, so bekiesen Sie halt meinen Gartenweg – nur zu! Schrecklich halsstarrige Rasse – halsstarrige Rasse, schrecklich – schrecklich!«

Und weiterknurrend verschwand der großmutige Löwe.

Wie der König überhaupt zu diesem Wissen über einen so geringen Verbannten gekommen war, ob durch seine wunderbare Fähigkeit, sofort jeden Charakter zu durchschauen, welche angeblich mit der Krone verliehen wird, oder weil die draußen umgehenden Gerüchte bis zu ihm vorgedrungen waren, das konnte Israel nie herausfinden. Höchstwahrscheinlich war das letztere in der Tat der Fall; denn irgendwelche unbestimmte Andeutungen, Israel sei kein Engländer, waren ganz kurz vor seiner Begegnung mit dem König verschiedenen von den untergeordneten Gärtnern zugeraunt worden. Ohne daß dadurch Israels Landestreue belastet würde, muß weiter berichtet werden, daß er nach dieser Privataudienz mit Georg III. ein höchst günstiges Urteil über diesen Monarchen hegte. Israel glaubte fortan, nicht das warme Herz des Königs, sondern nur die kalten Köpfe der Lords im Rat hätten ihn dazu gebracht, Amerika so tyrannisch zu strafen. Und doch war bisher genau das Gegenteil hiervon Israels Ansicht gewesen, wie es dem allgemeinen Vorurteil in ganz Neuengland entsprach.

Hieraus sehen wir, welch seltene und magische Gewalt in

einer Krone lebt und wie unversehens jene wohlfeile und leichte Großmut, die den meisten Königen im Privatleben eignet, gutmütige und unglückliche Seelen betören kann. In der Tat, wenn unser Abenteurer nicht so selbstlos treu und vaterlandsliebend gewesen wäre, so hätte er bald die rote Jacke zur Schau getragen; und vielleicht wäre er unter der unmittelbaren Gönnerschaft seines königlichen Freundes mit der Zeit zu recht bedeutendem Rang in der britischen Armee emporgestiegen. In diesem Falle brauchten wir ihm allerdings nicht lange, lange Jahre der Wanderung durch Dunkel und Armut zu folgen, wie wir dies schließlich tun werden.

So blieb Israel weiter als Gärtner im Dienste des Königs zu Kew, bis eine Jahreszeit kam, da der Garten weniger Leute benötigte und er mit einigen anderen entlassen wurde. Schon am darauffolgenden Tag verdingte er sich für ein paar Monate bei einem Bauern in der Nachbarschaft, wo er zuletzt angestellt gewesen war. Kaum aber war eine Woche verstrichen, so wurde die alte Geschichte, er sei ein Rebell oder ein entlaufener Gefangener oder ein Yankee oder ein Spion, mit vermehrter Gehässigkeit wiederbelebt. Die Häscher waren ihm von neuem wie Bluthunde auf den Fersen. Die Häuser, wo er Obdach fand, wurden wiederholt durchsucht; doch dank der Treue weniger wohlwollender Freunde und seiner eigenen rastlosen Wachsamkeit und Wendigkeit schlüpfte der verfolgte Fuchs immer wieder aus der Schlinge. Diese ununterbrochene Hetze jedoch trieb ihn in die äußerste Erschöpfung, so daß er in einem Verzweiflungsanfall schließlich sich selber ausliefern und sich in sein Schicksal fügen wollte, als sich die Vorsehung gerade im letzten Augenblick für ihn ins Mittel legte.

6

Israel lernt gewisse heimliche Freunde Amerikas kennen, von denen einer der berühmte Verfasser des Werkes »Unterhaltender Zeitvertreib« ist. Diese schicken ihn mit einer geheimen Botschaft über den Kanal*

Damals waren die Kolonien, obwohl tatsächlich die Opfer der britischen Tyrannei, nicht ganz ohne Freunde in England. Es war nur begreiflich, wenn im Parlament selber vaterlandstreue und begabte Leute saßen, die nicht nur zur Versöhnung rieten, sondern sogar den Krieg als widernatürlich brandmarkten, daß es dann auch über das ganze Land hinweg da und dort manche Persönlichkeit gab, die ähnlich empfand und die sich nicht einmal scheute, insgeheim entsprechend zu handeln.

Als Israel sich eines Nachts spät im Speicher eines Bauernhofes versteckte, sah er einen Mann mit einer Laterne herankommen. Er wollte gerade entfliehen, als dieser ihn mit wohlbekannter Stimme anrief und ihn aufforderte, keine Furcht zu haben. Es war der Bauer selber. Er brachte Israel einen Brief von einem Herrn von Brentford, worin der Flüchtige dringend ersucht wurde, sich am nächsten Abend in der Wohnung dieses Herrn einzufinden.

Im ersten Augenblick argwöhnte Israel, der Bauer treibe ein falsches Spiel mit ihm oder er sei in seiner ehrlichen Gutgläubigkeit das Werkzeug böser Spitzbuben. Jedenfalls hielt er die Botschaft für eine Falle und weigerte sich eine halbe Stunde lang, ihr Glauben zu schenken. Schließlich aber ließ er sich eines Besseren belehren. Der Herr, der ihn einlud, war ein gewisser Landjunker Woodcock* von Brentford, dessen Königstreue schon angezweifelt worden war; so beteuerte wenigstens der Bauer. Diese letzte Mitteilung tat ihre Wirkung.

Am nächsten Tag, bei Einbruch der Nacht, kroch Israel, von dem Bauern seltsam verkleidet, aus seinem Versteck und gelangte nach ein paar Marschstunden zu dem altertümlichen Backsteinhaus des Junkers, der selber die Türe öffnete und, nachdem er vernommen hatte, wer vor ihm stehe, Israel sofort in der feierlichsten Weise versicherte, es handle sich keineswegs um ein falsches Spiel. So ließ sich der Wanderer hineinführen und in ein verstecktes Zimmer im hinteren Teil des Gebäudes geleiten, wo zwei weitere Herren saßen, die, der Sitte jener Zeit gemäß, lange, mit Spitzen verzierte Röcke, enganliegende Beinkleider und Schuhe mit Silberschnallen trugen.

»Ich bin John Woodcock«, sagte der Gastgeber, »und diese Herren da sind Horne Tooke* und James Bridges*. Wir alle drei sind Freunde Amerikas. Wir hörten seit ein paar Wochen von Ihnen, und da wir aus Ihrem ganzen Benehmen schließen müssen, daß Sie Amerikaner von der echten Sorte sind, haben wir beschlossen, Sie in einer Weise zu verwenden, die Ihnen nur recht sein kann. Denn obwohl Sie ein Verbannter sind, wollen Sie gewiß immer noch Ihrem Lande dienen; wenn nicht als Seemann oder Soldat, so doch als Reisender, oder?«

»Sagen Sie, wie ich das tun kann«, bat Israel, dem es nicht ganz behaglich war.

»Alles zu seiner Zeit«, lächelte der Junker. »Vorläufig ist die Hauptsache … Haben Sie Vertrauen in meine Worte?«

Israel schaute erst den Landjunker und dann seine Gefährten forschend an; und unter dem Eindruck des begeisterten, aufrichtigen Gesichtes von Horne Tooke, der damals am ehrlichen Anfang seiner politischen Laufbahn stand, wandte er sich an den Junker und sagte: »Sir, ich glaube, was Sie mir gesagt haben. Sagen Sie jetzt, was ich tun soll.«

»Oh, es ist gerade nichts zu tun heut nacht«, meinte der Junker, »vielleicht auch nicht in den nächsten paar Tagen, doch wollten wir Sie zur Verfügung haben.«

Hierauf deutete er seinem Gast ganz allgemein und unbestimmt an, was er im Sinne habe. Dann bat er ihn, seine Abenteuer von Anfang an, seit er die Waffen für sein Land ergriff, zum besten zu geben. Dagegen hatte Israel nicht das geringste einzuwenden, wie ja alle Menschen gerne die Geschichte ihrer Leiden erzählen, die sie in einer gerechten Sache erduldet haben. Bevor er aber anfing, erquickte ihn der Junker mit etwas kaltem Rindfleisch, das in ein schneeweißes Tellertuch gewickelt war, und einem Glas Birnwein und forderte ihn dreimal während der Erzählung seiner Irrfahrten auf, mehr zu trinken.

Doch nach dem zweiten Glas weigerte sich Israel, weiterzutrinken, so mild das Getränk auch war. Denn er bemerkte nicht nur, daß die Herren mit dem größten Interesse zuhörten, sondern daß sie ihn hartnäckig mit allerlei Kreuz-und-Quer-Fragen unterbrachen.

Das veranlaßte ihn, auf der Hut zu sein und noch nicht so ganz zu trauen, wer sie tatsächlich seien oder was sie wirklich im Sinne hatten. Es zeigte sich aber, daß Junker Woodcock und seine Freunde bloß restlos sicher sein wollten, bevor sie ihre Karten endgültig aufdeckten, ob der Flüchtling unbeschränktes Vertrauen verdiene.

Zu diesem gewünschten Schluß kamen sie schließlich auch. Als Israels Geschichte zu Ende war, drückten sie ihm ihr Mitgefühl für sein Ungemach aus, lobten ihn, daß er in edlem Vaterlandssinn so viel Mühsal geduldig überstanden habe, priesen auch seine braven Kameraden von Bunker Hill und enthüllten ihm schließlich offen ihren Plan. Sie wollten wissen, ob Israel eine Reise nach Paris unternehmen würde, um eine wichtige Botschaft, die sie in nächster Zeit zur Weiterleitung erhalten sollten, zu Doktor Franklin* zu bringen, der damals in jener Hauptstadt weilte.

»All Ihre Auslagen werden Ihnen bezahlt, ganz abgesehen von einer Entschädigung obendrein«, sagte der Junker. »Wollen Sie gehen?«

»Ich muß mir's überlegen«, sagte Israel, der noch immer Bedenken hegte. Noch einmal aber warf er einen Blick auf Horne Tooke, und sein Entschluß war gefaßt.

Nun erklärte der Junker Israel, er müsse, um jeden Verdacht zu vermeiden, anderswohin verschwinden, bis zu der Stunde seiner Abreise nach Paris. Sie machten ihm tiefste Verschwiegenheit zur Pflicht, gaben ihm einen Gulden und einen Brief an einen Herrn in White Waltham, einem Ort, der einige Meilen von Brentford entfernt war; dahin sollte er sich so rasch wie möglich begeben und dort auf weitere Weisungen warten.

Hierauf bat ihn Junker Woodcock, seinen rechten Fuß hochzuheben.

»Wozu?« fragte Israel.

»Na, möchten Sie nicht gern bis zur Rückkehr ein Paar neue Stiefel haben?« lächelte Horne Tooke.

»O ja, natürlich; dagegen hab' ich nichts einzuwenden!« sagte Israel.

»Gut, dann soll Ihnen der Schuhmacher das Maß nehmen«, lächelte Horne Tooke.

»Tun Sie's, Herr Tooke«, meinte der Junker; »Sie messen besser aus als ich.«

»Strecken Sie Ihren Fuß hoch, mein guter Freund«, sagte Horne Tooke – »schön – und jetzt wollen wir Ihr Herz messen.«

»Was das betrifft, so nehmen Sie nur den Brustumfang«, sagte Israel.

»Genau der Mann, den wir brauchen«, meinte Mr. Bridges triumphierend.

»Gib ihm noch ein Glas Wein, Junker«, sagte Horne Tooke.

Dann tauschte Israel sein Bauerngewand gegen eine neue Verkleidung ein und brach sofort zu Fuß nach seinem Bestimmungsort auf, nachdem er genaue Angaben hinsichtlich seines Weges entgegengenommen hatte. Als er am folgenden Morgen in White Waltham ankam, wurde er von dem Herrn, dem er den Brief brachte, sehr herzlich aufgenommen. Diese Persönlichkeit, wiederum ein aktiver Freund Amerikas, wußte besonders gut, was in jüngster Zeit in jenem Lande vorgefallen war. Von ihm erhielt Israel manchen Aufschluß. Nachdem er etwa zehn Tage an diesem Ort verbracht hatte, kam Bescheid von Junker Woodcock, Israel solle sofort zurückkommen, und zwar

war die Stunde, da er erscheinen müsse, vorgeschrieben, nämlich zwei Uhr früh am nächsten Tag. So wurde der Pilger, nach einer weiteren nächtlichen Fußwanderung durch das Land, von denselben drei Herren, wie zuvor im selben Zimmer versammelt, empfangen.

»Die Zeit ist da«, sagte Junker Woodcock. »Sie müssen heut früh nach Paris aufbrechen. Ziehen Sie Ihre Schuhe aus!«

»Soll ich von hier bis Paris auf bloßen Strümpfen laufen?« scherzte Israel, bei dem das leichte Wohlleben zu White Waltham nicht verfehlt hatte, Gutmütigkeit und Humor, die in ihm steckten, wieder hervorzulocken, genauso wie seine früheren Erlebnisse zumeist das Gegenteil bewirkt hatten.

»O nein«, lächelte Horne Tooke, der nie Mangel gelitten hatte, »wir haben Siebenmeilenstiefel für Sie. Haben Sie vergessen, daß wir Ihr Maß nahmen?«

Bei diesen Worten ging der Junker zu einem Wandschrank und zog ein Paar neue Stiefel hervor. Sie waren mit falschen Absätzen versehen. Indem der Junker diese losschraubte, zeigte er Israel die Schriftstücke, die darunter versteckt lagen. Sie waren aus feinem Seidenpapier und ganz mit winziger Schrift bedeckt. Die Stiefel, das versteht sich von selbst, waren speziell für diese Gelegenheit hergestellt worden.

»Gehen Sie damit im Zimmer auf und ab«, sagte der Junker, als Israel sie angezogen hatte.

»Man wird ihm bestimmt auf die Spur kommen«, lächelte Horne Tooke. »Hören Sie nur, wie sie knarren.«

»Aber, aber, es ist eine viel zu ernste Sache zum Scherzen«, sagte der Junker. »Und jetzt, mein flotter Kerl, seien Sie vorsichtig, besonnen, behutsam und vor allem flink.«

Nachdem Israel alle nötigen Weisungen sowie eine Summe Geldes entgegengenommen hatte, verabschiedete er sich von Mr. Tooke und Mr. Bridges, wurde heimlich von dem Junker die Treppe hinuntergeleitet und war fünf Minuten später auf dem Weg nach Charing Cross in London. Dort nahm er die Postkutsche nach Dover, von da ein Paketboot hinüber nach Calais, und fünfzehn Minuten nach der Landung rollte er über französischen Boden Paris zu. Er kam wohlbehalten dort an, und da er sich unverhohlen als Amerikaner gab, bewirkten die damals besonders freundschaftlichen Beziehungen zwischen den beiden Nationen, daß ihm sogar Unbekannte freundliche Gefälligkeiten erwiesen.

7

Nach einem seltsamen Abenteuer auf dem Pont-Neuf wird Israel von dem berühmten Weisen, Doktor Franklin, empfangen, den er regelrecht gelehrt und mannigfaltig beschäftigt findet

Den Weisungen folgend, die man ihm an der Haltestelle der Postkutsche gegeben hatte, überquerte Israel den Pont-Neuf, um Doktor Franklin aufzusuchen, als er plötzlich von einem Mann angesprochen wurde, der seitlich auf der Brücke direkt unter der Statue des berittenen Heinrich IV. stand.

Der Mann hatte eine kleine, armselig aussehende Kiste mit einer Büchse Schuhwichse auf der einen und mehreren Schuhbürsten auf der anderen Seite vor sich am Boden. Mit der einen Hand, in der er noch eine Bürste hielt, begleitete er höflich seine Einladung, indem er elegant in der Luft herumfuchtelte.

»Was willst du von mir, Mitmensch?« fragte Israel und hielt an, etwas unangenehm berührt.

»Ah, Monsieur«, rief der Mann aus, und mit gewandter Höflichkeit ergoß er einen Schwall von französischen Worten über den armen Israel, für den das natürlich alles unverständlich chinesisch war. Doch was die Sprache nicht zu vermitteln vermochte, wurde jetzt durch die Gesten völlig klar. Indem der Mann auf den nassen, schmutzigen Zustand der Brücke hindeutete, die eben von einem Regenguß aufgeweicht worden war, und dann auf die Füße der Reisenden und endlich auf die Bürste in seiner Hand, schien er tief betrübt, daß ein Herr von Israels sonst so eindrucksvoller Erscheinung mit so schmutzigen Stiefeln auf der Straße ging, und bot sich gleichzeitig an, die verunstaltenden Flecken zu entfernen.

»Ah, Monsieur, Monsieur!« rief der Mann und lief schließlich auf Israel zu. Und mit zarter Gewalt schleppte er ihn zu seiner Kiste, setzte des Kunden widerstrebenden rechten Fuß darauf und machte sich kräftig ans Werk, als Israel, jählings von einem entsetzlichen Verdacht durchzuckt, der Kiste einen schrecklichen Tritt versetzte, sich auf seine falschen Absätze machte und wie ein Toller über die Brücke davonrannte.

Wütend darüber, seine Höflichkeit so unwirsch erwidert zu sehen, rannte ihm der Mann nach, was jedoch Israel in seinem Verdacht bestärkte, so daß er noch schneller lief und dank seiner Behendigkeit bald dem Verfolger entrann.

Als Israel schließlich in der Straße und bei dem Hause anlangte, zu dem er auf seine Fragen gewiesen worden war, da öffnete sich das Tor seltsamerweise von selbst, und höchst erstaunt über diesen unerwarteten Zauber betrat er einen weiten, gewölbten Durchgang, der auf einen offenen inneren Hof führte. Während er verwundert dastand, weil keine Seele sich blicken ließ, wurde er plötzlich aus einem dunklen Fensterchen aus angerufen, wo ein alter Schuhflicker saß, während eine alte Frau neben ihm ihren Kopf in den Durchgang hinausstreckte und den Fremdling aufmerksam musterte. Wie sich zeigte, waren es der Pförtner und seine Frau. Die letztere hatte, als sie seinen Ruf hörte, mittels einer Vorrichtung, die mit der kleinen Wohnung in Verbindung stand, unsichtbar das Tor geöffnet.

Als der Name Doktor Franklins an ihr Ohr schlug, stürzte die alte Frau bereitwillig aus ihrer Bude hervor und führte Israel außerordentlich zuvorkommend durch den Hof und drei Treppen hoch bis zu einer Tür im hinteren Teil des weitläufigen Gebäudes. Dort verließ sie ihn, während Israel anklopfte.

»Herein!« tönte es.

Und schon stand Israel vor dem ehrwürdigen Doktor Franklin.

In einen kostbaren Schlafrock gehüllt (das wunderliche Geschenk einer bewundernden Marquise), der wie das Gewand eines Hexenmeisters seltsam mit algebraischen Zeichen bestickt war, und ein Käppchen aus schwarzem Satin auf seinem Bienenstock von Scheitel, saß der Mann voll Würde an einem mächtigen, alten, klauenfüßigen Tisch, rund wie der Tierkreis.

Dieser Tisch war übersät mit bedruckten Papieren, Dokumentenmappen, Manuskriptrollen, zufälligen Bestandteilen merkwürdiger Modelle aus Holz und Metall, kurios aussehenden Flugschriften in verschiedenen Sprachen und Büchern aller Art, unter anderem auch vielen Geschenkbänden über Geschichte, Mechanik, Diplomatie, Landwirtschaft, Nationalökonomie, Metaphysik, Meteorologie und Geometrie. Die Wände waren behangen wie bei einem Schwarzkünstler; rundum waren Barometer der verschiedensten Art, Pläne von überraschenden Erfindungen, mächtige Karten von fernen Ländern in der Neuen Welt, mit riesigen leeren Stellen in der Mitte, über die mit weitentfernten Buchstaben das Wort WÜSTE gedruckt stand, so daß fünfundzwanzig Längengrade mit diesen zwei armseligen Silben überspannt waren. Dieses gedruckte Wort jedoch war von des Doktors Feder kräftig durchgestrichen, als ob er es ein für allemal austilgen wollte. Dann hingen da dichtbeschriftete topographische und trigonometrische Karten von verschiedenen Teilen Europas, ferner geometrische Zeichnungen und zahllose andere überraschende Wandbehänge und Behälter der Wissenschaft.

Das Zimmer selbst trug offensichtliche Spuren des Alters. Ein Teil der rohverputzten Wand war arg von Rissen durchzogen und mit Staub bedeckt und sah trüb und traurig aus. Doch der betagte, wenn auch ebenfalls runzlige Insasse machte einen gesunden und frischen Eindruck. Die Wand und der Weise bestanden aus ähnlichem Stoff – aus Kalk und Staub; beide waren ebenso alt; während aber die rauhe Erdschicht der Wand keinen glänzenden Anstrich gegen alles Verblassen und Schmutzigwerden aufwies, wodurch sie äußerlich immer noch frisch geblieben wäre, obwohl ihr Kern vor hohem Alter zerfiel, war der lebendige Kalk und Staub des Weisen übermalt mit der widerstandskräftigen Jugend seiner Seele.

Es war heiß; wie ein altes Westindien-Packfaß auf dem Kai, so summte das ganze Zimmer vor Fliegen. Doch der weise Bewohner saß still und kühl mittendrin. Gänzlich der anderen

Welt seiner Geschäfte und Gedanken hingegeben, schien ihn dieses Ungeziefer nicht im geringsten zu stören, sowenig wie alltägliche Not und Sorge. Es war ein wohltätiger Anblick, diesen heiteren, gelassenen und überlegenen alten Philosophen zu betrachten, der durch scharfe Beobachtung des Alltagsmenschen und durch langes Nachsinnen über ihn in der Umgebung all dieser kuriosen alten Geräte, Karten und Bücher schließlich so wundersam weise geworden war. Da saß er nun, ganz reglos inmitten der rastlosen Fliegen, und drehte, daß es raschelte wie das leise Blätterrauschen des Waldes am Mittag, die Seiten eines alten, zerfetzten Folianten, dessen Deckel und Rücken dunkel und rauh wie die Rinde einer alten Eiche war. Der Eindruck drängte sich auf, diese ernste, gesunde Gestalt müsse übernatürliches Wissen besitzen – mindestens ungewöhnliche Weitsicht, gefälligen Witz und praktischen Verstand. Das Alter schien seinen Geist in keiner Weise geschwächt, vielmehr geschärft zu haben; genau wie alte Tischmesser, wenn sie von gutem Stahl sind, durch langen Gebrauch spitz wie Spieße und biegsam wie Fischbein werden. Obwohl er aber so rüstig und kräftig aussah, trotz seiner zweiundsiebzig Jahre (das war damals sein genaues Alter), schien ihm doch irgendwie die unvorstellbare Überlegenheit eines vorsintflutlichen Ungeheuers eigen. Das lag nicht nur an den Kalenderjahren, sondern auch an den Jahren der Weisheit. Sein weißes Haar und seine milde Stirn wiesen in die Zukunft wie in die Vergangenheit. Er schien siebenmal zwanzig Jahre alt, das heißt dreimal zwanzig und zehn der Voraussicht zu den dreimal zwanzig und zehn der Erinnerung, was im ganzen genau siebenmal zwanzig Jahre ausmachte.

Als aber Israel in das Zimmer trat, entging ihm all dies; denn der Weise drehte ihm den Rücken zu, nicht das Gesicht.

So betrat unser Kurier, einzig auf seinen Auftrag bedacht, hastig und erhitzt noch vom vorausgehenden Rennen, das Zimmer und bekam für den Augenblick nur einen unvollkommenen Eindruck, sowohl von diesem wie von seinem Bewohner.

»Bonjour, bonjour, Monsieur!« sagte der Mann der Weisheit

mit munterer Stimme, war aber gerade allzu beschäftigt, um sich umzudrehen.

»Guten Tag, Doktor Franklin«, sagte Israel.

»Oho! Das riecht ja nach Mais!« meinte der Doktor und wandte sich plötzlich auf seinem Stuhl um. »Ein Landsmann; bitte, setzen Sie sich, mein Wertester! Nun, was gibt's Neues? Etwas Besonderes?«

»Einen Augenblick, bitte!« sagte Israel und schritt durch das Zimmer auf den Stuhl zu.

Nun lag aber kein Teppich auf dem Boden, der mit dunklen Holzrauten eingelegt und spiegelglatt gewichst war, wie das in Frankreich üblich ist. Als Israel über diesen schlüpfrigen Boden schritt, glitt er aus, als ginge er auf Glatteis, und beinah wäre er hingefallen.

»Sie haben anscheinend recht hohe Absätze an Ihren Stiefeln«, meinte der würdige Mann der Nützlichkeit und blickte scharf hinunter durch seine Brille. »Wissen Sie eigentlich nicht, daß das sowohl Lederverschwendung als auch Gefährdung Ihrer Glieder ist, so hohe Absätze zu tragen? Ich habe die Absicht, bei der ersten Gelegenheit eine kleine Broschüre gegen diesen Unfug zu schreiben. Doch halt, was tun Sie denn da? Tun Ihnen die Stiefel weh, Freund, daß Sie so auf einem Bein hüpfen?«

In diesem Augenblick hatte sich Israel gesetzt und legte gerade seinen rechten Fuß über sein linkes Knie.

»Wie töricht von einem vernünftigen Geschöpf«, fuhr der weise Mann fort, »so knappe Stiefel zu tragen! Wenn die Natur diese Absicht für vernünftige Wesen gehabt hätte, so hätte sie den Fuß aus festen Knochen oder vielleicht aus festem Eisen statt aus Knochen, Sehnen und Fleisch gemacht. Doch halt! – Aha!«

Und auf die Füße springend, eilte der ehrwürdige Weise in seinen Pantoffeln zur Türe und schob den Riegel vor. Dann zog er den Vorhang sorgfältig vor das Fenster, das auf einen Hof und auf verschiedene gegenüberliegende Fenster ging. Dann bat er Israel, in seiner Arbeit fortzufahren.

»Diesmal hab' ich danebengehauen«, fügte der Doktor hinzu

und lächelte, als Israel seine Dokumente aus ihrem seltsamen Behältnis hervorzog. »Ihre hohen Absätze sind allem Anschein nach voller Bedeutung und nicht bloß leerer Unsinn!«

»Allerdings, Doktor«, sagte Israel und händigte die Papiere aus. »Um ein Haar wäre ich heute mit ihnen in die Falle gegangen.«

»Wie? Was meinen Sie damit?« fragte der Weise und kramte gierig in den Blättern.

»Nun, als ich jene Steinbrücke dort über die Siene überquerte –«

»Seine«, unterbrach ihn der Doktor, indem er die französische Aussprache korrigierte. »Wenn Sie ein neues Wort lernen, sprechen Sie es immer sofort richtig aus, guter Freund, so werden Sie es nie mehr falsch tun.«

»Nun denn, als ich jene Brücke dort überquerte – wer rief mich da an? Ein verdächtig aussehender Kerl, der unter dem Vorwand, mir die Schuhe zu putzen, die Absätze listig abschrauben und mir so all diese wertvollen Dokumente entwenden wollte.«

»Mein guter Freund«, sagte der Mann der Würde und betrachtete seinen Gast forschend. »Sie haben gewiß seinerzeit saure Tage gehabt, wie man so sagt, sind angegriffen und verfolgt und von Ihren Mitmenschen sehr übel mitgenommen worden?«

»In der Tat, Doktor, so ist es.«

»Hab's gleich gesehen. Arge Mißhandlung hat Sie arg mißtrauisch gemacht, mein ehrbarer Freund. Unterschiedslose Beargwöhnung der menschlichen Natur ist die schlimmste Frucht trauriger Verhältnisse, ob sie nun verdient oder unverschuldet seien. Und obwohl zuweilen allzuviel Vertrauen den Menschen viel eher in Schwierigkeiten bringt als Mangel an Vernunft, so ist doch allzuviel Mißtrauen genauso schlimm wie zuwenig Vernunft. – Der Mann, dem Sie begegneten, mein Freund, hatte höchstwahrscheinlich keine böse Absicht; er wußte überhaupt nichts von Ihnen und Ihren Absätzen; er wollte bloß zwei Sous verdienen damit, daß er Ihnen die Stiefel bürstete. Diese Schuhwichser schlagen ihren Standort regelmäßig auf der Brücke auf.«

»Da tut es mir aber sehr leid, daß ich ihm seine Kiste umgeschmissen habe und davongerannt bin. Aber man hat mich nicht erwischt.«

»Wie? Sie sind doch, mein ehrlicher Freund, in Ihrer Eigenschaft als Überbringer wichtiger geheimer Depeschen nicht etwa so unvorsichtig gewesen, einem harmlosen Manne die Kiste umzuwerfen, und das noch auf offener Straße in der Hauptstadt, wohin man Sie in besonderer Mission geschickt hat?«

»Doch, das tat ich, Doktor!«

»Handeln Sie nie mehr so unklug! Wenn die Polizei Sie in die Finger bekommen hätte, stellen Sie sich einmal vor, was für Folgen das gehabt hätte!«

»Na, es war wohl nicht sehr gescheit von mir, in der Tat, Doktor. Aber Sie müssen verstehen, ich glaubte, er führe Böses im Schilde.«

»Und bloß weil sie *glaubten*, er führe Böses im Schilde, mußten Sie ohne weiteres Unfug *tun*? Das ist doch eine traurige Logik! – Aber überlegen Sie einmal, was ich Ihnen eben erst gesagt habe; unterdessen will ich die Papiere überfliegen.« –

Nach einer halben Stunde legte der Doktor die Dokumente hin und wandte sich wieder an Israel. Er nahm freundlich seine Brille ab, hielt ihm auf die liebenswürdigste und vertraulichste Art eine weitschweifige väterliche Strafpredigt über die unbesonnene Handlung, die er sich auf dem Pont-Neuf hatte zuschulden kommen lassen, und schloß, indem er seine Börse hervorzog und Israel drei kleine Silbermünzen in die Hand drückte, mit dem Auftrag, den Mann heute noch aufzusuchen, bei ihm Abbitte zu tun und Sühne zu leisten für den unseligen Irrtum.

»Wir alle sind Irrtümern unterworfen, mein redlicher Freund«, fuhr der Doktor fort. »Daher ist die wichtigste Lebenskunst zu lernen, wie man Irrtümer am besten wiedergutmacht. Nun gibt es ein Mittel gegen Irrtümer: die Ehrlichkeit. Darum vergüten

Sie dem Mann den Schaden an seiner Kiste. – Und jetzt, guter Freund, sagen Sie mir, wer Sie sind! Meine Briefschreiber hier nennen Ihren Namen – Israel Potter – und sagen, Sie seien Amerikaner, ein entwichener Kriegsgefangener, aber nicht mehr. Ich möchte Ihre Geschichte aus Ihrem eigenen Munde hören.«

Israel begann sofort und erzählte dem Doktor all seine Abenteuer bis zum gegenwärtigen Augenblick.

»Ich vermute«, sagte der Doktor, als Israel geschlossen hatte, »Sie verlangen danach, zu Ihren Freunden übers Meer zurückzukehren?«

»In der Tat, Doktor!« erwiderte Israel.

»Nun, ich glaube, ich kann Ihnen die Reise ermöglichen.«

Israels Augen strahlten vor Begeisterung. Der milde Weise bemerkte es und fügte hinzu: »Doch sind die Verhältnisse heutzutage sehr ungewiß. Man muß nie übermütig sein, wenn einem das Glück lächelt, wohl aber gefaßt, wenn sich Unglück ankündigt. Das hat mich das Leben gelehrt, mein werter Freund.«

Israel war zumute, als hätte man ihm einen Plumpudding unter die Nase gehalten und sofort wieder weggezogen.

»Vermutlich werde ich Sie in zwei oder drei Tagen wieder mit einigen Papieren zurückschicken zu den Leuten, die Sie hergesandt haben. In diesem Fall werden Sie noch einmal hierherkommen müssen; dann aber, mein guter Freund, wollen wir sehen, was sich machen läßt, um Sie wohlbehalten heimzubefördern.«

Israel verlor sich in Sturzbächen von Dankesbezeugungen, als ihn der Doktor unterbrach.

»Dankbarkeit, Freund, kann man nicht genug empfinden gegen Gott; gegen Menschen aber sollte man maßhalten. Niemand ist überhaupt imstande, seinem Nächsten so große Dienste zu erweisen, daß er unbegrenzte Dankbarkeit verdiente. Übergroße Dankbarkeit auf seiten des Empfängers erzeugt leicht Eitelkeit oder Anmaßung auf seiten des Gebers. Wenn ich Ihnen daher bei der Heimkehr behilflich bin – falls ich tatsächlich dazu imstande sein sollte –, erfülle ich bloß einen Teil meiner Amtspflicht als Vertreter unseres gemeinsamen Vaterlandes. So schulden Sie mir überhaupt nichts außer den kleinen Betrag, den ich Ihnen vorhin ausgehändigt habe. Den aber können Sie, statt ihn mir später zurückzuzahlen, der ersten Soldatenwitwe geben, die Sie antreffen, wenn Sie heimkommen. Vergessen Sie es ja nicht; denn es ist eine Schuld, eine Geldverpflichtung mir gegenüber. Es wird etwa ein Vierteldollar sein, in amerikanische Währung umgerechnet. Ein Vierteldollar, denken Sie daran! Mein redlicher Freund, seien Sie immer wie ein Sekundenzeiger peinlich gewissenhaft in Geldangelegenheiten, ganz gleichgültig, um wen es sich handelt, um Vater oder Fremdling, Bauer oder König; seien Sie aufs Tüpflein genau mit Ihrer Ehre!«

»Gut denn, Doktor«, sagte Israel, »wenn Genauigkeit in solchen Dingen so nötig ist, lassen Sie mich meine Schuld mit derselben Münze zurückzahlen, die mir vorgestreckt wurde. Jedes Mißverständnis wäre dadurch ausgeschlossen. Dank meiner Brentford-Freunde habe ich genug eigenes Geld zur Verfügung, um den Schaden beim Schuhputzer an der Brücke wettzumachen. Ich nahm das Geld nur von Ihnen an, weil ich dachte, es würde sich schlecht machen, wenn ich es zurückwiese, da Sie es mir so freundlich angeboten hatten.«

»Mein ehrlicher Freund«, sagte der Doktor, »Ihr aufrichtiges Wesen gefällt mir. Ich will das Geld zurücknehmen.«

»Ohne Zins hoffentlich, Doktor!« sagte Israel. Der Weise schaute Israel nachsichtig über die Brille hin an und erwiderte: »Mein guter Freund, lassen Sie sich nie zu Scherz in Geldsachen hinreißen! Treiben Sie nie Spott bei Begräbnissen oder wenn Sie Geschäfte tätigen! Die Angelegenheit zwischen uns zweien kommt Ihnen vielleicht geringfügig vor; doch Kleinigkeiten bedingen oft folgenschwere Anfänge. – Doch genug davon. Besser gehn Sie jetzt sofort zu dem Schuhputzer. Wenn Sie mit ihm ins reine gekommen sind, kehren Sie wieder hierher zurück, wo Sie ein Zimmer nebenan für Sie gerichtet finden; darin sollen Sie während Ihres Pariser Aufenthaltes bleiben.«

»Aber ich hoffte, ich könne mir ein wenig die Stadt besehn, bevor ich nach England zurückkehre«, meinte Israel.

»Pflicht geht vor Vergnügen, mein Freund! Sie müssen unbedingt in Ihrem Zimmer bleiben, als wären Sie mein Gefangener, bis Sie Paris verlassen und nach Calais gehen. Da ich noch unentschieden bin, wann ich Sie abreisen lassen will, ist Ihr Verbleiben im Zimmer unerläßlich. Wenn Sie aber aus Brentford zurückkommen, werden Sie, falls nichts dazwischenkommt, Gelegenheit haben, die gefeierte Hauptstadt zu besichtigen, bevor Sie sich nach Amerika einschiffen. Gehen Sie jetzt augenblicklich, und entschädigen Sie den Schuhputzer. – Halt! Haben Sie das Kleingeld abgezählt bereit? Ziehen Sie nicht all Ihr Geld auf der offenen Straße heraus!«

»Doktor«, sagte Israel, »ich bin nicht so einfältig.«

»Aber Sie schmissen doch die Kiste um?«

»Das, Doktor, war Mut!«

»Mut in Kleinigkeiten ist der Gipfel der Dummheit, mein Freund. – Zählen Sie Ihr Kleingeld ab! Es müssen französische Münzen sein, nicht englische, womit Sie den Mann bezahlen. – Oh, das reicht – diese drei Geldstücke werden genügen. Stecken Sie sie in eine andere Tasche als Ihr übriges Bargeld! Und jetzt fort mit Ihnen und rasch zur Brücke!«

»Soll ich irgendwo einkehren und was essen auf dem Rückweg, Doktor? Ich sah verschiedene Garküchen, als ich herkam.«

»Cafés und Restaurants nennt man sie hier, mein werter Freund. Sagen Sie, sind Sie Inhaber eines bedeutenden Vermögens?«

»Nicht gerade bedeutend«, meinte Israel.

»Dacht' ich mir schon. Wo man wenig Wein trinkt, tut man gut, gelegentlich auswärts bei einem Freund zu speisen; wo aber der Arme auf eigne Kosten einkehrt, wirtschaftet man schlecht. Essen Sie darum nie auswärts, wenn Sie daheim zu essen haben! Halten Sie sich überhaupt unterwegs nicht auf, mein redlicher Freund, sondern kommen Sie stracks hierher zurück, und Sie werden zu Hause mit mir und unentgeltlich speisen!«

»Recht freundlichen Dank, Doktor!« –

Und so ging Israel zum Pont-Neuf. Als er seinen Auftrag erledigt hatte, kehrte er zu Doktor Franklin zurück und fand den ehrwürdigen Gesandten wartend vor dem Essen, das er sich, wie gewohnt, von einem Restaurant in der Nachbarschaft hatte schicken lassen. Es waren zwei Gedecke gelegt; und ohne Bedienung setzten sich der Wirt und sein Gast zu Tisch. Es gab bloß ein Hauptgericht: mit grünen Erbsen gesottenes Lammfleisch. Brot und Kartoffeln ergänzten es. Eine krugähnliche Flasche farblosen Glases, gefüllt mit einem farblosen Getränk, stand in Reichweite vor dem ehrwürdigen Gesandten.

»Darf ich Ihnen einschenken?« fragte der Weise.

»Ist es Weißwein, ja?« sagte Israel.

»Weißwein von der allerältesten Sorte; ich trinke Ihnen Gesundheit zu, mein redlicher Freund!«

»Was, das ist ja gemeines Wasser!« rief Israel aus, als er gekostet hatte.

»Gemeines Wasser ist ein ausgezeichnetes Getränk für den gemeinen Mann«, erwiderte der Weise.

»Ja schon«, sagte Israel, »aber Landjunker Woodcock stellte mir Birnwein auf, und der andere Gentleman zu White Waltham gab mir Portwein, und noch andere Freunde bewirteten mich mit Cognac.«

»Vorzüglich, mein guter Freund, wenn Sie Birnwein und Porto und Cognac lieben, so warten Sie, bis Sie zu Landjunker Woodcock und dem Gentleman zu White Waltham und den übrigen Freunden zurückkehren, und dann sollen Sie Birnwein und Porto und Cognac trinken. Solange Sie aber bei mir sind, trinken Sie gewöhnliches Wasser.«

»Allem Anscheine nach, Doktor.«

»Was glauben Sie, was ein Glas Porto kostet?«

»Etwa drei englische Pennies, Doktor.«

»Das wäre elender Portwein. Aber wieviel gutes Brot kauft man für drei englische Pennies?«

»Drei Penny-Wecken, Doktor.«

»Wieviel Glas Porto, glauben Sie, mag ein Mann an einer Mahlzeit trinken?«

»Der Gentleman zu White Waltham trank eine Flasche zum Nachtessen aus.«

»Eine Flasche enthält genau dreizehn Gläser – das macht neununddreißig Pennies, vorausgesetzt, es sei elender Wein. Ist er von der besten Sorte – der einzigen, die ein vernünftiger Mensch trinken sollte, weil er am wenigsten giftig ist –, so würde das viermal soviel ausmachen, das heißt also einhundertundsechsundfünfzig Pennies, was achtundsiebzig Zwei-Penny-Broten entspricht. Nun gut, was meinen Sie? Ist es nicht eine rechte Verschwendung, wenn ein einziger Mensch zweiundsiebzig Zwei-Penny-Wecken zu einer einzigen Mahlzeit verzehrt?«

»Aber er trank doch eine Flasche Wein; er aß gar nicht zweiundsiebzig Zwei-Penny-Wecken, Doktor!«

»Er trank den Geldwert für zweiundsiebzig Brote, was soviel bedeutet, als hätte er die Brote selber getrunken; denn Geld ist Brot!«

»Aber er hat ja Geld im Überfluß, Doktor.«

»Überfluß haben ist gleichbedeutend mit zum Verschenken haben. Schenkt der Gentleman viel her?«

»Nicht daß ich wüßte, Doktor.«

»Dann glaubt er, er habe nichts übrig; und da er meint, er habe nichts übrig, und sich trotzdem sein Geld alle Tage so verschwenderisch hinter die Binde leert, bin ich der Ansicht, der Gentleman stehe im Widerspruch zu sich selbst und er sei daher kein nachahmenswertes Beispiel für vernünftige Leute wie Sie und ich. Mein redlicher Freund, sind Sie arm, so meiden Sie Wein als kostspieligen Luxus; sind Sie reich, so gehen Sie ihm aus dem Wege als einem verhängnisvollen Laster. Bleiben Sie beim schlichten Wasser! – Und jetzt, mein guter Freund, wenn Sie mit dem Essen fertig sind, wollen wir aufstehen. Es wird kein Backwerk folgen. Backwerk ist vergiftetes Brot! Essen Sie nie Backwerk! Seien Sie ein gemeiner Mann, und begnügen Sie sich mit gemeinen Dingen! – Nun, Freund, muß ich mich bis um neun Uhr abends zurückziehn; dann werde ich Ihnen wieder zur Verfügung stehen. Unterdessen können Sie in Ihr Zimmer gehn; ich habe das unmittelbar angrenzende für Sie herrichten lassen. Sie dürfen aber nicht untätig sein. Hier ist des ›Armen Richard Almanach‹, den ich, im Hinblick auf unser Gespräch von vorhin, Ihrem eingehenden Studium empfehle. Und hier ist noch ein Führer durch Paris, ein englischer, den Sie lesen können. Studieren Sie ihn gut, damit Ihnen die Geschichte der wichtigsten Örtlichkeiten vertraut ist, wenn Sie von England zurückkommen und vielleicht Gelegenheit haben, in Paris umherzuwandern und seine Wunderwerke zu besichtigen. In dieser Welt muß man sich Wissen verschaffen, *bevor* man es braucht, genau wie unsere Landsleute in Neuengland ihren Winterbrennstoff in der einen Jahreszeit einbringen, damit er in der anderen zur Verfügung steht!«

Mit diesen Worten geleitete der freundliche Weise und Haushalt-Plato seinen bescheidenen Gast zur Türe, blieb im Hausflur stehn und machte ihn auf eine andere Türe aufmerksam, welche zu dem ihm zugedachten Wohnraum Zutritt gab.

8

Über Doktor Franklin und das Quartier Latin

Der erste von den Gesandten Amerikas – zeitlich wie hinsichtlich seiner Bedeutung – war nicht weniger berühmt wegen der pfarrherrlichen Schlichtheit seiner Umgangsformen als wegen der schlauen Gewandtheit seines Geistes. In gewisser Weise war sogar etwas wie ein Hauch ursprünglich morgenländischen Wesens in Benjamin Franklin. Es fehlt auch nicht an einem biblischen Gegenstück zu ihm. Die Erzählung vom Erzvater Jakob ist ebenso anziehend dank der selbstlosen Hingabe, die wir ihm zugestehen müssen, wie dank der tiefen Weltweisheit und dem feinen italienischen Takt, die unter dem Anschein ländlicher Einfachheit hervorschimmern. Staatsmann und Schafhirt in einer Person; eine Einheit, die nicht ohne Beglaubigung ist; Schlange und Taube des Evangeliums. Ein sonnengebräunter Machiavelli im Zelt.

Ohne Zweifel war Jakobs Gewand, trotz seines Ranges als Fürst des Nomadenhofes, daheim gesponnen; des sparsamen Gesandten schlichte Jacke und Hose, wer kennt sie nicht?

Franklin ist von oben bis unten aus einem Guß. Er kleidete sich, wie er seine Sätze baute: sauber, gefällig, ohne überflüssigen Zierat, ohne Tadel. In einzelnen von seinen Werken wird sein Stil nur noch übertroffen von der schlechthin vollkommenen Sprache von Hobbes von Malmesbury*, dem Vorbild der Klarheit.

Die geistige Führung von Hobbes und Franklin ähnelt sich in verschiedener Hinsicht, besonders in einer entscheidenden. Tatsächlich hat die Geschichte, wenn man von den Unterschieden des Bodens und der Zeit absieht, überhaupt wenig so verwandte Dreigestirne aufzuweisen wie Jakob, Hobbes und Franklin; die drei abgründigen, aber aufrichtigen Quäker, die zugleich Staatsmänner und Weltweise waren, die den persönlichen Vorteil so scharf wahrnahmen; kluge Höflinge und erfahrene Magier in halbwollenem Kittel.

Gemäß seinen Gepflogenheiten residierte Doktor Franklin, solange er am französischen Hofe war, nicht in den aristokratischen Vorstädten. Er fand, seine Wollhose und seine wissenschaftlichen Liebhabereien seien besser auf der anderen Seite der Seine daheim, wo das Quartier Latin, zugleich Schlupfwinkel der Gelehrsamkeit wie der Sparsamkeit, ganz besonders geeignet schien, den philosophischen »Armen Richard« in sein ehrwürdiges Asyl aufzunehmen. Hier schritt der dürre pantoffeltragende Metaphysiker an grauen, frostigen, rieselnden Novembermorgen das dunkelsteinige Geviert der zeitgeweihten Sorbonne ab und vergaß vorübergehend, im Nachdenken über das Thema seiner nächsten Vorlesung, daß seine erhabenen Gedanken und schäbigen Kleider überall in Europa berühmt waren. Zur selben Zeit war in den verwitterten Kammern obendrüber irgendein Chemiker mit lehmgelbem Gesicht, in zerrissenem langem Überrock und mit einem verschmierten grünen Lappen über dem linken Auge, eifrig über Tiegeln und Retorten gebeugt, dabei, neue Reaktionen bei Säuren zu entdecken und wiederum überraschende Explosionen zu riskieren, ähnlich der, bei welcher er schon das eine Auge eingebüßt hatte. Und in den hohen Mietskasernen der Nachbarstraßen bügelten arme junge Studenten aus allen Gegenden Frankreichs ihre schäbigen Dreimaster oder färbten den hellschimmernden Saum ihrer Beinkleider mit Tinte, bevor sie mit ihren rosabebänderten kleinen Grisetten im Jardin du Luxembourg spazierengingen.

Ehemals der Bereich der Vornehmen, weist das Quartier Latin noch heute viele alte Gebäude auf, deren eindrucksvolle Bauart seltsam von den anspruchslosen Gewohnheiten ihrer gegenwärtigen Bewohner absticht. In gewissen Teilen sehen sie traurig und trübselig aus, klösterlich und wunderkräftig. In den einsamen Gassen, die anmuten wie langgestreckte Fernsichten in die Gottverlassenheit, eingerahmt von mächtigen Wällen schweigsamer, mit Arkaden und alten Eisengittern versehener Gebäude aus dunkelgrauem Stein, ist einem, als müsse Paracelsus oder Bruder Bacon* um die nächste Ecke kommen, eine scheußliche Phiole in der Hand, mit irgendeinem Elixir Schwarzer Magie darin.

Doch nicht alle Mietshäuser sind so finster. Abgesehen von vielen verhältnismäßig neueren Bauten, bekunden die übrigen von besserer Art trotz des strengen Äußeren mehr oder weniger weiblichen Frohsinn des Geschmacks in ihrer Innenausstattung. Ausschmückung, Besänftigung oder Beschirmung durch weibliche Hand ist überall in den Innenräumen dieser Weltstadt spürbar. Wie Augustus Cäsar der Stadt Rom, so prägt die Französin Paris ihr unverkennbares Siegel auf. Wie man das Wirken der Natur sogleich erkennt, so erkennt man auch das ihre. Und doch übertreibt sie es manchmal, wie die Natur in der Pfingstrose; oder sie untertreibt, wie die Natur in der Brombeerranke; oder – was noch weit häufiger vorkommt – sie pfuscht ein wenig herum, wie die Natur im Fuchsschwanz.

In dieser geistverwandten Umgebung des Quartier Latin und in einem alten Gebäude wie die beschriebenen, auf halbem Wege zwischen dem Palais des Beaux-Arts und dem Collège de la Sorbonne, hatte der ehrwürdige amerikanische Gesandte sein Zelt aufgeschlagen, wenn er seine Zeit nicht auf seinem Landsitz in Passy verbrachte. Die Schlichtheit seiner Lebensweise verdarb ihm den guten Ruf nicht, selbst bei den Wollüstlingen der üppigsten Kapitale, wo sogar die Eisengitter nicht ganz frei von Gold sind. Franklin war nicht weniger ein Damenheld als ein Männerheld, ein Weiser und ein Greis. Er erfreute sich nicht nur der Huldigungen der erlesensten Pariser Literaten, sondern war mit zweiundsiebzig Jahren auch der verwöhnte Liebling der vornehmsten Hofschönheiten, die sich anfänglich bloß aus blinder Mode zu ihm als berühmtem Gelehrten hingezogen fühlten, dann aber wegen seines platoähnlichen, anmutigen Frohsinns dauernd seine Bewunderinnen blieben. Da er die Welt sorgfältig abgewogen hatte, verstand er jede Rolle in ihr zu spielen. Von Natur aus zur Wissenschaft neigend, war er oft nachdenklich, aber nie finster. Zuweilen zeigte er Ernst, tiefen Ernst – für andere, doch nie für sich selbst. Statt dessen erfüllte ihn abgründige Ruhe. Diese philosophische Sorglosigkeit und Seelenruhe äußerte sich in der zwanglosen Abwechslung seiner Beschäftigungen. Drucker, Postmeister, Kalendermann, Essayist, Chemiker, Redner, Kesselflicker, Staatsmann, Humorist, Philosoph, Hausbursche, Staatswirtschaftler, Haushaltungslehrer, Gesandter, Projektemacher, Maximenkrämer, Kräuterdoktor, Schöngeist – Hansdampf in allen Gassen, der sich mit allem befaßt und nichts gründlich versteht – Typus und Schutzgeist seines Landes. Franklin war alles, nur eins nicht: Dichter. Da aber ein Geist mit so vielen Fähigkeiten, durch sich selbst eine Art von praktischem Handbuch und Taschenausgabe der gesamten Menschheit, mit genau so vielen verschiedenartigen Persönlichkeiten oder Gegenständen in Berührung kommen muß, wenn sein ganzes Wesen in Erscheinung treten soll, so wird leider nur wenig von der Mannigfaltigkeit des Weisen in einer so einfachen Erzählung wie unserer sichtbar werden.

Diese zufällige Begegnung mit Israel vermochte ihn bloß in weniger günstigem Lichte zu zeigen: als knickerigen Stubenhokker, Mäßigkeitsapostel und vielleicht sogar als schalkhaften Schulmeister. Es steckte viel gutmütiger Spott, viel unschuldige Boshaftigkeit in dem weisen Manne. Im Bemühen, ihn in seinen weniger poetischen Gepflogenheiten darzustellen, ist es dem Erzähler, als spiele er eher mit einer wollenen Hose des Weisen als ehrfurchtsvoll den verherrlichten Hut zu handhaben, der einst prophetisch auf seiner Stirne thronte.

So lebte denn Doktor Franklin im Quartier Latin. Und deshalb hielt sich Israel so lange im Quartier Latin auf. Und in sein Zimmer im Quartier Latin war Israel verwiesen worden, als der Weise für eine Weile sich zurückziehen wollte.

9

Israel wird in die Mysterien der Mietshäuser des Quartier Latin eingeweiht

Israel schloß die Türe hinter sich, trat in die Mitte des Raumes und schaute sich neugierig um.

Ein dunkler, schachbrettartig ausgelegter Boden, doch ohne Teppich; zwei Mahagoni-Sessel mit bestickten, schrecklich abgenutzten Sitzen; ein Mahagoni-Bett mit einst bunter, verblaßter Steppdecke; ein Waschtisch mit zersprungener Marmorplatte, darauf ein Porzellan-Wasserkrug ohne Henkel. Das Zimmer war recht geräumig; dieser Flügel des Hauses, der sehr ausgedehnt war, umfaßte die vier Seiten eines Blockes, der vorzeiten einmal der Herrschaftssitz eines Adeligen gewesen war. Die Größe des Raumes ließ daher seine dürftige Ausstattung um so armseliger erscheinen.

In Israels Augen jedoch wog der marmorne Kaminsims (eine ziemlich neue Zutat) und sein Zubehör nicht nur alles übrige auf, sondern sah wirklich äußerst prächtig und einladend aus. Denn in erster Linie war der Sims von einem mächtigen altmodischen viereckigen Spiegel aus schwerem Silberglas gekrönt, der wie eine Tafel an der Wand befestigt war. Und in diesem Glas spiegelten sich lustig die folgenden reizenden Gegenstände: erstens zwei Blumensträuße in lieblichen Porzellanvasen; zweitens ein Stück weißer Seife; drittens ein Stück rosafarbener Seife (beide Stücke dufteten stark); viertens eine Wachskerze; fünftens ein Porzellan-Feuerzeug; sechstens eine Flasche Kölnischwasser; siebtens ein Papiersack voll Stockzucker in hübschen Stücklein von Teetassengröße; achtens ein silberner Teelöffel; neuntens ein Glasbecher; zehntens ein Glaskrug mit kühlem, klarem Wasser; elftens eine versiegelte Flasche mit einer kräftig gefärbten Flüssigkeit und der Aufschrift »Otard«*.

»Nimmt mich doch wunder, was O-t-a-r-d ist?« brummte

Israel vor sich hin und buchstabierte das Wort langsam. »Ich hätte alle Lust hinüberzugehen und Doktor Franklin zu fragen. Der weiß alles. Ich will einmal dran riechen. Doch nein, es ist versiegelt, der Duft ist eingesperrt. – Sind das aber schöne Blumen! Laß sehn, wie sie riechen! Überhaupt nicht! Ach jetzt versteh' ich – eine Art künstlicher Blumen für Frauenhüte – so was wie Kattunblumen. – Prächtige Seife das! Sie riecht jedenfalls – richtige Seifenrosen – eine weiße und eine rote Rose. – Jene langhalsige Flasche dort sieht aus wie ein Kranich. Möchte wissen, was da drinsteckt. Aha! E-a-u d-e C-o-l-o-g-n-e. Ich bin neugierig, ob Doktor Franklin das auch versteht. Es sieht aus wie Weißwein. – Der Zucker da ist appetitlich. Will mal versuchen. Jaja, das ist vorzüglicher Zucker, süß wie – in der Tat, er ist süß wie Zucker; besser als Ahornzucker, wie man ihn daheim herstellt. Doch ich knabbere zu laut; der Doktor könnte mich hören. – Aber da ist ja ein Teelöffel. Wozu denn? Weder Tee noch Teetasse da; doch hier ist ja ein Glas und da Trinkwasser. Zeig mal her! Mir scheint, wenn man dies und das und das andre zusammenreimt, gibt's eine Art Alphabet, das Sinn hat. Löffel, Glas, Wasser, Zucker – Cognac – ich hab's! Otard ist Cognac. Wer hat das Zeug hierhergestellt? Was hat das alles zu bedeuten? Man stellt doch Zucker nicht zum Anschauen hin, nicht einen Löffel zum Schmuck noch einen Krug mit Wasser. Das kann nur eins bedeuten, nämlich eine äußerst höfliche Einladung von einer unsichtbaren Person, mir ein Glas Cognac mit Zucker zu Gemüt zu führen, wenn ich Lust habe, und wenn nicht, es seinzulassen. Das ist meine Lesart. Ich hätte richtig Lust, doch den Doktor Franklin zu fragen; denn ich könnte mich immerhin täuschen, und diese Sachen könnten irgend jemand anders gehören und durchaus nicht dazu bestimmt sein, mich zu erfrischen. Co-logne, was ist denn das – gleichviel! – Seife: Seife dient zum Waschen. Ich werde jedenfalls Seife benötigen. Ich will doch mal nachsehn – nein, auf dem Waschtisch liegt keine Seife. Jetzt versteh' ich: Seife wird hier in Paris nicht gratis an Mieter abgegeben. Wenn du aber welche brauchst, so nimm sie vom Sims, und sie wird dir auf die Rechnung gesetzt. Brauchst du keine, so laß sie liegen, und es kostet nichts. Na, das ist immerhin anständig. Für jemand aber, der sich keine Seife leisten kann, wären so prächtige Stücke wie diese da eine arge Versuchung so ständig vor den Augen. Und da es mir gerade einfällt – der O-t-a-r-d schaut ebenfalls recht verlockend aus. Wenn ich aber gerade keinen mag, so kann ich's auch seinlassen. Ich möchte ihn wirklich kosten. Schade, daß er versiegelt ist! Ich bin doch neugierig, ob ich dieses Alphabet richtig deute! Wer weiß? Ich will aber trotzdem ein winziges Schlücklein wagen. Also raus mit dem Kork! – Pst.«

Es klopfte hastig an die Türe.

Israel stellte schleunigst die Flasche hin und rief: »Herein!«

Es war der Mann der Weisheit.

»Mein redlicher Freund«, sagte der Doktor und trat mit würdiger Lebhaftigkeit ins Zimmer. »Ich war so beschäftigt, während Sie zum Pont-Neuf gingen, daß ich nicht einmal Zeit hatte, in Ihrem Zimmer nachzusehen, ob alles in Ordnung sei. Ich gab bloß den Befehl und erfuhr, daß er ausgeführt sei. Es ist mir aber eben eingefallen, da die Wirtinnen von Paris so seltsame Gewohnheiten haben, die einen ganz Unerfahrenen in Verlegenheit bringen könnten, meine Gegenwart hier sei für einen Augenblick nötig, um irgendein Unverständnis aufzuhellen. – Ja natürlich, ich hab' mir's doch gedacht!« sagte er mit einem Blick auf den Sims.

»O Doktor, weil ich dran denke: Was ist eigentlich O-t-a-r-d?«

»Otard ist Gift.«

»Schrecklich!«

»Jawohl, und ich denk', ich nehm's gleich aus dem Zimmer weg«, erwiderte der Weise und klemmte die Flasche fachmännisch unter den Arm. »Sie brauchen hoffentlich nie Kölnischwasser, oder?«

»Was ist das denn, Doktor?«

»Ich sehe, Sie wissen nichts von diesem sinnlosen Luxus –

eine weise Unkenntnis! Sie haben den Duft der Bergblumen daheim genossen. So brauchen Sie das auch nicht.« Und gleichzeitig wanderte die Kölnischwasser-Flasche unter den anderen Arm. »Die Kerze – brauchen Sie. Die Seife – ebenfalls. Nehmen Sie das weiße Stück!«

»Ist es billiger, Doktor?«

»Ja, aber genausogut wie das andere. – Sie lutschen doch nie Zucker, oder? Es verdirbt die Zähne. Ich nehme den Zucker mit.« So verschwand der Papiersack mit dem Zucker ebenfalls in einer der weiten Manteltaschen.

»Oh, nehmen Sie am besten die ganze Einrichtung, Doktor Franklin! Da, ich werde Ihnen die Bettstatt herausschleppen helfen.«

»Mein werter Freund«, sagte der weise Mann und hielt feierlich inne, die zwei Flaschen wie zwei Schwimmblasen in die Achselhöhlen geklemmt. »Mein werter Freund, die Bettstatt werden Sie brauchen; was ich zu entfernen vorschlage, ist überflüssig.«

»Oh, ich machte nur Spaß, Doktor!«

»Ich dachte mir's. Es ist eine schlechte Gewohnheit, außer im richtigen Moment und mit dem richtigen Mann. Die Dinge auf dem Kaminsims wurden von der Wirtin zum Gebrauch hingestellt, falls benötigt, falls nicht, zum Stehenlassen. Morgen früh, wenn das Zimmermädchen hereinkommt, um Ihr Bett zu machen, würde sie ohnehin alles abräumen, was offensichtlich unberührt geblieben ist; das übrige käme auf die Rechnung, ob völlig aufgebraucht oder nicht.«

»Genau, was ich mir dachte. Warum lassen Sie dann die Flaschen nicht einfach stehn, Doktor, und ersparen sich all die Mühe?«

»Warum? Das ist doch klar! Mein ehrlicher Freund, sind Sie nicht mein Gast? Es wäre unfein von mir, wenn ich einer Drittperson gestatten würde, Sie mit Überfluß zu verwöhnen, unter meinem eigenen Dach sozusagen.«

Diese Worte flossen von dem weisen Mann in den anmutigsten, sanftesten und schmelzendsten Tönen. Als er schloß, machte er wie eine versöhnende halbe Verbeugung gegen Israel.

Bezaubert von seiner gnädigen Leutseligkeit, ließ ihn Israel ohne Widerrede mit den Flaschen und allem übrigen aus dem Zimmer schreiten. Erst als der unmittelbare Zauber, den die Milde des würdigen Gesandten ausstrahlte, gewichen war, fing Israel an, die sanfte Überlegenheit in der geschickten Strategie zu ahnen, die hinter seiner äußerst gewinnenden Art lauerte.

Ach!, dachte Israel, als er verdrießlich vor dem abgeräumten Sims saß, das leere Glas und den Teelöffel in der Hand, es ist eine traurige Geschichte, einen Doktor Franklin nebenan zu haben. Ich möchte wissen, ob er für all seine Mieter ebenso sorgt. Wie müssen ihn die Otard-Händler hassen und erst die Kuchenbäcker! Ich wollt', ich hätt' eine gute Pastete zum Zeitvertreib. Ob sie wohl auch Kürbispasteten machen in Paris? So muß ich jetzt die ganze Zeit in diesem Zimmer sitzen. Irgendwie bin ich notgedrungen ein Gefangener, so oder so. Ach was, ich bin ein Kurier, und das ist Befriedigung genug. Horch! Wieder der Doktor! – »Herein!«

Aber es war kein würdiger Doktor, sondern ein junges französisches Mädchen, das hereintänzelte, mit rosigem Hauch auf den Wangen, rosa Bändern im Häubchen, Lebensfreude im ganzen Wesen, Grazie bis in die Fingerspitzen hinein. Es war das bestrickendste kleine Kammerfräulein in ganz Paris. Alles künstlich, aber das Ebenbild der Natürlichkeit.

»Monsieur, pardon!«

»Oh, ich pardon Sie gerne«, sagte Israel. »Wollen Sie den Gesandten sprechen?«

»Monsieur, ist ge- ge-«; aber sie blieb an der Schwelle ihres Englisch stecken und stieß einen langen Strom von perlendem Französisch hervor, dessen Sinn war, eine ganze Flut von schönen Komplimenten über den Fremden zu ergießen, zugleich mit der zärtlichen Erkundigung, ob er sich in seinem Zimmer wohl fühle und ob ihm nicht etwa irgendeine Kleinigkeit zu seiner restlosen Seligkeit noch fehle. Doch Israel verstand kein Wort;

er sah bloß den ungewöhnlichen Liebreiz und die schmucke Gestalt des Mädchens.

Sie blieb noch einige Augenblicke stehn, warf ihm einen reizenden, gespielt verzweifelten Blick zu, und nachdem sie noch eine Weile gezögert hatte, trippelte sie wie eine Fee aus dem Zimmer mit einem neuen Schwall unverständlicher Artigkeiten. Sobald sie weg war, versank Israel in Nachsinnen über den sonderbaren Blick des Mädchens. Es kam ihm vor, als habe er seine hübsche Besucherin durch die Art, wie er sie empfangen, irgendwie unerklärlich entäuscht. Es berührte ihn höchst seltsam, daß sie voll Liebenswürdigkeit und Wohlwollen hereingetreten, aber wie gekränkt gegangen war, mit etwas wie verächtlicher und sarkastischer Leichtfertigkeit, die um so mehr schmerzte, als sie den Anschein der Höflichkeit wahrte.

Sie war kaum verschwunden, so verriet ihm ein Geräusch im Hausflur draußen, daß das Mädchen auf seinem überstürzten Rückzug über etwas getrauchelt sein mußte. Im nächsten Augenblick hörte er einen Stuhl im anstoßenden Zimmer scharren, und wieder klopfte es an die Türe.

Diesmal *war* es der Mann der Weisheit.

»Mein ehrbarer Freund, haben Sie da eben nicht Besuch gehabt?«

»Jawohl, Doktor, ein sehr hübsches Mädchen sprach bei mir vor.«

»Nun, ich bin bloß hereingekommen, um Ihnen eine andere seltsame Sitte in Paris zu erklären. Das Mädchen ist das Zimmerfräulein; aber es begnügt sich nicht nur mit *einem* Beruf. Hüten Sie sich vor den Pariser Zimmerzofen, mein redlicher Freund! Soll ich dem Mädchen in Ihrem Auftrag mitteilen, Sie möchten in Zukunft auf ihre Anstandsbesuche verzichten, um ihr die Mühe zu ersparen, so viele Treppen auf und ab zu rennen?«

»Warum denn, Doktor Franklin? Sie ist doch ein äußerst süßes kleines Ding.«

»Ich weiß, ich weiß, werter Freund; aber je süßer, desto gefährlicher. Arsenik ist süßer als Zucker. Ich weiß, Sie sind ein sehr verständiger junger Mann, der sich nicht von einer listigen Ammoniterin fangen läßt; und so meine ich, ich erledige Ihren Auftrag an das Mädchen am besten sofort.«

Mit diesen Worten zog der Weise davon und ließ Israel noch verdrießlicher vor dem geplünderten Sims sitzen, in dessen Spiegel die holde Gestalt des Zimmermädchens nicht mehr erscheinen sollte.

»Jedesmal, wenn er hereinkommt, bestiehlt er mich«, sprach Israel kläglich zu sich selbst, »und dazu noch die ganze Zeit mit einer Miene, als schenke er mir was. Wenn er mich für einen so verständigen jungen Mann hält, warum überläßt er die Sorge um mich nicht mir selbst?« –

Es wurde dunkel, und so zündete Israel die Wachskerze an, um in seinem Reiseführer zu lesen.

»Das ist ein armseliger Stadtbesuch«, knurrte er schließlich, »so allein dazusitzen, ohne Gesellschaft, außer einem leeren Glas, und über die Sehenswürdigkeiten von Paris als Gefangener in Paris zu lesen. Ich wollte, irgend etwas Ungewöhnliches würde geschehen: zum Beispiel ein Mann käme herein und brächte mir zehntausend Pfund. – Doch da ist ja der ›Arme Richard‹; bin selber so ein armer Kerl; will doch mal sehn, welchen Trost er für einen Kameraden hat.«

Als Israel die kleine Flugschrift aufs Geratewohl aufschlug, fielen seine Augen auf die folgenden Stellen, die er laut vor sich hin las:

»›Was hat es also für einen Sinn, zu warten und auf bessere Zeiten zu hoffen? Wir selber vermögen die Gegenwart besser zu machen, wenn wir nur rührig sind. Fleiß braucht nicht zu wünschen, und wer von der Hoffnung lebt, wird mit hungrigem Magen sterben, wie der Arme Richard zu sagen pflegt. Kein Preis ohne Fleiß. So rühr die Hand, denn ich hab' kein Land!, rät der Arme Richard.‹ – Zum Teufel mit der ganzen Weisheit! Es ist fast eine Beleidigung, einem Manne wie mir solche Weisheit aufzutischen. Weisheit ist wohlfeil; aber Reichtum ist rar!

So was steht nicht im ›Armen Richard‹, sollte aber drin sein!« schloß Israel und schmiß plötzlich die Flugschrift hin.

Er durchschritt sein Zimmer, betrachtete die künstlichen Blumen und die rosafarbene Seife, kehrte wieder zum Tisch zurück und nahm die beiden Bücher auf.

»Da also ist der ›Weg zum Wohlstand‹ und hier der ›Führer durch Paris‹. Ich bin doch neugierig zu wissen, ob Paris auf dem Weg zum Wohlstand liegt. Wenn ja, so bin ich auf der rechten Fährte. Es sieht aber eher so aus, als sei's ein Scheideweg. Ich würde mich gar nicht wundern, wenn der Doktor einen Hintergedanken gehabt hätte, als er mir diese beiden Bücher in die Hand legte. Der alte Herr hat irgendwie ein erstaunlich schlaues Wesen an sich – etwas wie eine sanfte Schlauheit –, so scheint mir. Auch seine Weisheit hat einen Stich ins Verschlagene. Aber ganz in Ehren, natürlich. Ich glaube fast, er ist einer von jenen alten Herren, die einen Haufen gescheites Zeug reden, aber noch eine Welt dahinter verbergen. Verlaß dich drauf, schlau ist er, erzschlau, mordsschlau! Ach, was sagt der Arme Richard denn: ›Hilf dir selbst, so hilft dir Gott!‹ Überlegen wir's einmal. Der Arme Richard ist jedenfalls kein Wiedertäufer, obwohl er in Pennsylvanien gelebt hat. ›Hilf dir selbst, so hilft dir Gott!‹ Den Spruch will ich mir merken und das Büchlein offenlassen, damit ich ihn gleich zur Hand habe. – Ah!«

In diesem Augenblick klopfte der Doktor an und bat Israel, zu ihm herüberzukommen. Dort hatten die beiden, nach einer Tasse dünnen Tees und ein wenig Toast, ein langes, vertrauliches Gespräch miteinander. Israel war entzückt von der anspruchslosen Gesprächigkeit, einsichtsvollen Gelassenheit und wohltuenden Liebenswürdigkeit des Weisen. Trotz allem aber brachte er es nicht über sich, ihm den Raub von Kölnischwasser und Otard zu verzeihen.

Als der Mann der Weisheit erfuhr, Israel sei in seiner Jugend auf einer Farm tätig gewesen, wandte er das Gespräch in diese Richtung; er erzählte unter anderem seinem Gast von einer Erfindung von ihm (dem Doktor) zum Einspannen der Ochsen mit einem Joch, das statt eines Bolzens eine Springfeder hatte, wodurch das Einhaken des Gespanns vor den Wagen sehr erleichtert wurde. Auf Israel machte die Verbesserung tiefen Eindruck, und er dachte, wenn er wieder in seiner Bergheimat wäre, so würde er sie unverzüglich bei den Bauern einführen.

10

Ein zweiter Abenteurer erscheint auf der Bildfläche

Um halb elf Uhr etwa, als sie so zusammen plauderten, klopfte Israels Bekanntschaft, das reizende Zimmerfräulein, an die Tür und teilte kichernd mit, ein äußerst ungeschlachter Herr sei unten im Durchgang zum Hof und wünsche den Doktor Franklin zu sprechen.

»Ein äußerst ungeschlachter Herr?« wiederholte der Mann der Weisheit auf französisch und guckte die Jungfer scharf an. »Das heißt also ein sehr feiner Herr, der Ihnen eben eine recht kräftige Artigkeit erwiesen hat. Doch schicken Sie ihn herauf, mein Fräulein!« fügte er erzväterlich hinzu.

Kurze Zeit darauf hörte man flinke kokette Schritte, gefolgt von kernigen, männlichen Tritten. Die Tür ging auf. Israel saß so, daß sein Auge zufällig durch die Spalte schaute, welche durch das Öffnen der Türe entstand, so daß sie einen Augenblick wie ein Theaterschirm zwischen Doktor Franklin und dem eintretenden Gast stand. Und dahinter erhaschte Israel blitzschnell ein Bruchstück eines kleinen Intermezzos zwischen der hübschen Zimmerjungfer und dem Fremdling. Die muntere Nymphe tat so, als ob sie ihm auf der Treppe mit knapper Not entkommen sei, wahrscheinlich als launenhafte Antwort auf irgendeine allzu freie Annäherung, ließ sich aber doch noch, bevor es zu spät war, überholen, und eben in diesem Augenblick sah sie Israel mit einem erheuchelten Ausdruck rosiger Entrüstung, wie sie schelmisch in den Arm gekniffen und noch schelmischer auf die Wange geküßt wurde.

Im nächsten Moment verschwanden beide aus dem Blickfeld der Türspalte. Die Jungfer zog sich zurück, woher sie gekommen war; der Fremde, vorübergehend unsichtbar, während er hinter der Türe vorbeischritt, betrat das Zimmer. Als ihn Israel wieder zu Gesicht bekam, schien er vollständig verändert.

Er war ein ziemlich kleiner, geschmeidiger, dunkelbrauner Mann, der aussah wie ein enterbter Indianerhäuptling in europäischer Kleidung. Unbesiegliche Begeisterung, die durch vollkommene Besonnenheit noch gesteigert war, sprach aus seinen wilden, selbstbeherrschten Augen. Er war wie ein gewöhnlicher Bürger elegant und etwas extravagant gekleidet. Er trug sich mit roher, barbarischer Munterkeit, die von einer oberflächlichen Schicht aus dem Pariser Salon abgedämpft war. Seine wie eine Dattel braungebrannte Wange erinnerte an die Tropen. Eine prachtvolle Atmosphäre stolzer Freundlichkeit und trotziger Selbständigkeit umgab ihn. Dabei war noch ein Körnchen von einem Dichter und einem Ächtling in ihm. Kühler Ernst und kühne Unerschrockenheit formten seine Lippen. Er sah aus wie einer, der bewußt die Gefahr sucht. Er machte den Eindruck, als hätte er nie einen Herrn über sich anerkannt und würde es auch in Zukunft nie tun.

Israel sagte sich, daß er noch selten zuvor einem solchen Wesen gegenübergestanden habe. Obwohl der Mode gemäß gekleidet, schien er doch nicht restlos gesittet zu sein.

Unser Irrfahrer war von dem Anblick des Fremden dermaßen gefesselt, daß ihm erst nach einer Weile zum Bewußtsein kam, wie Doktor Franklin und der neue Besuch sich als alte Bekannte begrüßten und jetzt in ernstem Gespräch zusammensaßen.

»Tun Sie, was Sie wollen; aber ich will nicht länger ein Bittsteller bleiben«, sagte der Fremde mit Bitterkeit. »Der Kongreß hat mir versprochen, mir sofort nach meiner Ankunft hier das Kommando über die ›Indien‹ zu übergeben. Und jetzt habt Ihr Bevollmächtigte aus einem Grunde, den kein Vernünftiger verstehen kann, sie frisch vom Stapel in Amsterdam dem König von Frankreich geschenkt statt mir. Was soll der französische König mit solch einer Fregatte? Und was kann ich *nicht* damit tun? Gebt mir die ›Indien‹ zurück, und ehe ein Monat um ist, sollt Ihr von Paul Jones* ruhmreiche oder verhängnisvolle Nachricht haben.«

»Beruhigen Sie sich, Kapitän«, sagte Doktor Franklin besänftigend, »erzählen Sie mir ein wenig, was Sie mit ihr tun würden, wenn Sie sie hätten!«

»Ich würde den Briten zeigen, daß Paul Jones, obwohl geborener Brite, kein Untertan des britischen Königs ist, sondern ein ungefesselter Bürger und Seemann der Welt; und ich würde ihnen weiter zeigen, wenn sie schonungslos die amerikanische Küste verwüsten, daß ihre eigenen Küsten nicht minder verwundbar sind als diejenigen Neuhollands. Gebt mir die ›Indien‹, und ich werde über das verruchte England kommen wie das Feuer über Sodom.«

Diese prahlerischen Worte kamen aber nicht von einem Prahler, sondern von einem Propheten. Aufrecht auf seinem Stuhl sitzend wie ein Irokese, brannten des Sprechers Augen wie eine lodernde Fackel.

Sein Anblick schien die philosophische Ruhe des alten Weisen ein wenig zu erschüttern. Während er seine Bewunderung für die unmißverständliche Gesinnung des Mannes gar nicht zu verbergen trachtete, schien ihm doch seine offensichtlich maßlose Prahlerei wenig zu gefallen.

Als ob er das Gespräch in eine andere Richtung und seinen Besucher in eine bessere Stimmung versetzen wolle, obwohl er vielleicht bloß heimlich mit seiner Begeisterung sein Spiel treiben wollte, zog jetzt der Mann der Weisheit seinen Stuhl vertraulich näher an den Fremden heran, legte eine Hand sehr freundschaftlich und versöhnlich auf des Besuchers Knie, strich damit sanft hin und her, genau wie der Löwenzähmer den erzürnten König der Tiere besänftigt, und sagte in gewinnendem Ton: »Nichts für ungut, Kapitän, was die ›Indien‹ betrifft. Lassen Sie das eine Weile auf sich beruhen. Sehen Sie, die Kaperschiffe von Jersey* tun uns großen Schaden an, indem sie unseren Nachschub abschneiden. Man hat mir gesagt, Sie könnten uns, wenn Sie ein kleines Schiff hätten – zum Beispiel gerade Ihr jetziges, die ›Amphitrite‹ –, bedeutende Dienste durch Ihre einzigartige Tapferkeit erweisen, dadurch, daß Sie diesen Kaperschiffen nachgingen, wohin größere wegen ihres Tiefganges nicht folgen dürfen; oder Sie könnten, von einigen Fregatten aus Brest in entsprechender Entfernung unterstützt, jene Kaper herauslocken, so daß die größeren Schiffe sie abfangen könnten.«

»Lockente für französische Fregatten! – Sehr würdige Aufgabe, in der Tat!« zischte Paul in rasender Wut. »Doktor Franklin, was immer Paul Jones für Amerikas Sache tun soll, muß mit unbeschränkter Vollmacht geschehen: ein getrenntes oberstes Kommando; ohne Oberhaupt oder Ratgeber außer ihm selbst. Hab' ich nicht durch meine Dienste an der amerikanischen Küste bereits bewiesen, daß ich dessen wohl würdig bin? Warum also suchen Sie mich unter meinen früheren Rang hinunterzudrükken? Ich will aufwärts, nicht abwärts. Ich lebe einzig für Ehre und Ruhm. Tragt mir darum etwas auf, was Ruhm und Ehre einbringt und ein berühmtes Werkzeug dazu. Gebt mir die ›Indien‹!«

Der Mann der Weisheit schüttelte langsam das Haupt.

»Alles geht verloren wegen dieser zögernden Zaghaftigkeit, die man Vorsicht nennt«, rief Paul Jones aus und sprang auf. »Um wirksam zu sein, müßte der Krieg wie ein Monsun geführt werden, mit dem einen unabänderlichen Entschluß jedes einzelnen, das eine unverrückbare Ziel zu erreichen. In wankelmütigen Ratsversammlungen vertrödeln die Staatsmänner die Zeit wie Kühlten im Kalm. O Gott, warum nur bin ich nicht als Zar geboren?«

»Als Nordwestwind eher. Beruhigen Sie sich, Kapitän«, fuhr der Weise fort, »und setzen Sie sich. Wir haben einen Dritten zum Zeugen hier, wie Sie sehen!« Dabei wies er auf Israel hin, der dasaß, ganz außer sich über das vulkanische Temperament des Fremden.

Paul fuhr etwas zusammen und drehte sich forschend Israel zu, der wegen Pauls eifrigem Gespräch ebenso wie wegen seiner eigenen Atemlosigkeit bis dahin unbemerkt geblieben war.

»Keine Angst, Kapitän«, sagte der Weise, »dieser Mann hält ganz dicht, ein Geheimbote und geborener Amerikaner. Er ist ein entschlüpfter Kriegsgefangener.«

»Aha, auf einem Schiff gefangen?« fragte Paul begierig. »Auf welchem? Keins von meinen jedenfalls. Paul Jones ist nie erwischt worden.«

»Nein, Sir, auf dem Briggschoner ›Washington‹ – auf der Höhe von Boston«, erwiderte Israel. »Wir kreuzten, um den Engländern die Zufuhr abzuschneiden.«

»Haben Ihre Schiffsgenossen viel von mir erzählt?« fragte Paul mit einem Blick wie ein paradierender Sioux, der für sein Prunkzeug Huldigung erheischt. »Was hat man von Paul Jones erzählt?«

»Ich höre diesen Namen zum erstenmal heut abend«, sagte Israel.

»Was? Ach ja – Briggschoner ›Washington‹ – einen Augenblick; das war noch, bevor ich die Fregatte ›Soleby‹ überlistete, mit der ›Milford‹ kämpfte und die ›Mellish‹ und den Rest vor Louisbergh* gefangennahm. Sie sind nicht mehr ganz auf der Höhe, mein Bursche«, fügte er mit einem Anflug von Mitleid hinzu.

»Ihr Freund da hat Ihnen eine recht offene Antwort erteilt«, wandte sich der weise Mann überlegen schadenfroh zu Paul.

»Jawohl. Und ich mag ihn deshalb wohl. Mann, wollen Sie mit Paul Jones auf Kreuzfahrt gehn? Ihr Kerle mit den groben Zungen seid dafür um so schärfer mit dem Stahl. Komm, mein Junge, kehr mit mir nach Brest zurück! Ich fahre in ein paar Tagen.«

Von dem Feuergeist Pauls angesteckt, vergaß Israel vollständig, daß er sich eben erst heimgesehnt hatte, und strahlte vor Begeisterung über die Aufforderung. Doch Doktor Franklin unterbrach ihn.

»Unser Freund hier«, wandte er sich an den Kapitän, »hat vorläufig eine ganz andere Aufgabe zu erfüllen.«

So ging das Gespräch noch lange weiter, während Paul Jones, über seine Beschäftigungslosigkeit entrüstet, immer wieder beteuerte, er werde keine andere Stellung annehmen als eine solche mit uneingeschränkter Vollmacht. Nicht ganz unbeeinflußt von der zähen, unnachgiebigen Natur seines Gastes und wohl bewußt, daß dieser Charakterzug, so unangenehm er im Gespräch oder in einer Angelegenheit des Alltags war, desto unschätzbarer, wie Geschosse und Brennstoff, im Kriege sich auswirkte, versprach Doktor Franklin Paul schließlich, nachdem er ihm manche Komplimente gezollt hatte, er werde sich unverzüglich bis zum äußersten bemühen, daß man ihm eine Aufgabe anvertraue, die seinen Verdiensten entspreche.

»Dank für Ihre Offenherzigkeit«, sagte Paul, »da ich selber freimütig bin, habe ich gerne mit freimütigen Männern zu tun. Sie, Doktor Franklin, sind wahr und tief, und darum sind Sie aufrichtig.«

Der Weise lächelte überlegen, und eine seltsame Ungläubigkeit lauerte in seinen Mundwinkeln.

»Wie aber steht's mit unserem kleinen Plan, Kriegsschiffe umzubauen?« wechselte der Doktor den Gesprächsstoff. »Es wird eine große Sache für unsere Flotte werden, wenn es uns gelingt. Seit unserem letzten Gespräch über den Gegenstand, Kapitän, habe ich hie und da, wenn ich Zeit hatte, darüber nachgedacht und ein kleines Modell davon angefangen, das ich Ihnen zeigen will. Wenn man eine neue Idee für etwas Mechanisches hat, so gibt man ihr am besten so bald als möglich sichtbare Gestalt. Denn man kann Ideen nicht so gut verbessern wie Gegenstände.«

Damit schritt er auf eine kleine Kommode zu und zog ein Körbchen hervor, in dem ein seltsam aussehendes, unvollendetes Rippenwerk aus Holz und daneben verschiedene Stäbchen ruhten. Es sah aus wie ein Säuglingsstubenwagen voll zerbrochener Spielzeugbestandteile.

»Nun geben Sie acht, Kapitän; obwohl das Ding eben erst im Anfangsstadium ist, so genügt es doch, um zu zeigen, daß *eine* Idee von Ihnen wenigstens nicht durchführbar ist.«

Paul war ganz Ohr, als ob er uneingeschränktes Vertrauen in alles hätte, was der Weise raten mochte, während Israel ebenso angeregt beiden zuschaute, das Herz geschwellt von Stolz bei dem Gedanken, daß er bei den Beratungen zweier Männer wie sie dabeisein durfte, Beratungen dazu noch, die sich auf so wichtige Dinge bezogen wie die Befreiung der Völker.

»Wenn Sie«, fuhr der Doktor fort und nahm einige von den losen Stäbchen und schichtete sie an der einen Seite des Verdecks von dem Modell auf, »um Ihre Mannschaft im Gefecht besser zu schützen, Ihre Brüstung in der vorgeschlagenen Weise aufrichten – etwa so –, werden Sie durch das Übergewicht des Balkenwerkes zu sehr mit dem Gravitationszentrum des Schiffes in Konflikt geraten. Sie wollen dieses zu hoch haben.«

»Entsprechenden Ballast im Laderaum«, sagte Paul.

»Dann senken Sie den ganzen Rumpf zu tief. Hier aber, besonders auf den unteren Verdecken, schlugen Sie eine neue Treppenluke vor, um während der Schlacht weniger vom Rauch belästigt zu sein. Aber das geht nicht. Sehen Sie, hier habe ich dagegen gewisse Entlüftungsrohre ausgedacht; sie müssen das Schiff so durchqueren« – und er legte einige Nadeln quer –, »daß der Luftzug hier eintritt und dort entlassen wird. Was halten Sie davon? Nun aber zur Hauptsache – schnelle Fahrt, wenig Abtrift und geringen Tiefgang. Betrachten Sie jetzt diesen Kiel. Ich schnitzte ihn erst vorletzte Nacht, kurz vor dem Zubettgehn. Sehen Sie jetzt wie –«

In diesem entscheidenden Augenblick klopfte es an die Tür, und das Zimmermädchen erschien wieder. Sie teilte mit, zwei Herren überquerten eben den Hof, um Doktor Franklin zu besuchen.

»Der Herzog von Chartres und der Graf d'Estaing«, erklärte der Doktor. »Sie versprachen, gestern abend zu kommen, erschienen aber nicht. Kapitän, es hat mittelbar mit Ihrer Angelegenheit zu tun. Durch den Herzog hat Graf d'Estaing über den heimlichen Feldzug, dessen Plan Sie als erster entwarfen, mit dem König verhandelt. Sprechen Sie morgen früh vor, damit ich Ihnen das Ergebnis mitteilen kann.«

Mit der braunen Hand zog Paul seine Uhr hervor, eine kleine, reich mit Juwelen verzierte Damenuhr.

»Es ist so spät, ich will die Nacht hier zubringen«, sagte er. »Gibt es hier ein passendes Zimmer?«

»Schnell«, sagte der Doktor, »es könnte Ihnen abträglich sein, wenn Sie gerade jetzt mit mir angetroffen würden. Unser Freund hier wird das Zimmer mit Ihnen teilen. Flink, Israel, führen Sie den Herrn hinüber!«

Wie sich die Türe zu Israels Zimmer hinter ihnen schloß, so schloß sich Doktor Franklins Türe hinter dem Herzog und dem Grafen. Wir wollen nun die letzteren ihre abgründigen Pläne für die rechtzeitige Unterstützung der amerikanischen Sache und die Schwächung der englischen Vormacht zur See besprechen lassen und die Nacht mit Paul Jones und Israel im angrenzenden Zimmer verbringen.

11

Paul Jones in Träumen

»›Hilf dir selbst, so hilft dir Gott!‹ Das ist ein Trumpf. Davon weiß ich was aus Erfahrung. Gedruckt aber seh' ich's zum erstenmal. Was ist das für eine Schrift? ›Der Arme Richard‹, oho!«

Als Kapitän Paul in Israels Zimmer und an den Tisch getreten war, weil er die aufgeschlagene Flugschrift erspäht hatte, war sein Auge sofort auf die Stelle in dem Buch, das er in der Hand hielt, gefallen, die schon früher unser Abenteurer bemerkt hatte.

»Das ist ein köstlicher alter Herr, dieser ›Arme Richard‹«, gab Israel auf Pauls Bemerkung zurück.

»Das scheint so, in der Tat«, antwortete Paul, während sein Auge schon wieder über die Schrift eilte: »Na, der ›Arme Richard‹ liest sich fast haargenau, wie Doktor Franklin spricht.«

»Er hat's geschrieben«, sagte Israel.

»Ja? Gut. Stimmt, stimmt; paßt zu ihm ganz und gar. Ich muß mir eins davon verschaffen und als Amulett um den Hals hängen. Und nun zu unserem Schlafquartier. Ich will Sie beileibe nicht um Ihr Bett bringen, mein Mann. Gehen Sie ruhig ins Bett, und lassen Sie mich in diesem Stuhl hier träumen. Es träumt sich gut in den Dwarsschlingen*.«

»Warum denn nicht zusammen?« meinte Israel. »Sehen Sie, wie breit das Bett ist. Aber vielleicht mögen Sie Ihren Bettgesellen nicht, Kapitän?«

»Als ich zum erstenmal als gemeiner Matrose von Whitehaven nach Norwegen fuhr«, sagte Paul gleichgültig, »hatte ich einen Vollblutkongolesen neben mir in der Hängematte. Wir hatten eine weiße Wolldecke im Netz über uns gebreitet. Jedesmal wenn ich hineinkroch, fand ich die schwarze Wolle des Negers mit dem weißen Kammgarn verfilzt. Bis zum Ende der Reise war die Decke pfeffer- und salzfarben geworden wie der ergrauende Kopf eines Alten. Es ist also nicht etwa, weil ich blasiert wäre, sondern weil ich keine Lust habe, Junge. Schlüpfen Sie rein, und legen Sie sich aufs Ohr! Lassen Sie die Lampe brennen! Ich werde drauf achtgeben. Gehn Sie nur ruhig schlafen!«

So befolgte Israel, was ihm fast eher Befehl war als Bitte, konnte aber im Bett nicht einschlafen, weil ihn der lächerliche Umstand nicht zur Ruhe kommen ließ, daß der seltsame schwarzhäutige, vor wilder Unternehmungslust kochende Mann in voller Kleidung im Stuhle saß. Er hatte das unbehagliche Gefühl, als ob er sich hingesetzt hätte, nicht nur ohne das Feuer zuzudecken, sondern als unterhielte er es wild flackernd mit knackenden Bündeln von Schierlingstanne.

In seiner angeborenen Gutmütigkeit jedoch tat er wenigstens so, als schliefe er, worauf Paul den »Armen Richard« weglegte, von seinem Sessel aufstand, seine Stiefel auszog und anfing, rasch, aber lautlos in den Strümpfen den weiten Raum auf- und abzuschreiten, wie ein Indianer in Nachsinnen gehüllt. Israel betrachtete ihn heimlich unter dem Deckbett hervor und war neuerdings von seinem Aussehen ergriffen, jetzt, da Paul sich unbeobachtet glaubte. Ein harter, unbarmherziger Wille, der sich trotz der Spitzen feindlicher Bajonette und trotz der Rachen gegnerischer Geschütze durchsetzt, sprach aus den nun erstarrten Linien seiner Stirn. Seine in Manschetten steckende rechte Faust ruhte auf seiner Seite wie am Griff eines Entermessers. Er durchmaß den Raum, als ob er eine Festung erstürme. Unterdessen drang ein verhaltenes Geräusch von dem Gespräch im Nebenzimmer herüber. Sonst war alles tiefe, mitternächtliche Stille. Plötzlich erblickte Paul, als er an dem mächtigen Spiegel über dem Kamin vorüberschritt, seine eigene Gestalt. Er hielt inne, betrachtete sie grimmig, wobei sich ein Hauch von selbstgefälliger Stutzerhaftigkeit mit der sonst brutalen Zufriedenheit in seinem Antlitz vermengte. Doch die letztere überwog. Alsbald krempelte Paul seinen Ärmel hoch, mit einem rätselhaften wilden Lächeln im Gesicht, hob seinen rechten Arm und blieb so eine Weile stehn, sein Abbild im Spiegel musternd. Von der

Stelle, wo Israel lag, konnte er die Seite, die dem Glas zugekehrt war, nicht sehen; aber er sah dessen Spiegelbild. Er fuhr zusammen, als er dort im geschnitzten und vergoldeten Holzrahmen gewisse mächtige, verschlungene Geheimzeichen sah, welche die ganze Innenseite des Armes, soweit er entblößt war, mit rätselhafter Tätowierung bedeckten. Die Zeichnung wies nichts Ähnliches auf wie die Anker, Herzen und Taue, welche zuweilen kleinere Körperpartien der Seeleute zieren. Es war eine Tätowierung, wie man sie nur bei Vollblutwilden zu sehen bekommt – tiefblau, kunstvoll, verwickelt, kabbalistisch. Israel fiel ein, daß er etwas Derartiges auf einer seiner ersten Fahrten auf dem Arm eines neuseeländischen Kriegers gesehen hatte, den er einst in dessen Eingeborenendorf kurz nach der Schlacht getroffen hatte. Er schloß daraus, Paul müsse auf einer solchen frühen Reise von einem heidnischen Künstler behandelt worden sein.

Paul bedeckte seinen Arm wieder mit seinem schnurverzierten Jackenärmel und schaute spöttisch die Hand desselben Arms an, die wieder in den Manschetten halb versteckt und mit verschiedenen Pariser Ringen geschmückt war. Dann nahm er seine Wanderung mit einem lauernden Blick wieder auf wie jemand, der im Hinterhalt liegt, während das Bewußtsein seines abgründigen Wesens und seiner geheimen Gewalt, ungeahnte Pläne auszuhecken, auf seiner eisigen, weißen Stirn aufleuchtete, die, infolge des Hutes im tropischen Klima, über seinem verbrannten Gesicht aufragte wie die Schneegipfel der Anden.

So schritt dieser schmucke Barbar im feinen Tuch im Herzen der Weltstadt moderner Zivilisation heimlich um Mitternacht auf und ab wie ein prophetischer Geist, der seinen Schein vorauswarf auf den Anbruch jener tragischen Ereignisse der Französischen Revolution, wo die auserlesene Bildung von Paris neben der blutrünstigen Grausamkeit von Borneo stand, wodurch sichtbar wurde, daß Broschen und Fingerring, wie Nasenreifen und Tätowierungen, die Merkmale ursprünglicher Bestialität sind, die seit je in der menschlichen Natur schlummerte, gleichviel ob zivilisiert oder nicht.

Israel tat in dieser Nacht kein Auge zu. Der rastlose Geist Pauls durchmaß das Zimmer bis zum anderen Morgen. Als Paul sich aber an der Waschschüssel tüchtig gebadet hatte, schaute er sorgenfrei und frisch drein wie der Falke im Morgenlicht. Nach einer Besprechung mit Doktor Franklin hinter verschlossenen Türen verließ er den Ort wieder, strahlend und stutzerhaft, schwang sein Rohrstöcklein mit dem Goldknopf und umarmte im Vorbeigehen alle netten Kammerzofen, die ihm in den Weg liefen, mit einem Kuß, der knallte, als ob es eine Fregatte zu grüßen gälte. Alle Wilden sind eben Wüstlinge.

12

Israel fährt über den Kanal zurück zum Sitz des Landjunkers; seine Erlebnisse daselbst

Am dritten Tage, da Israel in seinem Zimmer auf und ab wanderte (seine Kurierstiefel hatte er ausgezogen, um den Doktor nicht zu stören), verkündete ein hastiges, hartes Klopfen an der Türe, daß der amerikanische Bevollmächtigte Eintritt begehrte. So trat der Mann der Weisheit mit zwei kleinen Bündeln Papier in der einen und mehreren Zwiebacken und einem Stücklein Käse in der anderen Hand herein. Sein ganzes Gehaben drängte so beredt zu unverzüglicher Eile, daß Israel unwillkürlich zu seinen Stiefeln rannte, sie mit zwei kräftigen Rucken anzog, den Hut ergriff und wie ein Zugvogel zu seinem Flug über den Kanal bereitstand.

»Gut so, mein ehrenwerter Freund«, sagte der Doktor. »Sie haben ja die Papiere schon im Absatz, vermutlich!«

»Oh!« rief Israel aus und bemerkte die leise Ironie. Und im Nu waren die Stiefel wieder ausgezogen. Ohne ein Wort zu verlieren, nahm der Doktor den einen Schuh und Israel den anderen, und sofort machten sich beide daran, die Dokumente zu verstecken.

»Ich glaube, ich könnte dieses Ding noch verbessern«, sagte der Weise, während er bei aller Hast die Schraubenvorrichtung kritisch betrachtete. »Seine Höhlung hätte im festen Teil des Absatzes statt im Deckel sein sollen. Auch sollte da eine Sprungfeder sein, damit es rascher geht. Ich werde demnächst ein Schriftstück über falsche Absätze aufsetzen und es dem Institut de France zur geheimen Verlesung vorlegen. Jetzt aber ist keine Zeit. Mein ehrenwerter Freund, es ist schon halb elf. Um halb zwölf fährt die Postkutsche nach Calais von der Place du Carrousel ab. Sputen Sie sich, bis Sie Brentford erreicht haben. Hier bring' ich Ihnen ein bißchen Mundvorrat, den Sie unterwegs verzehren können, denn Sie werden keine Zeit für eine richtige Mahlzeit haben. Ein Tag-und-Nacht-Eilbote sollte nie ohne Zwieback in der Tasche sein. Sie werden voraussichtlich Brentford ein oder zwei Tage nach Ihrer Ankunft wieder verlassen. Seien Sie diesmal auf der Hut, mein guter Freund; vergessen Sie nicht, daß Sie nicht nur sich selbst, sondern auch unsere Brentford-Freunde in die größte Gefahr bringen, wenn Sie mit diesen Papieren auf britischem Grund erwischt werden. Schmeißen Sie niemandem die Kiste um, die Ihnen im Weg steht, gleichviel, wem sie gehört. Sie können nicht vorsichtig genug sein; aber seien Sie auch nicht zu mißtrauisch! Gott mit Ihnen, mein ehrlicher Freund! Los!«

Kaum hatte ihm der Doktor die Türe zur Abreise aufgerissen, so sah er Israel hinausschießen, kraftvoll die Treppen hinunterjagen und schleunigst über den Hof im gewölbten Durchgang verschwinden.

Der Mann der Weisheit blieb eine Weile gütig stehn, mit einem Ausdruck kluger, liebevoller Nachdenklichkeit im Antlitz, als ob er die Aussichten des wichtigen Wagnisses abwäge, eines Wagnisses, von dem vielleicht in der Folge Wohl und Wehe von ganzen künftigen Völkern abhängen mochte. Dann aber klopfte er plötzlich mit seiner Hand an seine mächtige Manteltasche, zog ein Stücklein Kork mit ein paar Hühnerfedern hervor, und während er in sein Zimmer zurückeilte, nahm er sein Federmesser und fing an draufloszuschnitzen an einem Federball von neuartiger wissenschaftlicher Bauart, wie er ihn vor einiger Zeit der jungen Herzogin D'Abrantès* für diesen Nachmittag versprochen hatte.

Israel erreichte Calais wohlbehalten, schritt sozusagen aus der Postkutsche hinüber ins Paketboot und war wenige Augenblicke später auf hoher See. Wie er sich im Wagen mit einem plebejischen Außensitz begnügt hatte, so nahm er auf dem Schiff aus demselben geheimen Grunde, keinen Verdacht zu erregen, einen Platz an Deck. Da es anfing in Strömen zu regnen, stahl er sich hinunter in die Back, die von einer einsamen schwingenden

Lampe schwach erhellt war. Dort befanden sich zwei eifrige Raucher, welche die enge Höhle mit einschläferndem Qualm erfüllten. So überkam Israel eine seltsame Schlaftrunkenheit, und er überlegte, wie er ihr am besten für eine Weile nachgeben könne, ohne die wertvollen Schriftstücke in seinem Gewahrsam zu gefährden.

Das Nachdenken aber in den betäubenden Dämpfen hatte dieselbe Wirkung wie jene mathematischen Einfälle, mittels welcher sich ruhelose Leute in Schlummer rechnen. Sein müdes Haupt senkte sich auf seine Brust. Eine Weile später ließ er sich halb ausgestreckt auf eine Kiste hinsinken mit vor sich ausgespreizten Beinen.

Da schreckte er plötzlich hoch, als sich jemand an seinen Füßen zu schaffen machte. Auf den Ellbogen gestützt, erblickte er den einen der beiden Männer, wie er ihm listig seinen rechten Stiefel abstreifte, während sein linker ausgezogen schon auf dem Boden bereitlag, damit ihn der Spitzbube mitlaufen lassen konnte. Hätte Israel nun nicht etwas aus der Begebenheit am Pont-Neuf gelernt gehabt, so würde er sofort aus den Umständen geschlossen haben, sein geheimer Auftrag sei verraten und der Täter irgendein abgeordneter diplomatischer Schlingel oder etwas in der Art, der von der britischen Regierung gemietet sei, um ihm aufzulauern, ihn mit Tabak in Schlaf zu rauchen und ihn dann seiner wichtigen Meldungen zu berauben. So aber erinnerte er sich der klugen Mahnungen Doktor Franklins und unterdrückte übereilten Verdacht.

»Sir«, sagte Israel sehr höflich, »ich wäre Ihnen dankbar für jenen Stiefel, der da am Boden liegt, und lassen Sie bitte den anderen ruhig, wo er ist.«

»Entschuldigen Sie!« erwiderte der Gauner, ein vollendeter, abgebrühter Praktiker der Diebskunst. »Ich dachte, Ihre Stiefel drückten Sie, und wollte Ihnen bloß ein wenig Erleichterung verschaffen.«

»Besten Dank für Ihre Freundlichkeit«, sagte Israel. »Aber sie drücken mich nicht im geringsten. Hingegen meinen Sie vermutlich, sie würden Sie ebensowenig drücken. Ihr Fuß scheint recht klein zu sein. Haben Sie sie anprobiert, just um zu sehen, wie sie Ihnen passen?«

»Nein«, fuhr der Kerl mit scheinheiligem Ernst fort. »Aber mit Verlaub würd' ich sie gerne versuchsweise anziehn, wenn wir nach Dover kommen. Ich könnte sie doch nicht so recht ausprobieren an Bord dieses schaukelnden Schiffes, verstehen Sie.«

»In der Tat«, meinte Israel. »Und der Strand von Dover ist auch nicht übermäßig glatt. Bei näherer Überlegung scheint mir, Sie probieren sie besser gar nicht erst an. Außerdem bin ich ein einfältiger Tropf – man sagt, ich sei ein Sonderling – und möchte meine Stiefel nicht aus den Augen verlieren. – Haha!«

»Was haben Sie denn zu lachen?« sagte der Kerl gereizt.

»Verrückte Idee! Ich schaute eben auf die traurigen, alten, geflickten Stiefel an Ihren Füßen, und da fiel mir ein, was für lecke Feuereimer das wären, wenn man sie eine Leiter hoch zu einem brennenden Haus schicken würde. Es wäre wirklich nicht sehr ehrlich, meine neuen Stiefel gegen diese alten Feuereimer einzutauschen, nicht wahr?«

»Zum Kuckuck!« schrie der Geselle und wollte jetzt mit einer kühnen Wendung den Gesprächsgegenstand, der ihm allmählich recht peinlich wurde, wechseln. »Zum Kuckuck, ich glaube, wir sind schon in der Nähe von Dover. Ich will mal nachsehn.«

Damit rannte er die Leiter hinauf an Deck. Als ihm Israel folgte, fand er, daß das kleine Schiff fast still lag, auf kurzer Dünung rollend, ziemlich genau in der Mitte des Kanals. Es war eben vor Tagesanbruch; die Luft war klar und rein, der Himmel mit feucht glitzernden Sternen übersät. Die französische und die englische Küste lagen deutlich sichtbar im seltsamen Sternenschimmer; die weißen Klippen von Dover glichen einem langen, gegiebelten Block marmorner Häuser. An beiden Ufern glänzte eine lange, gerade Zeile von Lampen. Es kam Israel vor, als stehe er mitten auf dem Querweg einer weiten, prächtigen Londoner Straße. Alsbald erhob sich eine Brise, und kurze Zeit darauf stieg unser Abenteurer in seinem Bestimmungshafen an Land und fuhr sofort mit der Post weiter nach Brentford.

Nachdem Israel nach verabredeten Zeichen heimlich Zutritt zum Hause erhalten hatte, saß er am folgenden Nachmittag in Junker Woodcocks Geheimzimmer, zog seine Stiefel aus und übergab seine Eilbriefe.

Nachdem der Junker die zusammengepreßten Seidenpapierblätter überflogen und eine an ihn im besonderen gerichtete Zeile gelesen hatte, wandte er sich herum zu Israel, beglückwünschte ihn zu seinem erfolgreichen Auftrag, setzte ihm etwas zu essen vor und teilte ihm mit, infolge gewisser verdächtiger Anzeichen in der Nachbarschaft müsse er (Israel) jetzt für einen Tag oder zwei im Hause versteckt bleiben, bis eine Antwort für Paris bereit sei.

Das Haus war ein ehrwürdiger Bau, wie früher schon bemerkt, geräumig, weitläufig, unordentlich, größtenteils aus altem, verwittertem Backstein gebaut in dem anmutigen Stil, den man elisabethanisch nennt. Wie es außen ganz aus dunklen, braunroten Ziegelsteinen bestand, so war es innen ganz mit lohfarbener Eichentäfelung ausgelegt.

»Und nun, mein lieber Mann«, sagte der Junker, »meine Frau hat Besuch von einigen Gästen, die sich frei im ganzen Haus umher bewegen. Daher muß ich Sie irgendwo recht geschickt verstauen, damit Sie vor allen Blicken sicher sind.«

Mit diesen Worten drückte er, nachdem er die Türe zuerst verriegelt hatte, auf eine Springfeder nahe beim offenen Kamin, worauf sich einer der schwarzen, rußigen Steinpfosten des Kamins spaltete wie die Marmorpforte einer Gruft. Der Junker steckte einen Stiel der schweren Zange in den Riß und sprengte das Höhlentor weit auf.

»Nanu, Junker Woodcock, was ist denn mit Ihrem Kamin los?« meinte Israel.

»Schnell hineingeschlüpft!«

»Soll ich den Schornstein fegen?« fragte Israel. »Dafür hab' ich mich nicht anstellen lassen.«

»Dummes Zeug, das ist doch Ihr Versteck. Kommen Sie da herein!«

»Aber wo führt das denn hin, Junker Woodcock? Die Sache ist mir nicht ganz geheuer.«

»Folgen Sie mir! Ich werde Ihnen vorangehn.«

So schob der ältliche Landedelmann seinen üppigen Umfang in die geheimnisvolle Öffnung und wies den Weg über steile Steinstufen empor, die knapp zwei Fuß breit waren, bis sie in eine kleine, in die schweren Grundmauern des Gebäudes eingelassene Kammer oder besser Zelle gelangten. Luft und dumpfes Licht kamen durch zwei kleine, geneigte, äußerlich geschickt getarnte Schlitze, welche die Mäuler zweier in Stein gemeißelter Greifen auf einer großen Platte bildeten, die auf der Außenseite des Gebäudes eingelassen war. Eine Matratze lag aufgerollt in einer Ecke des Raumes; daneben war ein Krug Wasser, eine Flasche Wein und ein hölzernes Tranchiertablett mit kaltem Rindsbraten und Brot darauf.

»Und da soll ich lebendig begraben sein?« meinte Israel und sah sich wehmütig um.

»Aber Sie werden bald wieder auferstehen«, lächelte der Junker, »spätestens nach zwei Tagen.«

»Ich war zwar allerdings in Paris soviel wie ein Gefangener, genauso wie hier, scheint's«, sagte Israel, »aber Doktor Franklin steckte mich immerhin in einen besseren Kerker als den, Junker Woodcock. Er war mit Blumen und einem Spiegel und anderen schönen Dingen versehen. Dazu konnte ich in den Vorraum hinausgehn, sooft ich Lust hatte.«

»Ja, mein Held, aber das war in Frankreich, und hier sind wir in England. Dort waren Sie in Freundesland, hier sind Sie bei den Feinden. Wenn Sie in meinem Haus entdeckt und Ihre Beziehung zu mir bekannt würde, wissen Sie, daß es mir da recht übel ergehen würde, recht übel, in der Tat?«

»Also Ihretwegen denn will ich gerne bleiben, wenn Sie es für gut halten«, erwiderte Israel.

»Gut. Sie sagen, Sie wünschen Blumen und einen Spiegel.

Wenn Ihnen diese Dinge Ihre Abgeschiedenheit erträglicher gestalten, will ich sie Ihnen herbeischaffen.«

»Sie waren mir wirklich eine willkommene Gesellschaft, besonders der Anblick meines eigenen Antlitzes.«

»So bleiben Sie hier; in zehn Minuten bin ich wieder da.«

Schon vorher war der gute alte Edelmann keuchend und schnaufend wieder zurück mit einem großen Blumenstrauß und einem kleinen Rasierspiegel.

»Hier«, sagte er und legte beides hin; »und nun verhalten Sie sich völlig still; vermeiden Sie alles unnötige Geräusch, und steigen Sie unter keinen Umständen die Treppe hinunter, bis ich Sie wieder hole.«

»Wann aber soll das geschehen?« fragte Israel.

»Ich will versuchen, zweimal jeden Tag herzukommen, solange Sie hier sind. Man kann aber nie wissen, was geschehen mag. Sollte ich Sie nicht aufsuchen, bis ich Sie befreien komme – am Abend des übernächsten Tages oder am dritten früh –, dürfen Sie deshalb nicht beunruhigt sein, mein guter Freund. Es gibt reichlich Speise und Wasser für Sie. Aber denken Sie dran, steigen Sie unter keinen Umständen die Steintreppe hinunter, bis ich Sie hole.«

Damit verabschiedete er sich von seinem Gast und verschwand. Israel schaute sich eine Weile nachdenklich um. Dann schob er die aufgerollte Matratze unter die zwei Luftschlitze, stellte sich drauf, um zu sehen, ob man hinausschauen könne. Es war aber nichts zu sehen als ein sehr schmaler Strich blauen Himmels, der durch das stattliche Laubwerk eines großen Baumes neben dem Seitenportal des Herrensitzes schaute, eines Baumes, der ebenso ehrwürdig war wie der alte Bau, den er beschützte.

Israel setzte sich auf die Matratze und verfiel in Nachdenken.

Armut und Freiheit oder Überfluß und Knechtschaft scheinen die zwei Hörner der ewigen Zwangslage meines Lebens zu sein, dachte er. Schauen wir den Gefangenen an.

Und er nahm den Rasierspiegel auf und musterte seine Züge.

Wie schade, daß ich vergaß, um Rasiermesser und Seife zu bitten. Ich sollte mich längst rasieren. Ich tat es zuletzt in Frankreich. Was für ein angenehmer Zeitvertreib! Wenn ich nun Kamm und Messer hätte, könnte ich mich rasieren und kräuseln und beide Tage hindurch dauernd frisieren, so daß ich schmuck aussähe wie ein Rotkehlchen, wenn ich herauskomme. Ich werde den Junker gleich heut abend darum bitten, wenn er vorbeikommt. Horch!, poltert da nicht etwas in der Wand? Ich hoff', es gibt keinen Backofen nebenan; sonst werd' ich ausgedörrt. Da sitz' ich nun, genau wie die Ratte in der Täfelung. Ich wollt', es hätt' ein niedriges Fenster zum Rausgucken. – Möchte wissen, womit Doktor Franklin jetzt eben beschäftigt ist, und Paul Jones? – Horch!, da singt ein Vogel im Laub. Das Glockenzeichen fürs Nachtessen, das.

Und als Zeitvertreib machte er sich hinter das Brot und den Braten und nahm einen Schluck Wasser und Wein.

Endlich wurde es Nacht. Er blieb im Stockdunkeln. Kein Junker.

Nach einer unruhigen, schlaflosen Nacht sah er zwei lange Flecken fahlen, grauen Lichtes wie zwei lange Spieße schief durch die Schlitze in die Zelle fallen. Er stand auf, rollte seine Matratze zusammen, stellte sich auf das Bündel und legte seinen Mund an eine der Maulöffnungen der Greifen. Er stieß einen leisen, kaum hörbaren Pfiff aus in der Richtung auf das Blätterdach des Baumes. Sofort erhob sich ein leichtes Rascheln im Laub, dann ertönte ein vereinzeltes Zwitschern, und drei Minuten danach schlug ein ganzer Chor von Melodien an sein Ohr.

Ich hab' den ersten Vogel geweckt, dachte er lächelnd bei sich selbst, und der hat alle anderen wach gemacht. Ans Frühstück denn! Nachher wird der Junker sicherlich erscheinen.

Doch das Frühstück war vorbei, und die zwei Flecken bleichen Lichtes hatten sich in goldene Strahlen verwandelt, und die goldnen Strahlen wurden immer steiler und steiler, bis sie schließlich so senkrecht fielen, daß sie verschwanden. Es war Mittag und kein Junker erschienen.

Er ist vor dem Frühstück auf die Jagd gegangen und hat sich verspätet, dachte Israel.

Die Nachmittagsstunden wurden länger und länger. Die Sonne ging unter – noch immer kein Junker.

Er muß mit dem Verhör eines Schafdiebs im Gerichtssaal arg in Anspruch genommen sein, sann Israel. Hoffentlich vergißt er mich nicht ganz bis morgen.

Er wartete und horchte und horchte und wartete.

Noch eine unruhige Nacht ohne Schlaf. Es wurde Morgen. Der zweite Tag verfloß wie der erste und die Nacht dazu. Am dritten Morgen lagen die Blumen verwelkt neben ihm. Regentropfen rieselten durch die Luftschlitze und fielen dumpf auf den Steinboden. Er hörte, wie die Baumblätter traurig gegen die Mäuler der Greifen klatschten und sie mit dem Sprühregen des Unwetters draußen bespritzten. Von Zeit zu Zeit ging ein Donner rollend über seinen Kopf hinweg, und die Blitze, die durch die Fensterritzen herabzuckten, erhellten die Zelle mit grünlichem Schein, gefolgt von dem harten Platschen und Prasseln des Wetters, das mit verstärkter Gewalt hereinbrach.

»Das ist jetzt schon der Morgen des dritten Tages«, murmelte Israel vor sich hin; »er versprach doch, spätestens am Morgen des dritten Tages zu kommen. Gut also denn. Geduld, er wird sogleich da sein. Der Morgen geht bis zum Mittag.«

Aber da der Tag so trübe war, konnte man nicht feststellen, wann es Mittag sei. Israel wollte nicht glauben, daß der Mittag da und vorbei war, bis es deutlich zu dämmern anfing. In Furcht vor irgendeinem Unbekannten fand er sich noch einmal in der Dunkelheit der Nacht begraben. So geduldig und hoffnungsvoll er bisher gewesen war, so ließ ihn jetzt seine Standhaftigkeit im Stich. Plötzlich, als hätte ihn irgendein ansteckendes Fieber gepackt, überfielen ihn unwiderstehliche, ungewohnte Anwandlungen der Verzweiflung, wie er dies nie für möglich gehalten hätte.

Er hatte alles Fleisch aufgezehrt; aber es war noch genug Brot und Wasser für zwei oder drei weitere Tage vorhanden. Es war also nicht der nagende Hunger, sondern ein seiner rätselhaften Einkerkerung entspringender Wahn, der ihm Angst einjagte. Die ganzen endlosen Stunden dieser einen Nacht hindurch wuchs und wuchs und wuchs in ihm die Empfindung, eingemauert zu sein, bis er sich wieder und wieder krampfhaft vom Boden erhob, weil ihm war, als lägen riesige Steinblöcke auf ihm, als habe er einen tiefen Schacht gegraben und das Mauerwerk mit all der aufgewühlten Erde hätte sich über ihm geschlossen und er hause in seinem Bau neunzig Fuß unter dem Klee. Im schwarzen, unerbittlichen Grab der Mitternacht hielt er seine beiden Arme seitwärts, und es war ihm, als läge er im Sarg, da er sie bei der Enge der Zelle nicht einmal gerade ausstrecken konnte. Er setzte sich an die eine Seitenwand quer in die Zelle und stemmte mit den Füßen gegen die andere. Doch eingedenk seines Versprechens stieß er trotz seiner höchsten Not keinen Laut aus. Er wütete stumm im Dunkeln. Bald kam, infolge des Raummangels, noch rasender Hunger nach Licht zu seinem übrigen Wahnsinn hinzu. Seine Augenlider waren übermäßig weit aufgerissen. Dann war ihm, als würde auch die Luft unerträglich. Er stellte sich an die Greifenritzen und preßte seine Lippen tief hinein, bis sie ihre Form annahmen, und sog soviel Luft wie möglich ein.

Und ständig verfolgte ihn die Erinnerung an die Erzählung des Junkers über den Ursprung dieser Zelle und steigerte noch seine Raserei. Es hieß, diese Teile des alten Hauses und besonders diese Mauern seien uralt, da sie weit hinter die Zeit der Königin Elisabeth zurückreichten und einstmals Bestandteil eines den Templern gehörenden Verstecks gewesen waren. Die innere Zucht dieses Ordens war im höchsten Maße streng und grausam. In einer Seitenmauer ihrer zweistöckigen Kapelle hatten sie auf derselben Höhe wie der Boden und in waagerechter Lage eine verborgene Höhlung gelassen, welche genau die Form und durchschnittliche Größe eines Sarges hatte. Hier wurden zuweilen des Ungehorsams überführte Hausgenossen eingesperrt; aber seltsamerweise nicht, bevor sie reuig waren. Ein kleines Loch, nicht weiter als ein Handgelenk, das wie ein Fernrohr drei Fuß tief durch das Mauerwerk in die Zelle reichte, diente gleichzeitig zur Entlüftung und zur Nahrungszufuhr für den Gefangenen. Dieses Loch, das in die Kapelle einmündete, ermöglichte auch, wie vorgesehen, dem armen Einsiedler, den Gottesdienst am Altar mit anzuhören und, ohne anwesend zu sein, daran teilzunehmen. Es galt als ein gutes Vorzeichen für den Seelenzustand des Büßers, wenn aus den dunklen Tiefen der Mauer das qualvolle Stöhnen als grausige Antwort scholl. Das wurde als reumütige Klage des Toten betrachtet; denn die Ordensbräuche schrieben vor, wenn irgendein Mitglied in der Mauer eingesperrt werden sollte, daß dies in Anwesenheit aller Brüder geschehe, wobei das Oberhaupt während der Bestattung des Lebenden die Totenmesse las. Zuweilen verflossen mehrere Wochen bis zur Befreiung aus dem Grab, wobei der Büßer gewöhnlich, wie ein vom Schlag Getroffener, an allen Gliedern empfindungslos und erstarrt vorgefunden wurde.

Diese Sargzelle der Templer hatte man bei der Zerstörung des Hauptgebäudes unbeschädigt gelassen, als man während der Regierung der Königin Elisabeth an dessen Stelle ein neues errichtete. Der Raum wurde etwas erweitert und verändert und mit besserer Entlüftung versehen, um sie in Zeiten des Bürgerkriegs als Versteck benutzbar zu machen.

Diese Geschichten quälten Israel jetzt in seiner Einsamkeit, und so kann man sich leicht vorstellen, was er dabei empfand. Hier, in der gleichen Finsternis, waren vor Jahrhunderten menschliche Herzen wie seines in Verzweiflung gebrochen; kräftige Glieder wie seine waren in stumpfer Reglosigkeit erstarrt.

Endlich – ihm war, es sei nach Jahr und Tag, wie in Daniels prophetischer Schau – brach der Morgen an. Das gütige Licht strömte in die Zelle, seine Seelenqual stillend, als wäre es ein lächelndes, menschliches Antlitz, ja als wäre der Junker selbst endlich erschienen, ihn aus der Haft zu befreien. Bald ließen seine stummen Phantasien ganz von ihm ab, und nach und nach überlegte er mit kühlem, ruhigem Kopf alle Umstände seiner Lage.

Er konnte sich unmöglich irren. Irgend etwas Schreckliches war seinem Freunde zugestoßen. Israel erinnerte sich der Andeutungen des Junkers wohl, wenn seine heimlichen Machenschaften entdeckt würden, könnte es ihm sehr übel ergehen. So mußte Israel schließen, diese unglückliche Entdeckung sei erfolgt; infolge irgendeines verhängnisvollen Mißgeschicks sei sein guter Freund als Staatsgefangener nach London abgeführt worden. Vor seiner Abreise habe der Junker niemandem von seinem Haushalt mitgeteilt, daß er einen Gefangenen in der Mauer zurücklasse; das alles lag auf der Hand, weil bis jetzt nicht eine Seele den Gefangenen aufgesucht hatte. Es konnte gar nicht anders sein. Zweifellos hatte der Junker bei seiner plötzlichen Verhaftung keine Möglichkeit gehabt, mit seinen Verwandten oder Freunden unter vier Augen zu reden, und so hatte er sein Geheimnis vorläufig für sich behalten müssen, um Israel nicht in noch weit schlimmeres Unglück zu bringen. Doch – würde er ihn wohl kaltblütig hinter den Mauern zugrunde gehen lassen? Alle Mutmaßungen blieben in den unvorstellbaren Möglichkeiten des Falles stecken. Ein Entschluß aber mußte rasch gefaßt werden. Israel wollte den Junker nicht noch mehr gefährden, konnte sich aber nicht damit abfinden, in solcher Ungewißheit zugrunde zu gehen, wo er war. Er beschloß, unter allen Umständen zu entweichen, heimlich und geräuschlos, wenn möglich; mit Gewalt und Geschrei, wenn nötig.

So glitt er aus der Zelle, stieg die Steintreppe hinunter und stand vor der Innenseite des Kaminpfostens. Er ertastete einen unbeweglichen Eisenknopf, sonst nichts. Er tappte leise herum nach einem Riegel oder einer Feder. Als er vorher mit seinem Führer durch diesen Gang gekommen war, hatte er vernachlässigt, darauf zu achten, mit welcher Vorrichtung im besonderen sich der Pfosten von innen her öffnen ließ und ob er überhaupt nur von außen zu öffnen sei.

Er wollte eben, nachdem er mit beiden Händen jeden Zoll

der Wandoberfläche rundum abgefühlt hatte, verzweifelt seine Suche aufgeben, als er, zufällig sein Körpergewicht ein wenig nach einer Seite neigend, ein Knarren vernahm und einen dünnen Lichtstrahl erblickte. Sein Fuß hatte unbewußt auf eine Feder im Boden gedrückt. Der Pfosten stand offen. Er stieß ihn vollends auf und stand befreit in des Junkers Geheimzimmer.

13

Seine Flucht und verschiedene weitere Abenteuer

Er fuhr zusammen, als er bemerkte, daß der Raum für ein Begräbnis hergerichtet war; es sah aus, als ob sich Bestattungsbeamte inzwischen eingeschlichen hätten. Die Fenstervorhänge waren mit langen Trauerschleifen geschmückt. Die vier Ecken des roten Tuches auf dem runden Tisch waren mit Flor verknotet.

Obwohl Israel nichts von solchen Trauerbräuchen des Landes verstand, nahm er doch unwillkürlich an, Junker Woodcock weile nicht mehr unter den Lebenden dieser Erde. Mit einem Schlag wurde ihm das ganze Rätsel der drei Tage klar. Was aber sollte er jetzt tun? Sein Freund mußte ganz plötzlich gestorben sein; höchstwahrscheinlich hatte ihn ein Schlaganfall hingestreckt, und er hatte sich nicht mehr davon erholt. Mit ihm war jede Kenntnis des Umstandes, daß ein Fremder im Hause eingemauert sei, geschwunden. Wenn er daher entdeckt würde, wie er so in dem persönlichsten Bereich der Wohnung eines Edelmannes umging, was würde den Wanderer da erwarten, auf dem als Flüchtling in der Gegend schon der Verdacht eines heimlichen Verbrechens lastete? Wenn er die reine Wahrheit sagte, was konnte er zu seiner Entlastung vorbringen, ohne gewisser Handlungen überführt zu sein, die englische Gerichte für verabscheuungswürdige Verbrechen halten? Und wenn er das Andenken des Verstorbenen Junkers Woodcock in sein eigenes Geständnis vor Gericht einbezog, würde da nicht gar eine so häßliche Anschuldigung dermaßen Abscheu erregen, daß man sich weigern würde, seiner ungewöhnlichen Darstellung Glauben zu schenken, sowohl mit Bezug auf ihn selber wie auch jeden anderen, und ihn deshalb noch viel schlimmeren Verdächtigungen aussetzen?

Wie er in solche entmutigende Gedanken versunken dastand, hörte er nicht weit weg im Gang draußen Schritte. Sie schienen näher zu kommen. Sofort flüchtete er zu dem Kaminpfosten, der offenstand, und indem er dahinter verschwand, zog er den Stein am Eisenknopf hinter sich zu. Infolge seiner überstürzten Eile schloß der Pfosten mit einem dumpfen, grausigen und seltsamen Geräusch. Ein Angstschrei erscholl hierauf aus dem anstoßenden Raum. In panischem Schrecken floh Israel die dunkle Treppe empor; vor lauter Hast stolperte er auf der letzten Stufe und rutschte einen Absatz zurück, so daß ein donnerndes Dröhnen im Gewölbe über ihm widerhallte, das die Mauer durch und durch erschütterte und schließlich dumpf erstarb wie schwerer, verhaltener Donner in einer tiefen Bergkluft. Sofort erhob sich Israel wieder, da er sich nicht ernstlich weh getan hatte, und lauschte aufmerksam; der Widerhall seiner Schritte vermengte sich mit einem neuen Angstschrei vom Zimmer her. Es schien von einem nervösen weiblichen Wesen zu stammen, das durch die übernatürlichen oder mindestens unerklärlichen Geräusche in der Wand in Schrecken versetzt worden war. Alsbald vernahm er andere aufgeregte Stimmen undeutlich durcheinander, und dann zogen sie sich gemeinsam zurück, und alles war wieder still.

Als sich Israel von seiner ersten Bestürzung erholt hatte, dachte er über das Vorgefallene nach. Nicht eine Seele im Hause weiß jetzt noch um diese Zelle, dachte er. Irgendeine Angestellte, vielleicht die Haushälterin, hatte zuerst das Zimmer allein betreten. Im selben Augenblick, als sie hereinkam, war die Pforte zugegangen. Der plötzliche Knall hatte ihr den Schrei entlockt; nachher hatte der neue Lärm, den ich durch meinen Sturz erzeugte, sie noch mehr in Schrecken versetzt, und ihre wiederholten Schreie hatten die hinterste Seele im Hause herbeigerufen. Diese Leute, außer sich, sie in bleicher Ohnmacht, vielleicht leblos wie einen Leichnam in einem Raume, der für einen eben Verstorbenen noch beflort war, liegen zu finden, hatten ebenfalls Schreie ausgestoßen und dann die Bewußtlose unter allgemeinem Wehklagen weggetragen. Also wird sich daraus ergeben – sicherlich ist dies tatsächlich schon der Fall –: Die Leute glauben, die Frau habe den Geist des Junkers Woodcock gesehen oder gehört. Da ich also offenbar all das Seltsame, das vorgefallen ist, verstehe und offenbar weiß, daß ihnen ganz natürliche Ursachen zugrunde liegen, fange ich an, wieder sachlich und ruhig zu werden. Überlegen wir also. Richtig. So muß es sein. Da die in Furcht versetzten Hausleute vom Geisterwahn besessen sind, will ich eben dadurch heute nacht noch meine Flucht bewerkstelligen. Wenn es mir nur gelingt, ein Kleidungsstück des Junkers selig aufzutreiben, einen Rock oder einen Hut von ihm, kann es nicht fehlgehen. Ich darf keine Zeit verlieren. Sie werden kaum so bald wieder in das Zimmer kommen. Ich will hingehen und nachsehen, was ich für meine Zwecke brauchen kann. Es ist des Junkers Privatzimmer; also wird sich sicher wenigstens das eine oder andere von seinen Kleidungsstücken finden lassen.

Aus diesen Überlegungen heraus drückte er vorsichtig auf den Hebel unter seinem Fuß, spähte hinein und betrat, als er die Luft rein fand, wieder kühn den Wohnraum. Er schritt geradewegs auf die hohe schmale Türe in der gegenüberliegenden Wand zu. Der Schlüssel steckte im Schloß. Als er die Tür öffnete, fand er verschiedene Röcke, Beinkleider, Seidensocken und Hüte des Verstorbenen dahängen. Ohne Mühe wählte Israel den vollständigen Anzug aus, in dem er seinen einst lebenslustigen Freund gesehen hatte. Sorgfältig schloß er die Türe wieder, nahm den Anzug an sich und wollte gerade zum Kamin zurück, als er des Junkers Stock, mit dem Silberknopf in einer Ecke der Wandbekleidung lehnend, erblickte. So nahm er diesen mit und schlich in seine Zelle zurück.

Er streifte seine eigenen Kleider ab und schlüpfte bedächtig in die geborgte Ausstattung, in die seidenen Beinkleider und den Rest; dann setzte er den Stülphut auf, ergriff den Stock mit dem Silberknopf mit der rechten Hand und kam zur Überzeugung, als er seinen kleinen Rasierspiegel langsam vor sich auf und nieder bewegte, um seine ganze Gestalt stückweise zu betrachten, daß er sich sehr gut als des Junker Woodcocks echte Geisterscheinung ausgeben könne. Nachdem aber die erste Selbstzufriedenheit mit seinem mutmaßlichen Erfolg gewichen war, überkam Israel doch ein gewisses abergläubisches Unbehagen, sich so in eines Toten Seidenkittel zu fühlen, ja vermutlich im selben Anzug, in dem der Verstorbene dem Schlag erlegen war. Allmählich kam er sich fast so unwirklich und wesenlos vor wie der Schatten, dessen Rolle er spielen wollte.

Er wartete lange und voll Besorgnis, bis die Dunkelheit anbrach, und dann noch, bis er dachte, es sei tiefe Mitternacht. Dann schlich er in das Zimmer zurück, hielt eine Weile unruhig in der Mitte inne und erwog alle Gefahren, die ihm drohten; so zögerte er, bis er sich entschlossen und ruhig fühlte. Jetzt tastete er sich im Finstern zur Türe nach dem Vorraum hin, legte seine Hand auf den Knopf und drehte ihn. Doch die Türe wollte nicht nachgeben. War sie verschlossen? Der Schlüssel steckte nicht. So drehte er den Knopf noch einmal, und ihn so festhaltend, drückte er kräftig gegen die Tür. Sie wich nicht von der Stelle. Noch kräftiger – da brach sie plötzlich auf, mit einem lauten, krachenden Knall. Da sie verengt war, hatte sie sich an der Schwelle verklemmt. Keine drei Sekunden waren vergangen, während Israel sich im Dunkeln den langen, weiten Hausflur hinunter zum geräumigen Treppenhaus am anderen Ende tastete, als er verworrene, eilige Geräusche von den anstoßenden Räumen her vernahm, und im nächsten Augenblick erschienen verschiedene Gestalten, zumeist im Nachtkleid, an ihren Kammertüren und streckten entsetzt ihren Kopf heraus; darunter von einer Lampe beleuchtet, die jemand von der Schar hielt, eine ältere Dame in Trauerkleidern, die sich allem Anschein nach eben von einem sorgenvollen Lehnstuhl statt von einem tröstenden Ruhebett erhoben hatte. Israel pochte das Herz wie ein Hammer; sein Antlitz wurde weiß wie ein Leichentuch. Er nahm sich aber zusammen, zog seinen Hut tiefer über die Augen herunter, vergrub seinen Kopf im Rockkragen und wandelte an den beiden Zeilen irrblickender Gesichter vorüber. Er ging mit langsamen, würdevollen Schritten, schaute weder rechts noch links, sondern bewegte sich auf dem nun schwach erhellten Weg feierlich vorwärts und ließ seinen Stock auf dem Boden aufschlagen, wie er vorüberging. Das Blut gerann in seinen Adern unter den stieren Blicken der Gestalten in den Türen. Sie standen wie am Boden angewurzelt, unfähig, sich zu rühren. Keine brachte ein Wort hervor, solange er auf sie zuschritt; aber sobald er ihnen den Rücken zukehrte, stießen sie nacheinander wie Wahnsinnige den Schrei aus: »Der Junker, der Junker!« Wie er an der Dame in Trauerkleidern vorüberkam, fiel sie ohnmächtig quer vor ihm hin. Israel aber ließ sich nicht beirren, nahm einen Schritt über ihren hingestreckten Leib weg und wanderte zielbewußt weiter.

Noch einige Minuten, und er hatte die Haupttüre des Herrenhauses erreicht. Er schob Kette und Riegel zurück, und dann stand er unter freiem Himmel. Es war eine mondhelle, strahlende Nacht. Er nahm gemächlich seinen Weg über das freie Land gegen die tieferliegenden Felder hinüber. Auf halbem Wege wandte er sich nach dem Hause um und sah in drei von den Fassadenfenstern lauter weiße Gesichter, welche voller Entsetzen der rätselhaften Erscheinung nachschauten. Bald darauf entschwand er hinter einer Halde ihren Blicken.

Dann gelangte er in hügeliges Wiesengelände, dessen Gras eben erst geschnitten worden war und jetzt in Häuflein über die Halde verstreut lag. Eine gewundene Schlange milchigen Dunstes wand sich durch die Niederungen am Fuße des Hügels, während jenseits ein dichtes Gehölz zwerghafter Bäume winkte, darin hier und dort ein schlanker, spitzzulaufender, abgestorbener Stamm ohne Rinde alle anderen überragte. Der Dunst sah aus wie ein tiefer Wasserstrom, den man nur undeutlich wahrnahm; das Gehölz glich einer dichtgedrängten Stadt an seinen Ufern, beherrscht von den Türmen der Gotteshäuser.

Das ganze Schauspiel rief in unserem Irrfahrer wie durch ein Wunder die Gegend von Bunker Hill, Charles River und die Stadt Boston in der denkwürdigen Nacht vom 16. Juni herauf. Es war zur selben Jahreszeit derselbe Mondschein; wie damals lag das frischgemähte Heu auf dem geschorenen Rasen, war nächtlicherweile zusammengerecht worden, um in der so hastig aufgeworfenen Schanze untergebracht zu werden.

Wie von einem Zauber berückt, setzte sich Israel auf einen der Heuhaufen und versank in Nachdenken. Da er aber vom langen Wachen entkräftet war, wäre seine Träumerei bald in den noch absonderlicheren Bildern des Schlummers untergegangen, hätte er sich nicht aufgerafft, um seinen Weg fortzusetzen, aus Furcht, er könnte sich unter derartigen Umständen vergessen. Jetzt kam ihm auch zum Bewußtsein, daß ihn seine Verkleidung, so gut sie ihm auch bei der Flucht aus Junker Woodcocks Behausung dienlich gewesen war, in tödliche Gefahr bringen konnte, wenn er darin außerhalb des Hauses entdeckt würde. Wohl konnte er zur Nachtzeit bei den Verwandten und unmittelbaren Freunden des Gestorbenen für einen Geist gehalten werden; bei Tag aber und bei unbeteiligten Leuten lief er nicht wenig Gefahr, einfach als Einbrecher und Dieb verhaftet zu werden. Jetzt bereute er bitterlich, die Kleider des Junkers nicht über seine eigenen angezogen zu haben, so daß er jetzt wieder in seiner früheren Gestalt hätte auftreten können.

Wie er so über diese Schwierigkeit nachsann und weitereilte, erblickte er plötzlich einen schwarzgekleideten Mann in etwa fünfzig Meter Entfernung mitten auf seinem Weg in einem jungen Gersten- oder Weizenfeld. Der düstere Geselle stand bockstill und wies mit seinem ausgestreckten Arm seltsam bedeutungsvoll nach der Wohnung des verstorbenen Junkers. Für den einsamen Israel in seinem brütenden Zustand weckte ein so unheimlicher Anblick unerklärliche Ahnungen. Sein krankhaft erregtes Gewissen machte ihm Vorwürfe wegen des Schreckens, den er den Menschen bei seiner Flucht aus dem Hause eingejagt hatte. So sah er in der starren Gebärde des Gesellen mehr als bloß menschliche Bedeutung. Doch kehrte ein Rest seiner Unerschrockenheit zurück und veranlaßte ihn, der Erscheinung auf den Leib zu rücken. Wieder nahm er die bedächtige Würde an, mit der er den Hausflur durchwandert hatte, und so zückte der

Geist Junker Woodcocks entschlossen seinen Stock und schritt geradewegs auf den geheimnisvollen Fremdling los.

Wie er ihm näher kam, fuhr Israel zusammen. Der dunkle Rockärmel schlug gegen das Knochengerippe des unbekannten Mannes. Das Gesicht war wie in geisterhaftes Weiß verloren. Es war kein Mensch von Fleisch und Blut. Doch mechanisch schritt Israel weiter, kam näher und näher und sah endlich, daß es eine Vogelscheuche war.

Eine Gespensterbegegnung

Unser Abenteurer, nicht wenig erleichtert über die Entdeckung, hielt inne, um so ein täuschendes Bildnis näher zu besehen, das nach wirksamsten Grundsätzen, wahrscheinlich von irgendeinem bankrotten Wachsfigurenschneider, hergestellt zu sein schien. Es trug eine vollständige Vogelscheuchenausstattung: verbeulten Stülphut, zerfetzten Rock, alte Sammetkniehosen, lange wollene Strümpfe voller Löcher, alles mit Stroh kunstgerecht ausgestopft und das Ganze von einem Knochengerüst von Stöcken getragen. Der anscheinend von einem Landarbeiter stammende Rock wies auch eine mächtige, mit Klappe versehene Tasche auf, die einladend offenstand. Als Israel mit der Hand hineinfuhr, zog er den Deckel einer alten Tabaksdose, den zerbrochenen Kopf einer Pfeife, zwei rostige Nägel und ein paar Weizenkörner heraus. Da fielen ihm die Taschen des Junkers ein. Er durchsuchte sie und fand darin ein feines Taschentuch, ein Brillenfutteral und einen Geldbeutel mit etwas Silber und Gold im Betrage von etwas mehr als fünf Pfund. Hieraus sieht man, welcher Unterschied im Tascheninhalt einer Vogelscheuche und eines wohlhabenden Junkers besteht. Bevor Israel seine Kleider auswechselte, hatte er nicht vergessen, sein persönliches Hab und Gut aus seinem eigenen Kittel herauszunehmen und es in die Tasche seiner eigenen Weste zu stecken, die er anbehalten hatte.

Als er die Vogelscheuche näher in Augenschein nahm, kam ihm der Gedanke, so elend auch deren Aufzug war, hier böte sich doch eine Möglichkeit, die ungeeigneten und gefährlichen Kleider des Junkers loszuwerden. Vorläufig mochte sich kaum eine andere Gelegenheit bieten. Er mußte sich ja auf jeden Fall, bevor er bei Tageslicht ein lebendes Wesen antraf, ein anderes Kleid beschaffen. Durch seinen Tausch mit dem alten Grabenschneider nach der Flucht aus der Wirtschaft bei Portsmouth war er mit der elendesten Garderobe vertraut. Sehr wohl war ihm auch aus Erfahrung bekannt: Je ärmlicher die Kleidung, desto weniger wird beachtet, wer unbemerkt bleiben will. Denn wer geht nicht dem räudigen Strolch, der Armut, aus dem Wege, wenn er mit verbeultem Hut und elendem Rock daherkommt?

Ohne lange Umstände streifte er die Kleider des Junkers ab und zog diejenigen der Vogelscheuche an, nachdem er sorgfältig das Heu herausgeschüttelt hatte, das, von manchem Regen- und Sonnenbad abwechselnd durchweicht und geröstet, ganz zerbröckelt war und längst zu Staub zerfallen wäre, hätte nicht der Mehltau es feucht erhalten. Doch blieb noch genug von dem verfluchten alten Heu an der Innenseite der Hose und der Rockärmel kleben, um die ärgsten Qualen zu erzeugen.

Die große Gewissensfrage stellte sich nun: Was tun mit dem Geldbeutel? War es ein Unrecht, unter den obwaltenden Umständen sich die Börse anzueignen? Alles in Betracht ziehend, vor allem, daß er von dem Verstorbenen die in Aussicht gestellte Belohnung für seine Botendienste nicht erhalten hatte, schloß Israel, er habe ein volles Recht, das Geld als sein Eigentum zu betrachten, was ein christlicher Richter bestimmt bestreiten wird. Überhaupt, was hätte er anderes damit anfangen sollen als es für sich verwenden. Es wäre ja Wahnsinn gewesen, es den Verwandten zurückzubringen. Solch unverständliche Ehrlichkeit hatte bloß zu seiner Verhaftung als Rebell und als Schelm geführt. Was des Junkers Kleider, Taschentuch und Brillenfutteral betraf, mußten sie schleunigst verschwinden. So ging Israel zu einem nahen Sumpf, versenkte sie in die Tiefe und häufte Büschel von saurem Rasen darauf. Dann kehrte er zu dem Getreidefeld zurück, setzte sich im Windschutz eines Felsens nieder, etwa hundert Meter von der Stelle, wo die Vogelscheuche gestanden hatte, und überlegte, welcher Weg nun am besten einzuschlagen sei. Sein letzter Marsch nach so langer Schlaflosigkeit hatte jedoch bald eine Wirkung, die nicht so leicht abzuschütteln war wie damals, als er auf dem Heuhaufen ausruhte. Auch fühlte er weniger Angst, seitdem er sein Äußeres gewechselt hatte. So sank er, eh' er sich's versah, in tiefen Schlaf.

Als er aufwachte, stand die Sonne schon hoch am Himmel. Wie er umherspähte, sah er einen Bauernknecht mit einer Heugabel in einiger Entfernung auftauchen. Seine Schritte schienen nach einer Stelle in nächster Nähe, wo er lag, gerichtet. Sofort fiel unserem Irrfahrer ein, dieser Mann müsse mit der Vogelscheuche zu tun haben, vielleicht hatte er sie sogar selber aufgestellt. Wenn er sie daher vermißte, so könnte er sofort Nachforschungen anstellen und den Dieb aufstöbern, der so unklug auf dem Felde seiner Missetat verweilte.

Daher wartete Israel, bis der Mann im Vorübergehen in einer kleinen Mulde verschwunden war. Dann rannte er flink zur selben Stelle zurück, wo die Vogelscheuche gestanden hatte, stellte sich steif wie ein Stock hin, zog den Hut tief übers Gesicht, streckte seinen Arm krampfhaft nach der Wohnung des Junkers aus und harrte der Dinge, die da kommen sollten. Bald tauchte der Mann wieder auf, schritt geradenwegs weiter, hielt nicht weit von Israel an und warf ihm einen ernsten Blick zu, als sei es seine tägliche Gewohnheit, sich zu vergewissern, ob die Vogelscheuche in Ordnung sei. Kaum war der Mann in gehöriger Entfernung, so verließ Israel seinen Stand und zog quer durch die Felder London zu. Bevor er aber das Feld hinter sich ließ, fiel ihm ein, sich umzudrehen und nachzusehen, ob der Mann auch ganz außer Sicht sei, als er denselben zu seiner Bestürzung zurückkehren sah, offensichtlich in unverhohlener, höchster Verwunderung, wie man aus seinen Schritten und Bewegungen sah. Der Mann mußte umgeschaut haben, bevor Israel es tat. Israel stand da wie angewurzelt und wußte nicht, was tun. Aber im nächsten Augenblick durchzuckte ihn der

Gedanke, daß eben die Starrheit in einer solchen Verlegenheit das Harmloseste sein könnte. So streckte er seinen Arm wieder gegen das Haus aus, stand neuerdings bockstill und harrte noch einmal der kommenden Dinge.

Es traf sich zufällig, daß Israel, indem er so nach dem Hause wies, notwendigerweise gegen den Herankommenden zeigte. In der Hoffnung, dieses seltsame Zusammentreffen müsse den Mann so in seinem Aberglauben beeindrucken, daß er schleunigst die Flucht ergriffe, verhielt sich Israel so kaltblütig wie möglich. Doch der Mann erwies sich von härterem Stoff als erwartet. Als er an der Stelle vorbeikam, wo die Vogelscheuche gestanden hatte, und einwandfrei feststellte, daß diese sich auf unerklärliche Weise plötzlich eine Strecke weit entfernt hatte, kam der Mann, statt bei der Bewahrheitung seiner schlimmsten Befürchtungen entsetzt zu sein, auf Israel zu, offenbar entschlossen, das Rätsel bis zum Grunde abzuklären.

Wie Israel den Mann, der ihm tapfer die Heugabel entgegenhielt, so entschlossen daherkommen sah, wandte er sein äußerstes Mittel an, um dem Kerl Respekt vor dem Übersinnlichen einzujagen. Er ballte plötzlich seine beiden Fäuste und streckte sie ihm wütend auf etwa zwanzig Schritt Entfernung entgegen, wobei er gleichzeitig wie ein Totenschädel seine Zähne fletschte und seine Augen wie ein Teufel rollte. Der andere hielt bestürzt inne, schaute rund um sich, schaute auf das sprossende Kornfeld, dann hinüber zu den paar Bäumen und dann auf zum Himmel. Nachdem er sich so vergewissert hatte, daß die Welt als Ganzes in den letzten fünfzehn Minuten durch kein Wunder verändert worden sei, rückte er entschlossen weiter vor. Die Heugabel zielte jetzt wie eine Enterpieke mitten auf die Brust des Gegners. Da all seine Kunstgriffe vergeblich waren, warf Israel sich wieder in die ursprüngliche Stellung einer Vogelscheuche und blieb erneut reglos stehen. Der Mann verlangsamte seinen Schritt, bis er fast kroch, und kam so auf drei Fuß Entfernung heran, stand still und starrte hochverwundert in Israels Augen. Mit finsterem, fürchterlichem Ausdruck hielt Israel entschlossen seinem Blick stand, blieb aber im übrigen wie eine Statue stehen, in der Hoffnung, seinen Verfolger außer Fassung zu bringen. Schließlich zielte der Mann langsam mit einer Zinke seiner Gabel auf Israels linkes Auge. Immer näher und näher rückte die scharfe Spitze, bis Israel es nicht mehr aushielt und schleunigst Fersengeld gab, während seine zerrissenen Rockschöße hinter ihm herflatterten. Mit eingefleischter Hartnäckigkeit folgte ihm der Kerl. Israel stürzte blindlings davon, übersprang einen Zaun und sah sich plötzlich auf einem Feld, wo ein paar Dutzend Knechte an der Arbeit waren. Als diese die Vogelscheuche erblickten – wie es schien, eine alte Bekannte von ihnen –, hoben sie alle ihre Hände hoch, als die erstaunliche Erscheinung vorübersauste, verfolgt von dem Mann mit der Heugabel. Bald beteiligten sich alle an der Treibjagd; aber Israel bewies, daß er mehr Puste und Ausdauer hatte als jeder von ihnen. Die ganze Sippschaft hinter sich lassend, entschwand er schließlich ihren Blicken in einem weitläufigen Park, der in einem Teil dicht mit Bäumen bestanden war. Dann sah er nichts mehr von den Leuten.

In dem Wald weilte er, bis es dunkel geworden war. Dann schlich er weg und eilte auf dem nächsten Weg zum Haus jenes gutmütigen Bauern, in dessen Kornspeicher er zum erstenmal von Junker Woodcock gehört hatte. Er weckte den Mann kurz vor Mitternacht und erzählte ihm verschiedene von seinen letzten Abenteuern, verschwieg aber sorgfältig, daß er als geheimer Sendbote verwendet worden und aus Junker Woodcocks Haus entwichen sei. Alles, wonach er augenblicklich verlangte, war zu essen. Als er sich gesättigt hatte, wollte Israel dem Bauern sein bestes Gewand abkaufen und zeigte ihm gleich das Geld.

»Woher haben Sie soviel Geld?« fragte der Wirt ganz überrascht. »Ihre Kleider da sehen nicht danach aus, als ob Sie glückliche Zeiten gesehen hätten, seit Sie von hier weg sind. Sie sehen ja wie eine Vogelscheuche aus.«

»Das wird wohl stimmen«, erwiderte Israel recht trocken. »Aber was meinen Sie? Wollen Sie mir Ihr Kleid verkaufen oder nicht? Hier ist das Geld.«

»Ich weiß nicht recht, was ich sagen soll«, meinte der Bauer zögernd. »Lassen Sie mich das Geld sehen! Oho! Eine seidene Börse aus eines Bettlers Tasche! – Machen Sie, daß Sie fortkommen, Sie Schelm! Sie sind ja ein Dieb geworden.«

Da Israel nicht beschwören konnte, das Geld auf restlos ehrliche Weise erworben zu haben – denn in der Tat war sein Fall etwas für den spitzfindigsten Kasuisten –, blieb er die Antwort schuldig. Diese ehrliche Betroffenheit bestärkte den Bauern in seiner Meinung; deshalb trieb er ihn unter vielen Schimpfworten auf die Straße hinaus und sagte, er könne noch von Glück sagen, daß er ihn nicht auf der Stelle verhafte.

Tief betrübt über diese unglückselige Abweisung schleppte sich Israel im Mondlicht etwa drei Meilen weiter zum Haus eines anderen Freundes, der ihm ebenfalls einmal in der Not geholfen hatte. Es zeigte sich aber, daß dieser Mann einen gesunden Schlaf hatte. Statt ihn mit seinem Klopfen aufzuwecken, gelang es Israel nur, seine Frau aufzuscheuchen, die nicht gerade von der zartesten Liebenswürdigkeit war. Sie hob das Schiebefenster, und als sie einen so verwahrlosten Bettler vor sich erblickte, warf sie ihm grobe Unanständigkeit vor, daß er sich erlaube, mitten in der Nacht und dazu noch in einem so anstößigen Aufzug um Almosen zu betteln. Israel schaute an seinen jammervollen Baumwollfetzen nieder und entdeckte, daß durch seine weite Wanderung auf der einen Seite seiner vermoderten alten Kniehose ein mächtiger Riß entstanden war, durch den etwas Weißes hervorschimmerte.

Indem er diesem Übelstand, so gut es ging, abhalf, flehte er die Frau erneut an, doch ihren Mann zu wecken.

»Fällt mir gar nicht ein!« sagte die Frau ärgerlich. »Mach, daß du fortkommst, oder ich leer' dir etwas über den Kopf!«

Gleichzeitig brachte sie einen irdenen Topf ans Fenster, und sie würde ihre Drohung wahrgemacht haben, wäre Israel nicht vorsichtig einige Schritte zurückgewichen. Hierauf flehte er die Frau an, doch seine traurige Lage zu berücksichtigen und barmherzig zu sein, und wenn sie schon ihren Mann nicht wecken wolle, ihm (Israel) wenigstens ihres Mannes Hose zuzuwerfen, wofür er ihr den Preis und seine eigene Hose obendrein auf der Türschwelle lassen würde.

»Sie sehen doch, wie dringend ich sie benötige«, sagte er. »Um Himmels willen, tun Sie mir den Gefallen!«

»Fort mit dir!« wiederholte die Frau.

»Die Hose! Die Hose! Da ist das Geld dafür!« schrie Israel fast außer sich vor Angst.

»Du dreckiger Kerl«, schrie die Frau, da sie ihn mißverstanden hatte, »willst du mich noch aufziehen, *ich* trüge die Hose? – Fort!«

Wiederum machte sich Israel auf den Weg zu einem anderen Freund. Doch hier, erbost darüber, daß der Friede einer ruhigen Familie von einem so empörenden Lumpenkerl gestört werde, hing sich ein Doggenungeheuer an Israels unseligen Rock, riß ihm den morschen Rand vollständig weg, so daß der Rock zu einem Jäckchen zusammengeschrumpft war, das bloß noch bis zu den Hüften des Trägers reichte. Im Bemühen, das Scheusal zu vertreiben, verlor Israel seinen Hut. Sofort stürzte sich der Köter mit wilder Wut darauf, steckte beide Pfoten hinein, drückte die Krone durch und schob die Trümmer schnaubend vor sich her. Als Israel endlich seinen armen Hut wiedererlangt hatte, zog er sich mit einer Kleidung zurück, die infolge seiner Besuche arg in Mitleidenschaft gezogen war. Nicht nur sein Rock war nur noch ein Fetzen, sondern auch seine Hose war durch die Klauen des Hundes aufgeschlitzt, daß die Risse gähnten, und durch die Krone des offenen Biberhutes quoll sein blondes Haar wie ein einsames Büschel Heidekraut auf dem Hochland.

In solchem Zustand irrte er am folgenden Morgen in zweifelhaften Scharmützeln am Rande eines Dorfes umher.

»Oh, was bekommt nicht ein treuer Vaterlandsfreund dafür, daß er seinem Lande dient«, murmelte Israel; alsbald aber faßte er wieder Mut, und da er erneut ein Haus erblickte, das ihm einmal Schutz gewährt hatte, wagte er sich bis zur Türe vor. Glücklicherweise traf er diesmal den Mann selber, der eben aufgestanden war. Anfänglich erkannte der Bauer den Flüchtling nicht; bei näherem Zusehen aber und da ihn Israel flehentlich bat, winkte er ihn herein in die Scheune, wo ihm unser Abenteurer sofort all seine Erlebnisse, soweit er dies für klug hielt, erzählte. Schließlich bat er auch ihn, Hose und Rock zu verkaufen. Schon vorher hatte er seine Börse, die ihm beim ersten Bauern so übel mitgespielt hatte, geleert und weggeworfen. So zog er jetzt seine drei Kronen hervor.

»Drei Kronen im Sack und keine Krone am Hut!« scherzte der Bauer.

»Oh, ich versichere Sie, mein Freund«, fuhr Israel fort, »ein schönerer Hut ist nie getragen worden, bevor ihn die verdammte Bulldogge zerrissen hat.«

»Ach ja«, sagte der Bauer, »ich vergaß, was Sie mir davon erzählt haben. Nun, ich besitze noch einen ordentlichen Rock mit Hose, die will ich Ihnen für Ihr Geld überlassen.«

Zehn Minuten später steckte Israel in einem grauen Kittel von grobem Tuch, der vom Tragen ziemlich mitgenommen war, und dazu einer passenden Hose. Für eine weitere halbe Krone erstand er einen höchst anständig aussehenden Hut.

»Und jetzt, mein werter Freund«, fragte Israel, »können Sie mir sagen, wo Horne Tooke und John Bridges wohnen?«

Unser Irrfahrer hielt es für das gescheiteste, den einen oder anderen von diesen Herren aufzusuchen, sowohl, um das Vorgefallene zu berichten, wie auch, um sich die Nachricht betreffend Junker Woodcock bestätigen zu lassen, über dessen Schicksal er nicht gerne jemand anders befragen mochte.

»Horne Tooke? Was wollen Sie von Horne Tooke?« sagte der Bauer. »Er war Junker Woodcocks Freund, nicht wahr? Der arme Junker! Wer hätte gedacht, er würde so plötzlich sterben müssen. Doch der Schlag trifft so rasch wie eine Kugel.«

Ich hab' mich also nicht geirrt, dachte Israel bei sich selbst. »Wo aber lebt Horne Tooke?« fragte er noch einmal.

»Er lebte einst in Brentford und trug dort den Priesterrock. Ich habe aber gehört, er habe seine Pfründe verkauft und sei im

Chorhemd nach London gegangen, um die Rechte zu studieren.«

Das war Israel etwas ganz Neues; denn nach den paar liebenswürdigen Bemerkungen, die er von Horne Tooke beim Junker gehört hatte, hätte er sich kaum träumen lassen, daß er ein ordinierter Geistlicher sei. Und doch hat ein gutmütiger Pfarrer Lukian* übersetzt; ein anderer, ebenso gutmütiger, schrieb Tristram Shandy*; und ein dritter, ein böswilliger Verehrer des gutmütigen Rabelais*, starb als Dekan; von anderen ganz zu schweigen. So witzig und offenherzig sind manche Vertreter der englischen Geistlichkeit.

»Sie können mir also nicht sagen, wo ich Horne Tooke treffen kann?« sagte Israel ganz bestürzt.

»Sie werden ihn vermutlich in London treffen.«

»Welche Straße und welche Nummer?«

»Keine Ahnung. Eine Nadel im Heuhaufen.«

»Wo wohnt Mr. Bridges?«

»Nie was gehört von Bridges, außer von *London Bridges* und einer gewissen Molly Bridges in Bridewell.«

So ging Israel davon, zwar besser gekleidet, aber nicht klüger als zuvor.

Was sollte er jetzt zunächst tun? Er zählte sein Geld und fand, daß er genug besaß, um wieder zu Doktor Franklin in Paris zurückzufahren. Infolgedessen umging er die zwei nächsten Dörfer und marschierte London zu, wo er wieder die Postkutsche nach Dover nahm und gerade zur rechten Zeit an der Kanalküste ankam, um zu erfahren, daß die gleiche Post, die ihn hergebracht, den Behörden daselbst die Nachricht übermittelt hatte, jeglicher Verkehr zwischen den zwei Nationen sei auf unbestimmte Zeit abgebrochen. Dank der ausgesprochenen Wortkargheit und scheinbaren Sturheit seiner Mitreisenden – lauter Engländern, die sich gegenseitig kannten und allerlei Stellungen im öffentlichen Leben innehatten – war ihm die Neuigkeit nicht früher zu Ohren gekommen.

So stand ein neuer Berg von Unglück vor ihm. Der arme

Israel Potter sah keinen anderen Ausweg mehr, als schließlich eingesperrt zu werden oder zu verhungern. Der Edelmann von Brentford hatte ihn mit der Aussicht auf eine schöne Belohnung für seine Eilbotendienste geködert; diese Hoffnung war dahin. Doktor Franklin hatte ihm seine guten Dienste zugesichert, um ihm die Heimfahrt nach Amerika zu ermöglichen; das war auch aus. Auch hatte der Weise ihm angedeutet, er würde dafür sorgen, daß er für seine Leiden im Dienste des Landes entschädigt werde; auch diesen Gedanken mußte er aufgeben. Da dachte Israel an die Worte des gütigen Mannes der Weisheit: Man muß nie übermütig sein, wenn einem das Glück lächelt, wohl aber gefaßt, wenn sich Unglück ankündigt. – Doch er hatte ebenso Mühe, die zweite Hälfte dieser Lebensweisheit restlos zu verwirklichen wie ehedem die erste.

Während er so in kummervolle Gedanken versunken am Strande stand und zu der unerreichbaren französischen Küste hinüberschaute, redete ihn ein vergnügter, zutraulicher Fremder in Matrosenkleidern an und ermunterte ihn, nachdem sie ein paar freundliche Worte gewechselt hatten, mit ihm die Gasse hinauf in ein heimliches Vergnügungslokal zu gehen. Es tat Israel wohl, daß sich jemand seiner in der Not annahm; trotzdem schaute er den Mann forschend an, da er seinen guten Absichten nicht recht traute. Der andere aber schleppte ihn mit wohlgelaunter Gewalt die Gasse hinauf zur Pinte. Dort bestellte er Schnaps, und er und Israel tranken sich zu und wünschten sich bessere Gesundheit und Wohlergehen.

»Noch ein Glas!« drängte der Fremde leutselig.

Israel, um seinen Kummer zu ersäufen, gab nach.

»Je zur See gewesen?« fragte der Fremde obenhin.

»O ja, auf dem Walfang.«

»Ah«, sagte der andere, »freut mich, das zu hören, glauben Sie mir! Jim, Bill!« Und während er zwei kräftigen Burschen kaltblütig winkte, fand sich Israel im Nu in den Seedienst des großmütigen alten Herrn von Kew Gardens gepreßt – der Königlichen Majestät Georgs III.

»Hände weg!« schrie Israel grimmig, als die zwei Leute ihn fesselten.

»Richtiger Kampfhahn!« meinte der zutraulich aussehende Mann. »Für diesen Fang muß ich drei Gulden haben! Schöne Reise, mein Freund!« So kehrte der Seelenverkäufer dem gefangenen Israel den Rücken, knöpfte seinen Rock zu und schlenderte gemächlich zur Wirtschaft hinaus.

»Ich bin kein Engländer!« brüllte Israel und schäumte.

»Oh, das kennen wir!« grinsten die Häscher. »Komm mit! Es gibt keinen einzigen Engländer in der englischen Flotte. Lauter Ausländer. Sie können ihr eigenes Wort zum Pfand dafür nehmen.«

Kurz und gut, in weniger als einer Woche war Israel in Portsmouth und bald darauf Vormarsmann auf dem königlichen Linienschiff »Unprincipled«, das vor dem Wind den Kanal hinunter jagte in Gesellschaft der »Undaunted« und der »Unconquerable«, alle drei hochmütige Protzen, die zur Verstärkung der Flotte von Sir Edward Hughes* in die ostindischen Gewässer fahren sollten.

Und nun müßten wir gleich die Rolle unseres Helden im berühmten Gefecht auf der Höhe der Koromandelküste zwischen Admiral Suffrens* Flotte und dem englischen Geschwader berichten, wenn nicht das Schicksal ihn an der Schwelle der Ereignisse erhascht und auf schnellstem Wege wieder freundlich dahin zurückbefördert hätte, woher er gekommen war, nämlich in den Krieg gegen, statt für England. So wurde das Geschick unseres Wanderers wiederholt und plötzlich aufgehalten, umgestürzt, verpflanzt und wieder aufgegeben, hin und her, ganz wie es dem höchsten Schicksalslenker der Seeleute und Soldaten richtig erschien.

14

Israel dient als Seemann unter zwei Flaggen und auf drei Schiffen, alles in einer Nacht

Als Israel am Abend während der Fahrt den Kanal hinunter so auf dem überfüllten Hauptdeck des Vierundsiebzigers (Kriegsschiff) umherschritt und ständig von tausend eiligen Reisenden angestoßen wurde, als wäre er in einer wichtigen Londoner Straße, die von Handwerkern, welche von ihrem Tagewerk heimkehren, wimmelte, da überkamen ihn ungewohnte und schmerzliche Gefühle. Er sah sich von allen Freunden verlassen, in das Marinegesindel verschlagen, ja unter Feinden. Denn die Gegner seines Heimatlandes waren auch die seinigen, hatte er doch einst gegen dieselbe Sippe um ihn herum seine todbringende Hand erhoben. Das Kriegsgetöse eines großen Schlachtschiffes am ersten Tag nach der Ausfahrt aus dem Hafen war ihm in seiner gegenwärtigen Verfassung tief zuwider. Diese lärmende Menschenmenge, welche die erhabene, ursprüngliche Einsamkeit der See erfüllte, war ihm rätselhafterweise eine Qual. Er verwünschte sein Geschick, das ihn jetzt auf See, nachdem es ihn an Land zu langem Leiden verurteilt hatte, mit neuer Mühsal verfolgte. Warum mußte ein Vaterlandsfreund, der danach lechzte, erneut den Unterdrücker anzugreifen wie einst bei Bunker Hill, so gepreßt werden, um für diesen Unterdrücker auf den endlosen Triften des Bunker Hill der See Schlachten zu schlagen? Doch wie mancher Murrende war Israel wohl ein wenig voreilig mit seinen Vorwürfen.

Als die »Unprincipled« zwischen Scilly* und Kap Clear* dahinsegelte und ihre Gefährten etwas hinter sich ließ, da begegnete sie kurz vor Dunkelheit in der Nähe einem großen Zollkutter, der Notsignale aussandte. Im Moment war weit und breit kein Segel in Sicht.

Der Manöveroffizier fluchte, daß er in einem solchen Augenblick und bei kräftigem Wind anhalten mußte; aber er minderte die Segel und drehte bei, während er den Kutter anfragte, was los sei. Als der Offizier das kleine Schiff von der luftigen Kampanje des von Geschützen starrenden Vierundsiebzigers anrief, sah er aus, als stünde er zuoberst auf dem Felsen von Gibraltar und spräche zu einem Tieflandbauern in seiner Hütte hinunter. Die Antwort lautete, der Kutter habe vor kaum einer Stunde in einer plötzlichen Bö, die sie beinahe umgeworfen hätte, alle vier Fockmastleute durch das heftige Umlegen einer Spiere verloren. Er bat um Unterstützung, damit er zum Hafen zurückkehren könne.

»Ihr sollt einen Mann haben«, sagte der Manöveroffizier verdrießlich.

»Schickt aber einen tüchtigen, ums Himmels willen«, sagte der Mann im Kutter. »Ich sollte mindestens zwei haben.«

Während dieser Unterredung war Israel aus Neugierde die Leiter vom Hauptdeck hinaufgeeilt, so daß er direkt auf dem Laufsteg oberhalb stand, um das seltsame Schiff zu betrachten. Inzwischen war der Befehl gegeben worden, ein Boot auszusetzen. Da er die Gelegenheit günstig erachtete, stellte er sich so, daß er als erster ins Boot springen konnte, obwohl eine Menge englischer Seeleute, ebenso begierig wie er, dem Auslandsdienst zu entkommen, sich an die Ketten des noch wenig disziplinierten Kriegsschiffes hängte. Als die zwei Leute, welche im Boot heruntergelassen worden waren, dieses, sobald es flott war, zum Laufsteg hinhakten, ließ sich Israel wie ein Komet auf die Achtersitze fallen, stolperte nach vorn und ergriff ein Ruder. Einen Augenblick später waren alle Ruderer an ihren Plätzen, und nach ein paar Schlägen lag das Boot längsseits des Kutters.

»Nimm, welchen du willst«, sagte der befehlende Leutnant, zum Offizier des Zollkutters gewandt, und wies dabei mit der Hand auf seine Bootsleute, als ob es eine Ladung Schlachtschafe seien, von denen die erste Auslese feilgeboten wird. »Flink gewählt! – Absitzen, Leute!« – wandte er sich an die Seemänner. »Aha, ihr habt es recht eilig, dem Dienste des Königs zu entlaufen, nicht wahr? Tapfere Kerls, wahrhaftig! – Haben Sie Ihren Mann gefunden?«

Die ganze Zeit über waren die Blicke der zehn begierigen Ruderer voll stummer Sehnsucht und Bitten auf den Offizier des Kutters gerichtet; alle Köpfe waren nach derselben Seite gewendet, als bewegte sie dieselbe Maschine. Und das war auch der Fall, nämlich derselbe Beweggrund.

»Ich nehme den sommersprossigen Kerl mit dem blonden Haar dort – ihn!« sagte er und zeigte auf Israel.

Neun von den aufgerichteten Gesichtern senkten sich in dumpfer Verzweiflung, und noch ehe Israel auf die Füße springen konnte, wurde ihm von den Zehen eines der Enttäuschten hinter ihm ein kräftiger Stoß in den Rücken versetzt.

»Spring, Junge!« schrie der Bootsoffizier.

Doch Israel war schon an Bord. Noch einen Augenblick, und Boot und Kutter trennten sich. Bald darauf brach die Nacht herein, und das Kriegsschiff mit seinen Genossen war verschwunden.

Das Zollboot setzte seine Fahrt zum nächsten Hafen fort, nur von vier Mann bedient: dem Kapitän, Israel und zwei Offizieren. Der Schiffsjunge mußte am Steuer bleiben. Als einziger Fockmastgast hatte Israel alle Hände voll zu tun. Wo auf drei Herren nur ein Knecht kommt, da ist der einsame Sklave zu bedauern. Außerdem war es an und für sich schon schwierig genug, das Schiff mit so wenig Leuten zu handhaben. Um aber die Sache noch schlimmer zu gestalten, waren Kapitän und Offiziere übelgelaunte Gesellen. Der eine gab Israel Fußtritte, die anderen schlugen ihn mit Fäusten. Von seinen jüngsten Erfahrungen verbittert und außer sich über sein neues Mißgeschick, faßte sich Israel ein Herz, da er sich so allein auf weiter See mit nur drei Mann sah statt mit Tausenden von Feinden, schlug den Kapitän nieder, daß er im Lee-Speigatt liegenblieb, und wollte eben in seiner Wut den Ersten Offizier, einen kleinen Wicht von einem Kerl, stracks über Bord werfen, als der Kapitän hochsprang, ihn an seinen langen, blonden Haaren packte und ihm drohte, er werde ihn niedermetzeln. Unterdessen pflügte der Kutter schäumend durch den Kanal, als ob er sich teuflisch freute über den Aufruhr auf seinem gefährdeten Deck. Als die Verwirrung aufs höchste gestiegen war, ragte plötzlich ein dunkler Gegenstand in mäßiger Entfernung auf und stellte sich direkt quer vor den Kutter. Im nächsten Augenblick schlug ein Schuß eine Bootslänge vom Schiff entfernt ins Wasser.

»Beidrehen und ein Boot aussetzen!« brüllte eine Stimme fast ebenso laut wie der Kanonendonner.

»Das ist ein Kriegsschiff«, schrie der Kapitän des Zollkutters aufgeregt; »aber es ist kein Landsmann.«

Währenddessen hielten die Offiziere und Israel den Kutter an.

»Schickt ein Boot rüber, oder ich werde euch in den Grund bohren!« schallte es wieder von dem Fremden herüber, und zugleich streifte ein neuer Schuß das Wasser noch näher am Kutter.

»Um Gottes willen, beschießt uns doch nicht! Ich hab' keine Leute, um ein Boot zu bemannen«, erwiderte der Kapitän des Kutters. »Wer seid ihr?«

»Dann wartet, bis ich Ihnen ein Boot rüberschicke«, antwortete der Fremde.

»Es ist irgendwie ein feindliches Schiff, das ist klar«, sagte jetzt der Engländer zu seinen Offizieren. »Wir sind ja nicht in offenem Krieg mit Frankreich; es muß also irgendein blutdürstiger Seeräuber oder so was sein. – Was meint ihr dazu, Leute?« wandte er sich an die Offiziere. »Wir wollen ihm entwischen oder uns in Späne zerschießen lassen. Ich bin sicher, wir können ihn totsegeln.«

Und so rannte er, überzeugt, sein Rat werde begeistert befolgt, an die Brassen, um den Kutter herumzuholen, gefolgt von einem Offizier, während der andere als ganz überflüssige Prahlerei die Flagge am Heck hißte.

Israel jedoch blieb gleichgültig stehen, oder besser: Er wurde von widersprechenden Empfindungen bestürmt. Ihm schien, er erkenne die Stimme auf dem fremden Schiff.

»Vorwärts, was stehen Sie da so herum, Maulaffe? Ran an die Taue!« schrie wütend der Kapitän.

Doch Israel rührte sich nicht.

Währenddessen wurde bei dem Hin und Her auf dem Fremdling, wo man in aller Eile ein Boot aussetzte, und infolge der Wolken am Himmel, welche die neblige See verdunkelten, das kühne Manöver des Kutters übersehen. Schon hatte er beinah volle Fahrt gewonnen, als ein schiefer Schuß, aufs Geratewohl gezielt, sein Hinterteil traf und das aufwärtsgekrümmte Ende der Ruderpinne in der Hand des Schiffsjungen zerriß und diesen selber mit den Splittern tötete. Der Kapitän rannte zum Stumpf, rief »Hurra!« und steuerte das taumelnde Schiff weiter. Da der Fremde gezwungen war, erst wieder das Boot einzuziehen, bevor er die Verfolgung aufnehmen konnte, blieb er rasch zurück.

Während der ganzen Zeit wurde Israel mit Verwünschungen überschüttet. Doch konnten ihm seine Gefährten vorläufig keine Gewalt antun, da sie mit den Tauen vollauf beschäftigt waren. Wie er sie so angestrengt bei der Arbeit sah, konnte Israel nicht umhin, festzustellen, die Kerle seien genauso tapfer wie roh.

Bald sah man den Fremdling undeutlich hinterherkeuchen, alle Segel zur Verfolgung beigesetzt, während ab und zu das Buggeschütz seine rote Zunge zeigte und dem Kutter wie eine wilde Bulldogge nachbellte. Zwei weitere Schüsse trafen den Kutter, ohne jedoch die Segel merklich zu beeinträchtigen noch die Takelung, die jene direkt stützte. Verschiedene von seinen weniger wichtigen Stütztauen waren zwar gerissen, so daß deren lose, teerige Enden die Luft wie Skorpione peitschten. Aber es schien nicht ausgeschlossen, daß der kühne Kutter dank seiner überlegenen Segeltüchtigkeit entkommen werde.

In diesem kritischen Augenblick rannte Israel auf den Kapitän los, der noch immer den zersplitterten Stumpf der Ruderpinne festhielt, stellte sich in seiner ganzen Breite vor ihn hin und sagte: »Ich bin ein Gegner, ein Yankee, sehen Sie sich vor!«

»Hilfe, ihr Leute, Hilfe!« brüllte der Kapitän. »Ein Verräter, ein Verräter!«

Kaum hatte er die Worte ausgestoßen, so war er für immer verstummt. Mit dem Aufgebot seiner ganzen übermenschlichen Körperkraft warf ihn Israel über das Heckbord, daß er in das Meer stürzte, als wäre er rücklings über einen schaukelnden Stuhl gefallen. Unterdessen eilten die zwei Offiziere nach hinten. Bevor Israel ihnen entgegentrat, löste er blitzschnell die zwei Hauptfallen, so daß die großen Segel mit aller Leinwand durcheinander auf das Deck herabfielen. Im nächsten Augenblick war einer der Offiziere am Ruder, um zu verhindern, daß das Schiff kenterte, weil im kritischen Notfalle niemand am Steuer war. Der andere Offizier und Israel wurden handgemein. Ihr Kampf spielte sich inmitten durcheinanderwirbelnder Segelleinwand ab. Im Riß eines Segels verfangen, glitt der Offizier aus und stürzte nahe bei der scharfen Eisenkante der Treppenluke. Im Sturze packte er Israel am empfindlichsten Körperteile, an dem ein sterbliches Wesen ergriffen werden kann. Außer sich vor Schmerz, schmetterte Israel seinen Feind mit dem Schädel gegen das scharfe Eisen. Der Griff des Offiziers lockerte sich; er selber aber wurde starr. Jetzt eilte Israel zum Steuermann, der den Ausgang dieses Handgemenges noch nicht kannte. Er packte ihn um die Hüften, indem er seine Finger wie grausige Klauen in dessen Fleisch bohrte, und drückte ihn an sein Herz. Der Mann, der wie ein zerbrochener Kork in einem gurgelnden Flaschenhals eingeklemmt war, schnappte in seinen Armen nach Luft. Plötzlich löste Israel den Griff und schleuderte den Mann von sich gegen das Schanzkleid. Im selben Augenblick erscholl ein neuer Knall, gefolgt von dem wilden Rufe: »Jetzt wirst du die Segel streichen, was? Ich habe alle Lust, dich für deinen gemeinen Streich zu versenken. Zieh den dreckigen Fetzen dort hinten ein!«

Mit lautem Hurra holte Israel die Flagge mit einer Hand nieder, während er mit der anderen dafür sorgte, daß das jetzt gemächlich hingleitende Schiff unter dem Wind beidrehte.

Bald lag ein Boot längsseits. Als sein Befehlshaber an Deck stieg, stolperte er über den Leichnam des Ersten Offiziers, der infolge der plötzlichen Neigung des Kutters im Beidrehen seitwärts nahe zur Laufplanke gerollt war. Als er nach hinten kam, hörte er den anderen Offizier stöhnen, der unter den Besanwanten lag.

»Was soll das alles heißen?« fragte der Fremde Israel.

»Es bedeutet, daß ich ein Yankee bin, der in den Dienst des Königs gepreßt wurde, und zum Ausgleich habe ich den Kutter genommen.«

Seiner Verwunderung Ausdruck gebend, betrachtete der Offizier den Leichnam bei den Wanten näher und sagte: »Dieser Mann da pfeift auf dem letzten Loch; aber wir wollen ihn Kapitän Paul vorstellen als Zeugen für Sie.«

»Kapitän Paul? – Paul Jones?« rief Israel aus.

»Er selber.«

»Hab' ich's doch gedacht! Ich dachte gleich, es sei seine Stimme, die rief. Es war Kapitän Pauls Stimme, die mich letzten Endes zu dieser Tat entflammt hat.«

»Kapitän Paul ist ein Teufelskerl, wie er die Leute zu Tigern macht. Wo aber sind die anderen von der Schiffsmannschaft?«

»Über Bord.«

»Was?« schrie der Offizier. »Komm an Bord der ›Ranger‹! Kapitän Paul wird eine Breitseite lachen!«

Sie nahmen den ächzenden Mann mit, überließen den Kutter sich selbst, und so fuhr das Boot hinüber zum feindlichen Schiff. Doch noch bevor sie dieses erreicht hatten, war der Mann gestorben.

Zuvorderst auf dem Deck, umringt von dreihundert Leuten, sah Israel, als er die Seite hochstieg, beim Licht der Gefechtslaternen einen schmächtigen, schmucken Mann wie einen Räuber, der eine Schottenmütze mit Goldschirm trug.

»Schuft«, sagte dieser, »warum hat deine erbärmliche Schmacke* mich so genasführt? Wo sind die anderen, die zu deiner Bande gehören?«

»Kapitän Paul«, sagte Israel, »ich glaub', ich kenne Sie. Mir scheint, ich bot Ihnen in Paris vor einigen Monaten mein Bett an. Wie geht es dem ›Armen Richard‹?«

»Gott! Ist das der Kurier? Der Yankee-Kurier? Aber wie geht das zu, in einem englischen Zollkutter?«

»Gepreßt, Sir. Ganz einfach.«

»Wo aber sind die anderen?« fragte Paul und wandte sich an den Offizier.

Da berichtete dieser in zwei Worten, was ihm Israel erzählt hatte.

»Sollen wir den Kutter versenken, Sir?« fragte der Geschützmeister, der jetzt Kapitän Paul näher trat. »Wenn es sein muß, so wäre jetzt Zeit dazu. Er liegt dicht hinter uns; ein paar Schüsse abwärts werden ihn zur Ruhe bringen wie einen mit Kugeln beschwerten Leichnam.«

»Nein, laßt ihn nach Penzance* hineintreiben als anonymen Vorgeschmack dafür, was der Sturmwind aus heiterem Himmel durch Paul Jones künftig im Sinn hat.«

Nachdem Paul Weisungen hinsichtlich des Schiffskurses erteilt und befohlen hatte, ihn beim ersten Auftauchen eines Segels zu rufen, nahm er Israel mit sich hinunter in seine Kabine.

»Jetzt erzähl mir deine Geschichte, mein blonder Löwe; wie ging das alles zu? Bleib doch nicht stehen, setz dich ruhig hierher auf den Heckbalken! Ich bin eine Art demokratischer Seekönig. Plumps auf den Wollsack*, sag' ich, und spinne dein Garn! Doch halt! Du brauchst zuerst einen Grog.«

Als Paul ihm die Flasche reichte, fiel Israels Blick auf seine Hand.

»Sie tragen scheint's keine Ringe mehr, Kapitän. Haben sie wohl der Sicherheit halber in Paris gelassen.«

»Jawohl, bei einer gewissen Marquise dort«, erwiderte Paul mit einem Ausdruck stutzerhaft sentimentaler Eitelkeit, die seltsam genug zu seiner sonst grimmigen Menschenfressermiene paßte.

»Mir scheint, Ringe wären ziemlich lästig auf See«, fuhr Israel fort. »Auf meiner ersten Fahrt nach Westindien trug ich einen Verlobungsring von einem Mädchen an meinem Mittelfinger hier, und es dauerte nicht lange, vom Ziehen an nassen Tauen und so weiter, da war er ziemlich ins Fleisch hineingewachsen und schmerzte mich mächtig; mit Verlaub, er umarmte den Finger so fest.«

»Und ist dir das Mädchen auch so eng ans Herz gewachsen, Junge?«

»O Kapitän, Mädchen entwischen uns schneller, als daß wir sie erwischen.«

»Irgendeine Erfahrung mit den Gräfinnen, wie ich, was? Aber zur Sache; schüttel deine gelbe Mähne, mein Löwe – zur Sache!«

So fuhr Israel fort und erzählte seine Geschichte in allen Einzelheiten.

Als er zu Ende war, betrachtete ihn Kapitän Paul sehr ernst. Außerstande, Sympathie mit verweichlichten Naturen zu empfinden, die, weil sie lange kein Leid erlebt haben, langweilig werden, fühlte sich nun sein wildes, einsames Herz zu dem Wesen hingezogen, das in Verzweiflung und Einsamkeit, ähnlich wie er selbst, einen so wütenden Kampf gegen eine tyrannische Übermacht geführt hatte.

»Bist du früh zur See gegangen, Junge?«

»Ja, recht früh.«

»Ich mit zwölf Jahren, von Whitehaven* aus. War bloß so groß.« Und damit hob er seine Hand vier Fuß vom Deck. »Ich war so winzig und sah so komisch aus in meiner kleinen blauen Jacke, daß sie mich ›Affe‹ nannten. Sie werden mich demnächst noch anders nennen. Bist du je von Whitehaven weggefahren?«

»Nein, Kapitän.«

»Wenn du es getan hättest, hättest du böse Geschichten über mich vernommen. Bis zu dieser Stunde behauptet man, ich – blutdürstiger, feiger Hund, der ich bin –, ich hätte einen Seemann zu Tode gepeitscht, einen Mungo Maxwell*. Das ist eine Lüge, beim Himmel! Ich peitschte ihn, weil er ein rebellischer Schurke war. Aber er starb eines natürlichen Todes, etwas später und an Bord eines anderen Schiffes. Doch wozu der Worte? Man schenkte der schriftlichen Zeugenaussagen anderer, die mich glänzend rechtfertigten, vor den Londoner Gerichten keinen Glauben; wieviel weniger wird man da mir als dem Betroffenen glauben! Wenn einmal die Verleumdung, gleichviel, wie verlogen sie auch sei, einen Mann erfaßt hat, so bleibt sie ihm aufsässiger als der lauterste Leumund, so wie schwarzes Pech fester sitzt als weißer Rahm. Doch laß sie nur lästern. Ich werde den Lästermäulern Stoff zum Fluchen geben. Als ich das letztemal Whitehaven verließ, schwor ich, nie mehr meinen Fuß auf den Landungssteg zu setzen, außer wie Cäsar in Sandwich* als fremder Eroberer. Spring zu, gutes Schiff! Auf dich setz' ich all meine Rache!«

Menschen, die ihre brennende Leidenschaft unter dem Anschein sorgloser Selbstsicherheit verbergen, sind nie ganz sicher vor einem plötzlichen Ausbruch ihrer Gefühle. Obwohl sie sich gewöhnlich in der Gewalt haben, verlieren sie bei der geringsten Lockerung wenigstens vorübergehend alle Selbstbeherrschung. So erging es auch Paul in diesem Augenblick. Sein Mitgefühl für Israel hatte diese plötzliche Aufwallung erzeugt. Als sie vorüber war, schien er sie nicht wenig zu bereuen. Doch setzte er sich leicht darüber hinweg mit den Worten: »Du siehst, mein guter Kamerad, was für ein blutrünstiger Menschenfresser ich bin. Willst du in die Reihen meiner Seeleute treten? Matrose des Kapitäns sein, der Mungo Maxwell zu Tode peitschte?«

»Ich werde mich glücklich schätzen, Kapitän Paul, als Matrose unter dem Manne zu dienen, der hoffentlich mithelfen wird, die britische Nation zu Tode zu peitschen.«

»Du haßt sie, nicht wahr?«

»Wie Schlangen! Monatelang haben sie mich gehetzt wie einen Hund«, halb heulte, halb jammerte Israel in der Erinnerung an alles, was er durchlitten hatte.

»Deine Hand her, mein Löwe! Schüttel deinen wilden Flachs noch einmal! Bei Gott, du haßt so prächtig, ich mag dich sehr!

Du sollst mein Vertrauensmann sein; Wache stehen an meiner Kabinentür; in der Kabine schlafen; mein Boot steuern; an meiner Seite bleiben immer, wenn ich an Land gehe. Was meinst du dazu?«

»Nichts lieber als das!«

»Du bist ein guter, tapferer Kerl. Du bist der erste von Millionen Menschen, zu dem ich unmittelbar eine Zuneigung faßte. Komm, du bist erschöpft. Leg dich heute nacht in diese Passagierskajüte – sie gehört mir. Du hast mir auch dein Bett angeboten in Paris.«

»Sie aber lehnten ab, Kapitän, und das muß auch ich. Wo schlafen Sie?«

»Ich schlafe keine halbe Nacht auf dreie, Junge. Ich hab' meine Kleider fünf Tage lang nicht ausgezogen.«

»O Kapitän, Sie schlafen so wenig und planen so viel, Sie werden jung sterben.«

»Ich weiß es. Es ist mir ganz recht so, ich will es so. Wer möchte auch als alter zittriger Trümmer weiterleben? – Wie gefällt dir meine Schottenmütze?«

»Sie steht Ihnen vorzüglich, Kapitän!«

»Findest du? Eine Schottenmütze sollte schon einem Schotten wohl anstehen. Ich bin einer von Geburt. Ist der Goldstreifen zuviel drauf?«

»Mir gefällt der Goldstreifen, Kapitän! Es sieht fast aus wie eine Königskrone.«

»Wirklich?«

»Sie würden sich als König besser ausnehmen als Georg III.«

»Hast du die alte Eisente gesehen? Watschelt umher in Reifröcken und trägt einen Pfauenfächer, nicht wahr? Hast du ihn je gesehen?«

»Stand so nah vor ihm wie jetzt vor Ihnen, Kapitän. In Kew Gardens war's, wo ich die Wege mit Kies bestreuen mußte. Ich war ganz allein mit ihm und plauderte zehn Minuten lang.«

»Beim Styx, welches Glück! Wär' ich nur dabeigewesen! Welch glänzende Gelegenheit, einen britischen König zu entführen und ihn in einem schnellen Segelschiff nach Boston zu schleppen als Geisel für die Freiheit Amerikas. Was aber tatest du? Hast du nicht versucht, ihm einen Streich zu spielen?«

»Ein böser Gedanke oder zwei schossen mir wohl durch den Kopf, Kapitän; aber ich unterdrückte sie. Außerdem benahm sich der König anständig mir gegenüber, jawohl, wie ein wahrer Mann. Gott segne ihn dafür! Aber es war vorher, daß ich den häßlichen Gedanken unterdrückte.«

»Aha, hatten die Absicht, ihn abzustechen, vermutlich. Gut, daß Sie es nicht taten. Wäre sehr niederträchtig gewesen. Man muß einen König nie umbringen, sondern gefangennehmen. Er macht sich besser als zahmer Gaul denn als lahmer Leichnam. Ich habe im Sinn, jetzt auf dieser Fahrt das Gebiet des Grafen von Selkirk, eines Staatsrates und speziellen Freundes von Georg III., zu überfallen. Doch soll ihm kein Härchen auf dem Haupt gekrümmt werden. Wenn ich ihn hier an Bord habe, soll er in meiner besten Passagierskabine wohnen, die ich für ihn mit Damast behängen will. Ich werde Wein mit ihm trinken und sehr nett zu ihm sein; ihn nach Amerika nehmen und seine Lordschaft in die besten Kreise daselbst einführen; nur werde ich ihn auf seinen Besuchen von ein bis zwei Schildwachen in Verkleidung von Dienern begleiten lassen. Denn der Graf soll sie was kosten, natürlich, ein saftiges Lösegeld; das heißt, der Edelmann, Lord Selkirk, soll seinen Preis richtig auf dem Rockschoß befestigt tragen wie jeder Sklave, der auf dem Markt in Charleston versteigert wird. Doch du, mein Junge mit der gelben Mähne, du entlockst mir merkwürdigerweise meine tiefsten Geheimnisse. Doch du kannst schweigen. Deine Ehrlichkeit ist ein Magnet, der meine Aufrichtigkeit anzieht. Ich baue auf deine Treue.«

»Ich werde Ihre Pläne wie in einem Schraubstock hüten, Kapitän Paul. Ich werde alles fassen, aber nichts loslassen, bis Sie selber die Schraube lockern.«

»Gut gesprochen. Jetzt unter die Decke; du brauchst es. Ich geh an Deck. Gute Nacht, Herz-As.«

»Das paßt besser auf Sie, Kapitän Paul, einsamer Anführer des Spiels.«

»Einsam? Ja, aber Nummer eins muß notgedrungen einsam sein, mein Trumpf.«

»Wieder zahle ich heim. Trumpf-As soll es sein für Sie, Kapitän Paul; mögen Sie immer stichfest bleiben. Was dagegen mich betrifft – ich armer Teufel von Zwei, das in Ihrem Kielwasser fährt –, jeder König oder Bube sticht mich, wie das die Buben schon immer getan.«

»Ach was, Junge; sei zu niemand freundlicher als zu dir selbst. Doch ein erschöpfter Körper schindet die Seele. In die Hängematte, marsch!, während ich an Deck gehe, um deiner Wiege ein weiteres Segel aufzusetzen.«

Und so trennten sie sich für die Nacht.

15

*Sie segeln bis zum Felskopf von Ailsa**

Am nächsten Morgen wurde Israel zum Steuermannsmaat ernannt, einem Unteroffizier, der unter den gemeinen Seeleuten ausgewählt wird und dessen Pflichten ihn zumeist auf das Heck des Schiffes weisen, wo der Kapitän sich aufhält. Seine Aufgabe ist es, auf dem Ausguck das Fernglas nach Segeln zu führen, die Flagge zu hissen oder einzuziehen und den Steuermann zu überwachen. Da diese Steuermannsmaate ihrer besonderen Achtbarkeit und Klugheit wie auch ihrer ausgezeichneten Seetüchtigkeit wegen aus der Mannschaft ausgezogen werden, ist es gar nichts Ungewöhnliches auf Kriegsschiffen, wenn diese auf besonders vertrautem Fuß mit den bevollmächtigten Offizieren und dem Kapitän stehen. Dabei brachte dieser Posten Israel in amtliche Nachbarschaft mit Paul, so daß beide, ohne Ärgernis zu erregen, öffentlich an Deck fast ebenso vertraulich miteinander plaudern konnten wie in der Kabine.

Es war ein prächtiger, kalter Tag Anfang April. Sie waren jetzt auf der Höhe der walisischen Küste, deren hohe, schneegekrönte Berge aussahen wie eine norwegische Landschaft. Der Wind war günstig und blies mit seltsam anspornender Kraft. Während das Schiff zwischen England und Irland nordwärts nach der Irischen See, dem innersten Herzen der britischen Gewässer, strebte, hatte es den Anschein, wie es so schnaubend den Sprühregen vom Bug schüttelte, als wisse es um die unerhörte Herausforderung des Helden, der es auf dieser ungewöhnlichen Kreuzfahrt führte. Allein aus einem französischen Kriegshafen auslaufend, der von Linienschiffen wimmelte, zog Paul Jones mit seinem winzigen Schiff als einarmiger Kämpe gegen das englische Heer. Nur mit den Schleudersteinen in seiner einen Geschoßtasche bewaffnet, wie vorzeiten der junge David, so forderte Paul den britischen Riesen von Gath* heraus. Es ist heutzutage nicht so leicht, sich einen richtigen Begriff von der Kühnheit dieses Unternehmens zu machen. Es bedeutete direkt in die Hölle hineinmarschieren wie einer, der dem Dröhnen von Gefahr und Tod keinerlei Beachtung schenkt; es war ein Vorhaben, wie es nur einen Mann begeistern konnte, der sich über alle Gebote der Kriegsklugheit und jede Friedensverpflichtung hinwegsetzt, in dessen Brust sich rachsüchtiger Zorn und bitterer Ehrgeiz eines gekränkten Helden mit der gewissenlosen Raserei eines Überläufers paarten. Einerseits Coriolan* der See, andererseits eine Mischung von Kulturmensch und Wolf.

Da Paul auf dem erhöhten Teil des Achterdecks stand, ohne weitere Gesellschaft außer dem vertrauten Steuermannsmaat in der Nähe, gab er Israels begreiflicher Neugierde, etwas über die Zwischenfälle der Expedition zu erfahren, nach. Paul stand sorglos da; sein Leib wiegte sich über der See, indem er sich an den Kreuzwanten festhielt, eine Stellung, welche für seine selbstsichere Verwegenheit kennzeichnend war, während in nächster Nähe Israel, immer ein paar Schritte auf und ab gehend, mit seinem langen Fernglas, bald unterm Arm, bald ans Auge gehoben, wie das vollendete Sinnbild der Vorsicht, der Erzählung des Kriegsmanns zuhörte.

Er erfuhr, daß in jener Nacht, als der Herzog von Chartres und der Graf D'Estaing den Doktor Franklin in Paris besuchten – derselben Nacht, als Kapitän Paul und Israel im angrenzenden Raum Zimmergenossen gewesen waren –, endlich die Zustimmung des französischen Königs zur Ausfahrt einer amerikanischen Kriegsflotte gegen England unter der Führung des Kolonialkommissars diesem letzteren bekanntgegeben wurde. Es war eine höchst heikle Angelegenheit. Obwohl unmittelbar vor dem Eingeständnis der Feindseligkeiten mit England, hatte Frankreich bis dahin jede ausdrückliche Erklärung vermieden. Ohne Zweifel war diese zweideutige Haltung für ein Unternehmen wie dasjenige Pauls sehr vorteilhaft.

Ohne alle Schritte im einzelnen aufzuführen, die Kapitän Paul und Doktor Franklin gemeinsam unternahmen, begnügen wir uns mit der Feststellung, daß der entschlossene Korsar jetzt sein Ziel erreicht hatte: den uneingeschränkten Oberbefehl über ein Kriegsschiff in den britischen Gewässern, ein Schiff, von Rechts wegen befugt, die amerikanische Flagge zu hissen, weil sein Befehlshaber im Spind einen regelrechten Auftrag als Offizier der amerikanischen Flotte hatte. Er segelte ohne alle Weisungen. Mit der seltenen Einsicht in Ausnahmenaturen, die den scharfsinnigen Franklin in so hohem Maße auszeichnete, wußte der Weise sehr wohl, daß ein auf Raub erpichter Bandit wie Paul Jones, ähnlich dem räuberischen Löwen, seinem innersten Wesen nach ein einsamer Kriegsmann ist. »Laßt ihn ungeschoren!« war des weisen Mannes Antwort, wenn gewisse Staatsmänner Paul mit Vorschriften belästigen wollten.

Viel spitzfindige Kasuistik ist aufgewendet worden, um festzustellen, ob Paul Jones ein Schurke oder ein Held war, oder beides zugleich. Doch Krieg und Kriegsleute, wie Politik und Politiker, wie Religion und religiöse Schwärmer, ergründet kein Metaphysiker.

Am zweiten Tag nach Israels Ankunft an Bord der »Ranger«, als er und Paul an Deck plauderten, meldete Israel plötzlich, wie er sein Glas auf die irische Küste hin richtete, ein großes Segelschiff auf der Heimfahrt. Die »Ranger« nahm die Verfolgung auf, und bald, beinahe in Sicht seines Bestimmungsortes, des Hafens von Dublin, war der Fremde genommen, bemannt und in Richtung Brest herumgedreht.

Dann fuhr die »Ranger« weiter, an der Isle of Man vorüber, auf die Küste von Cumberland zu, und bei Sonnenuntergang kam Whitehaven in weiter Ferne in Sicht. In der Dunkelheit trieb sie mit einer Schar Freiwilliger vor dem Hafen umher, bereit, an Land zu gehen. Doch der Wind drehte und blies frisch bei hochgehender See.

»Ich mag alte Freunde nicht bei schlechtem Wetter heimsuchen«, sagte Kapitän Paul zu Israel. »Wir wollen ein wenig umherschlendern und unsere Besuchskarten in ein bis zwei Tagen abgeben.«

Am nächsten Morgen stießen sie, in der Glentine-Bay*, an der Südküste Schottlands, auf eine Zollfähre. Solche Schiffe pflegten Kauffahrer zu entern. Die »Ranger« war als Handelsschiff getarnt und hatte ein breites, mausgraues Band rund um ihren Rumpf. So verbarg sie unter dem Kittel eines Quäkers die Tücken eines Türken. Es war zu erwarten, daß der bevollmächtigte Räuber sich an die Seite des unausgewiesenen legen würde. Doch der erstere ergriff die Flucht, wobei seine zwei Luggersegel unter einem schweren Winde schwankten, welche die Kanonen der verfolgenden »Ranger« mit einem Hagelwetter von Kugeln überschütteten. Die Fähre entkam trotz des heftigen Geschützfeuers.

Am folgenden Tage kam Paul auf der Höhe des Vorgebirges von Galoway* so nahe an einen mächtigen, mit Gerste befrachteten schottischen Küstenfahrer heran, daß er ihn mit dem Bug voran in den Hades schickte und seine Gerste durch eine Breitseite rundum auf der See verstreute, um zu verhindern, daß man ihn an Land melde. Von der Mannschaft erfuhr er, daß eine Flotte von zwanzig bis dreißig Segelschiffen in Loch Ryan*, zusammen mit einem bewaffneten Briggschoner, vor Anker liege. So richtete er seinen Kiel dorthin; doch an der Mündung des Fjords drehte der Wind erneut und blies ihm heftig entgegen. Daher gab er seinen Plan auf. Kurz darauf stieß er auf eine Schaluppe von Dublin. Er versenkte sie, um unentdeckt zu bleiben.

Als ob er den angeborenen Auftrag der Natur ebenso wie die militärische Vollmacht des Kongresses besäße, schoß der schwarzbraune Paul hin und her, schwebte wie eine Gewitterwolke vor den dichtgedrängten Häfen und entlud dann, wenn er durch einen Gegenwind vertrieben wurde, seine Blitzstrahlen über einsamen Schiffen, die in ihrer Verlassenheit zu einem um so auffälligeren und leichteren Ziele wurden, wie einsame Bäume auf der Heide. Dabei war das Land unterdessen voller

Besatzungstruppen und die Buchten voller Schiffe. Mit der Unverschämtheit des Levantiners führte Paul sein Schiff im landumschlossenen Herzen der höchsten Marinemacht der Erde spazieren, wie ein Torpedo-Aal, den England ahnungslos mit einem Schluck aus dem alten Ozean verschlungen hatte und der jetzt eine böse Verwüstung in seinen Eingeweiden anrichtete.

Als er hierauf ein großes Schiff, das dem Clyde* zusteuerte, zu Gesicht bekam, jagte er ihm nach, in der Hoffnung, ihm den Weg abzuschneiden. Da der Fremde sich als sehr flinker Segler erwies, wurde die Verfolgung mit aller Macht beschleunigt, während Paul, stolz auf seine Planken, auf dem Achterdeck stand und befahl, an allen Tauen zu zerren, um das hinterste Segel, das schon fast platzte, bis zum Äußersten zu spannen.

Während dieser Arbeit sah man plötzlich wie bei einer Sonnenfinsternis einen Schatten rasch dem Verdeck entlang kriechen, mit einer scharf abgegrenzten Linie, so deutlich wie die Fugen der Planken. Er hüllte alles voraus ein. Es war der gebieterische Schlagschatten des Juan-Fernandez-artigen Felszackens von Ailsa. Die »Ranger« war im tiefen Wasser, das alles einschließt rund um diesen großen Gipfel des unterseeischen Grampiangebirges.

Der Fels hat mehr als eine Meile im Umkreis, ist über tausend Fuß hoch und acht Meilen von Ayrshire* entfernt. Dort steht der Brocken, einsam wie ein Findling, stolz wie Cheops. Doch wie der zerschmetterte Schädel des Riesen von Gath ist sein stolzer Gipfel mit einem verlassenen Schloß gekrönt, durch dessen Gewölbe die Nebeldünste ein und aus wirbeln wie sinnlose Scheingebilde, welche die Seele irgendeines unglücklichen Geistes erfüllen, der selbst im Untergang nur erhabene Gedanken hegt.

Als die »Ranger« tiefer unter den Felsen schoß, schmolzen vor seiner Höhe und Größe sowohl Verfolger als auch Verfolgter zu Nußschalen zusammen. Der Großflaggenkopf der »Ranger« war neunhundert Fuß unterhalb der Ruinenfundamente auf dem Gipfel des Felsens.

Während das Schiff noch im Schatten fuhr und das Antlitz jedes Seemannes, wie alles rundum, sich verfinsterte, da änderte Paul plötzlich sein Wesen. Er gab keine sultanischen Befehle mehr. Er sah nicht mehr so stolz aus wie zuvor. Schließlich befahl er, die Verfolgung abzubrechen. Sie drehten um und segelten südwärts.

»Kapitän Paul«, sagte Israel bald danach, »es war eher sonderbar, daß Sie sich anders besannen, statt das Schiff zu nehmen. Sie dachten wohl, es könnte uns zu weit ins Land hineinlocken?«

»Das Schiff versenken!« schrie Paul; »es war nicht etwa Furcht vor ihm noch vor dem König Georg, was mich zur Umkehr bewog; es war jener Großhans dort.«

»Großhans?«

»Jawohl, jener Großhans der See; schau – jener Felsen von Ailsa.«

16

Sie kehren in Carrickfergus ein und fallen über Whitehaven her

Am nächsten Tage kam vor Carrickfergus an der irischen Küste ein Fischerboot, angelockt durch das friedliche Aussehen des unbekannten Schiffes, vertraulich heran. Seine Leute wurden gefangengesetzt und das Schiff versenkt. Von diesen erfuhr Paul, das große Schiff, das auf der Reede lag, sei das Kriegsschiff »Drake« mit zwanzig Geschützen. Hierauf steuerte er weg, beschloß aber, heimlich zurückzukehren und es in derselben Nacht zu überrumpeln.

»Gewiß, Kapitän Paul«, meinte Israel zu seinem Befehlshaber, als sie gegen Sonnenuntergang rechtsumkehrt machten und wieder dem Lande zusteuerten, »Sie werden doch nicht etwa so direkt auf sie losfahren? Warum warten Sie nicht, bis sie herauskommt?«

»Weil ich mir vorgenommen habe, Blondschopf, mein Junge, sie heute nacht heimzuführen. Die Freunde der Braut werden von der Heirat nicht erbaut sein; so muß ich die Braut noch diese Nacht entführen. Sie hat eine reizende, schlanke Taille, nicht wahr, so durchs Glas besehen. Oh, ich will sie an mein Herz drücken!«

Er steuerte geradewegs dem Lande zu wie ein befreundetes Schiff, fuhr mit wenig beigesetzten Segeln gemächlich in die Nähe der »Drake«, den Anker bereit zum Auswerfen und die Enterhaken zum Festhalten. Doch der Wind war heftig; der Anker wurde nicht zur vorgeschriebenen Zeit versenkt. Die »Ranger« kam drei Steinwürfe vom ahnungslosen Feind entfernt zum Stillstand wie ein friedlicher Kauffahrer von Kanada, der mit harmlosem Bauholz beladen ist.

»Ich werd' sie doch nicht gleich heiraten«, flüsterte Paul, als er seine Pläne vorübergehend vereitelt sah. Er guckte mit verwegener Gelassenheit hinüber auf die Verdecke des Feindes, beantwortete liebenswürdig und in vollkommener Selbstbeherrschung seinen Ruf und befahl, das Kabel schlippen zu lassen; dann drehte er, als ob er nur zufällig seinen Anker geworfen hätte, seinen Bug wieder dem offenen Meere zu, in der Absicht, sofort wieder zurückzukehren, um denselben Vorteil noch einmal auszunützen. Denn sein Plan war, sich plötzlich quer vor den Bug der »Drake« zu werfen, um so alle ihre Verdecke ungehindert seinem Musketenfeuer aussetzen zu können. Wieder aber kamen die Winde dazwischen. Ein Schneesturm brach los, und so mußte das Vorhaben fallengelassen werden.

So war Paul ohne jeden kriegerischen Aufzug, und ohne Aufregung zu verursachen, wie ein unsichtbarer Geist bei Nacht in nächste Nähe des Landes herangeschlichen und hatte tatsächlich innerhalb der Rufweite eines englischen Kriegsschiffes einen Augenblick vor Anker gelegen; so war er hergekommen, hatte den Anker ausgeworfen, den Anruf beantwortet, alle Möglichkeiten ausgekundschaftet, erwogen, beschlossen und sich zurückgezogen, ohne den geringsten Verdacht zu erregen. Seine Absicht war gewesen, das Schiff durch Kettenschuß zu zerstören. So leicht kann sich der tödlichste Feind, wenn er nur geschickt genug ist, ohne daß man es ahnt, in menschliche Häfen und Herzen einschleichen. Und es ist nicht das aufgeschreckte Gewissen, sondern bloße Klugheit, was diesen veranlaßt, wieder zu verschwinden, ohne Unheil anzurichten. Bei Tagesanbruch ahnte keine Seele in Carrickfergus, daß der Teufel in Gestalt einer Schottenmütze über Nacht ganz nahe vorbeigefahren war.

Selten war die Kühnheit eines Königsmörders so seltsam gepaart mit der Bedachtsamkeit eines Achtzigjährigen wie in manchen von Pauls Raubüberfällen. Diese Mischung von scheinbar widersprechendsten Eigenschaften ist es, was ihn in die Reihe der außergewöhnlichen Kriegsherren stellt.

Noch bevor es Tag wurde, hatte der Sturm ausgetobt. Die Sonne sah die »Ranger« auf halbem Wege im nördlichen Kanal am Ende der Irischen See liegen. England, Schottland und Irland mit all ihren hohen Küstenklippen waren gleichzeitig und deutlich sichtbar hinter der grasgrünen Meeresfläche wie die City-Hall, St.-Pauls-Kirche und das Astor-Haus in New York vom dreieckigen Park aus. Die drei Königreiche waren mit Schnee bedeckt, so weit das Auge reichte.

»O Blondschopf«, sagte Paul mit einem Lächeln, »sie zeigen die weiße Flagge, die Memmen. Und während die weiße Flagge jene Höhen bedeckt, wollen wir nach Whitehaven fahren, Junge. Ich versprach ihnen, dort einen kurzen Besuch abzustatten, bevor ich das Land endgültig verlasse. Israel, mein Bursche, ich gedenke, höchstpersönlich an Land zu gehen und meine eigene Hand im Spiel zu haben. Hast du je Nägel eingeschlagen?«

»Ich habe seinerzeit Spiekerzähne in Eggen befestigt«, erwiderte Israel; »doch das war noch, bevor ich Matrose wurde.«

»Schön also; Spieker in Eggen befestigen ist eine gute Vorbereitung für das Vernageln von Geschützen. Du bist mein Mann. Leg dein Fernrohr hin, geh zum Zimmermann, hol hundert Nägel, verstau diese in einem Eimer, zusammen mit einem Hammer, und bring mir alles her!«

Als es dunkel wurde, kam das mächtige Vorgebirge von St. Bee's Head mit seinem Leuchtturm, nicht weit von Whitehaven entfernt, langsam in Sicht. Aber der Wind wurde so schwach, daß Paul sein Schiff nicht so früh wie beabsichtigt nahe genug heranbringen konnte. Er hatte im Sinn, Überfall und Rückzug noch vor Tagesanbruch durchzuführen. Obwohl aber dieser Plan vereitelt war, gab er ihn nicht auf; denn so eine Gelegenheit kam nicht so bald wieder.

Während die Nacht hinschwand und das Schiff unter einer sehr schwachen Brise näher und näher an das Ziel heranglitt, befahl Paul Israel, seinen Eimer zur letzten Kontrolle herzubringen. Da er einige von den Nägeln für zu lang hielt, ließ er sie etwas abfeilen. Er sorgte für Laternen und Brennzeug. Wie Peter der Große kümmerte er sich um die kleinste Einzelheit und besaß dabei die Genialität, das Verwickeltste auszusinnen. Doch man mag beaufsichtigen, soviel man will, es ist schlechterdings unmöglich, bei den Untergebenen Nachlässigkeit zu verhindern. Auch wenn man die schärfsten Augen hat, entgeht einem, was im Rücken geschieht. So wird man noch sehen, daß etwas Wichtiges bei den Vorbereitungen für Whitehaven vergessen ging.

Die Stadt besaß damals eine Bevölkerung von etwa sechs- bis siebentausend Einwohnern und war befestigt.

Um Mitternacht ruderten Paul Jones, Israel Potter und neunundzwanzig Mann in zwei Booten an Land, um die sechs- bis siebentausend Einwohner von Whitehaven zu überfallen. Sie hatten einen weiten Weg zu rudern. Alles geschah in völliger Stille. Nicht ein Laut war zu vernehmen außer dem Drehen der Ruder in den Klampen. Nichts war zu sehen als die zwei Leuchttürme des Hafens. Durch die Stille und Dunkelheit schwammen die zwei tiefgeladenen Boote wie zwei geheimnisvolle Wale aus dem Nördlichen Eismeer in den Hafen. Als sie den äußeren Hafen erreichten, wurden ihre Gesichter erkennbar. Die Morgendämmerung brach herein. Die Takler und die anderen Handwerker auf den Schiffen mußten im nächsten Augenblick auf den Beinen sein. Ganz einerlei.

Das Haupterzeugnis, das Whitehaven ausführt, war damals und ist auch heute noch die Kohle. Die Stadt ist von Gruben umringt; sie ist auf Gruben gebaut; die Schiffe liegen auf Gruben vor Anker. Die Gruben durchlöchern das Land wie eine Honigwabe nach allen Richtungen hin und strecken ihre Grottengänge zwei Meilen weit ins Meer hinaus. Durch den Einsturz der älteren Kohlenbergwerke sind zahlreiche menschliche Behausungen wie vom Erdbeben verschlungen worden, so daß sich eine Panik verbreitete wie in Lissabon im Jahre 1755. So gefahrvoll und heimtückisch war das Gebiet, das jetzt von einem Desperado angegriffen werden sollte, der wie die Kohle in dessen eigenem Schoß geruht hatte.

Nun sieht der Fremde, der in der Themsemündung segelt, an schönen Tagen, wenn der Wind zur Einfahrt günstig ist, manchmal ganze Zeilen von Schiffen, alle von gleicher Größe und Takelung, die sich meilenweit hinziehen wie eine lange Reihe von Pferden, die paarweise verkoppelt auf den Markt getrieben werden. Das sind Kohlenkähne, die Brennstoff nach London bringen.

Etwa dreihundert solcher Kähne lagen jetzt alle zusammengepfercht in einem dichten Knäuel in Whitehaven. Es war Ebbe, und so saßen sie völlig hilflos im seichten Wasser auf Grund. Sie waren rußig gefärbt. Ihre schwarzen Rahen waren steil aufgekippt wie Speere, um Zusammenstöße zu vermeiden. Die dreihundert schmutzigen Rümpfe wälzten sich im Schlamm, wie ein Rudel Flußpferde im Nilschlamm schläft. Ihre segelentblößten, ragenden Masten und gekippten Rahen glichen einem Wald von Fischspießen, die man jenen Flußpferden in das Leder getrieben hätte. Teilweise eine Seite der festgefahrenen Flotte deckend, war da ein Festungswerk, dessen Batterien über dem Strand erhöht lagen. Auf einem kleinen Streifen dieses Strandes, am Fuße der Festung, lagen ein paar kleine, rostige Geschütze ohne Lafette wie ein Wurf junger Hunde unordentlich aufeinandergehäuft. Darüber ragten die aufmontierten Kanonen hervor.

Paul landete mit seinem eigenen Boot am Fuße dieser Festung. Das andere Boot schickte er auf die Nordseite des Hafens, mit der Weisung, die Schiffe ebenda in Brand zu stecken. Zwei Mann am Strand zurücklassend, schritt er dann zur Besetzung des Festungswerkes.

»Halt den Eimer fest, und leih mir deine Schulter!« sagte er zu Israel.

Indem er Israel so als Leiter benutzte, hatte er die Mauer im Nu erklettert. Eimer und Leute folgten nach. Leise schlich er zum Wachthaus, platzte hinein und band die Wachen im Schlaf fest. Dann verteilte er seine Mannschaft und befahl vier Leuten, die Kanonen daselbst zu vernageln.

»Und jetzt, Israel, her mit dem Eimer und mir nach zur anderen Schanze!«

Die beiden durcheilten allein etwa eine Viertelmeile.

»Kapitän Paul«, sagte Israel unterwegs, »können wir zwei die Wachen erledigen?«

»Es gibt keine in der Festung, zu der wir gehen.«

»Kennen Sie den Ort so genau, Kapitän?«

»Ausgezeichnet im Bilde in dieser Hinsicht, das will ich meinen. Komm nur! Jawohl, Junge, ich bin recht ordentlich bewandert in Whitehaven. Und heut morgen soll Whitehaven eine kleine Ahnung von *mir* bekommen. Nur weiter! Da sind wir schon.«

Als sie die Mauer erstiegen hatten, blieben die beiden unwillkürlich einen Augenblick stehen und warfen einen Blick über die Umgebung. Im grauen Morgenlicht wurden die dichtgedrängten Häuser und die zusammengepferchten Schiffe in bleicher Deutlichkeit sichtbar.

»Nagel und Hammer, Junge. So – und jetzt mir nach auf meinem Gang und einen Nagel für jedes Geschütz. Ich werd' den Donnerern die Zunge festklemmen. – Kein Wort mehr!«, und er beschlug das erste. »Bleib stumm!«, und er beschlug das zweite. »Halt's Maul!«, und er beschlug das dritte. Und so fort und fort und fort, während ihm Israel mit dem Eimer folgte wie ein Lakai oder wie ein Wohltätigkeitsapostel mit einem Korb voll Almosen.

»So, das wäre erledigt. Hast du das Feuer schon gesehen, Junge, im Süden? Ich nicht.«

»Keinen Schimmer, Kapitän. Doch Tagesschimmer kommen im Osten herauf.«

»Das höllische Feuer hole die Hunde! Was lungern sie denn herum? Schnell zurück zur ersten Schanze! Vielleicht ist was passiert, und sie sind schon dort.«

Tatsächlich fanden Paul und Israel bei der Rückkehr von ihrem Werk das andere Boot schon zurück, die Mannschaft in Verwirrung, weil ihre Laterne gerade in dem Augenblick ausgebrannt war, als man sie benötigte. Infolge eines seltsamen Zufalls war auch die zweite Laterne, die zu Pauls Boot gehörte, erloschen. Kein Feuerzeug war mitgenommen worden. Sie hatten kein anderes Zündwerk als Schwefelhölzer bei sich. Richtige Streichhölzer waren damals noch unbekannt.

Es wurde rasch Tag.

»Kapitän Paul«, sagte der Leutnant des zweiten Bootes, »es ist Wahnsinn, noch länger zu bleiben. Sehen Sie dort!«, und er wies nach der Stadt, die jetzt im grauen Licht deutlich sichtbar war.

»Verräter oder Feigling!« heulte Paul. »Wieso sind die Laternen ausgegangen? – Israel, mein Löwe, jetzt beweise dein Geblüt! Verschaff mir ein Licht – einen einzigen Funken!«

»Hat einer von euch hier eine Pfeife und etwas Tabak in der Tasche?« fragte Israel.

Sofort zog einer der Seeleute einen alten Pfeifenstummel und Tabak hervor.

»Das genügt«, und Israel eilte davon zur Stadt. »Was hat der Lümmel mit der Pfeife im Sinn?« sagte einer. »Und wo läuft er denn hin?« rief ein anderer.

»Laßt ihn nur machen!« meinte Paul.

Der Eindringling verteilte nun seine ganze Mannschaft so, daß er jeden Augenblick zum Rückzug blasen konnte. Unterdessen bemühte sich der verwegene Israel, der eine lange Erfahrung in aller Art Kniffen und Notfällen besaß, dreist, von einem Einwohner von Whitehaven einen Funken zu erhalten, um damit alle Wohnhäuser der Stadt in Brand zu stecken.

Etwas abseits lag ein einsames Haus, eine Arbeiterhütte. Israel klopfte an die Tür, die Pfeife im Mund, und bat die Insassen um Feuer für seinen Tabak.

»Hol's der Teufel«, brüllte eine Stimme drinnen, »einen zu dieser Stunde aufzuscheuchen, bloß um die Pfeife anzuzünden. Mach, daß du fortkommst!«

»Sie sind recht faul heut morgen, guter Freund!« erwiderte Israel. »Es ist ja heller Tag. Flink, geben Sie mir Feuer! Kennen Sie Ihren alten Freund nicht mehr? Schämen Sie sich! Machen Sie auf!«

Im nächsten Augenblick erschien ein schlaftrunkener Geselle und schob den Türriegel weg. Israel stelzte in den dämmrigen

Raum hinein, steuerte geradewegs auf den Herd los, kratzte die Asche weg, zündete seine Pfeife an und verschwand wieder.

All das war wie der Blitz geschehen. Der Mann, noch mit dem Schlaf in den Augen, hatte verdutzt zugeschaut. Er war zur Türe getaumelt; aber schon war Israel hinter einem Haufen Ziegelsteinen verschwunden und war schleunigst verduftet.

»Ausgezeichnet, mein Löwe«, war die Begrüßung von Paul, der unterdessen so viele Pfeifen als möglich gemustert hatte, um das Feuer zu verteilen und zu vervielfachen.

Beide Boote ruderten nun hinüber zu einer geeigneten Stelle auf der Hauptmole des Hafens, um welche zusammengedrängt ein Flügel der Kohlenkähne lag.

Die Leute fingen schon an zu murren, daß man ein Unternehmen fortsetze, welches unmöglich länger geheim bleiben könne. Sie scheuten sich, an Bord der scheußlichen Kähne zu gehen und sich in ihre Bäuche hinunterzutasten, um Feuer zu legen. Es kam ihnen vor, als müßten sie freiwillig in ein Burgverlies und in den Tod gehen.

»Folgt mir alle, außer zehn, die bei den Booten bleiben!« befahl Paul, ohne ihr Murren zu beachten. »Und jetzt machen wir Schluß mit allen künftigen Mordbrennereien in Amerika durch eine einzige mächtige Schiffsfeuersbrunst in England. Vorwärts, Burschen! Pfeifen und Schwefelhölzer voraus!«

Er hätte die Leute so verteilt, daß sie verschiedene Schiffe an getrennten Punkten gleichzeitig in Brand gesteckt hätten, wenn nicht die vorgerückte Stunde ein solches Vorgehen als wahnsinnig gewagt hätte erscheinen lassen. So nahmen die Leute auf der Luvseite, einem der Kohlenkähne gegenüber, Aufstellung, während Paul und Israel an Bord setzten.

Im Handumdrehen hatten sie den Spind eines Bootsmannes aufgebrochen und waren mit großen Bündeln Werg, feinem und dünnem Zunder, ins Zwischendeck gesprungen. Hier sammelte Israel, während Paul ein Feuer ansteckte, eilends die Teertöpfe, welche, über die brennenden Schwefelhölzer, das Werg und das Holz gegossen, bald die Flamme hochschlagen ließen.

»Der Erfolg ist noch nicht sicher genug«, sagte Paul, »wir müssen ein Faß Teer haben.«

Sie suchten herum, bis sie eines aufgestöbert hatten, schlugen beide Böden ein, und es stand wie ein Märtyrer mitten in die Glut. Dann flohen sie die vordere Treppenluke hinauf, während dicke Rauchschwaden durch die hintere ausgestoßen wurden. Erst jetzt hörte Paul die Warnrufe seiner Leute; denn die Einwohner waren nicht nur auf den Beinen, sondern ganze Scharen strömten heraus zum Hafendamm.

Als er aus dem Rauch heraus auf die Reling des Kahns zusprang, sah er, daß die Sonne schon aufgegangen war und Tausende von Menschen mit ihr. Einzelne rannten dicht an das brennende Schiff heran. Mit einem Satz wieder auf fester Erde, befahl Paul der Mannschaft still zu stehen, eilte an ihre Front und hielt nun, etwa dreißig Fuß vor ihnen, seine eigene Pistole dem tobenden Whitehaven entgegen.

Die Leute, die hinausgeeilt waren, um den Brand zu löschen, den sie erst dem bloßen Zufall zugeschrieben hatten, blieben jetzt wie gelähmt in stumpfsinniger Untätigkeit stehen angesichts der Drohung des Brandstifters und hielten ihn für irgendeinen Seeräuber oder Teufel, der plötzlich vom Mond herabgefallen sei.

Während Paul so die entstehende Feuerbrunst bewachte, rannte Israel ohne jede Waffe wie verrückt auf die Meute am Strand los.

»Komm zurück, komm zurück«, rief Paul.

»Nicht bevor ich diese Schafherde auseinandergejagt habe, wie ihre eigenen Wölfe mich unzählige Male vertrieben haben.«

Wie er so barhaupt wie ein Wahnsinniger auf die Menge losraste, verbreitete sich panischer Schrecken. Alles floh vor dem waffenlosen Israel, noch mehr als vor der Pistole Pauls.

Als die Flammen nun die Takelung beleckten und sich um die Masten herumwanden, brannte das ganze Schiff am einen Ende des Hafens, während am anderen Ende seit einer Stunde die Sonne brannte. Entsetzen und Erstaunen, nicht mehr der

Schlaf, beherrschten jetzt die Welt. Es war Zeit, zu verschwinden.

Sie schifften sich ungehindert wieder ein, indem sie zuerst einige Gefangene freiließen; denn die Boote konnten sie nicht fassen.

Eben als Israel ins Schiff sprang, erblickte er den Mann, in dessen Haus er das Feuer geholt hatte; der glotzte ihn an wie ein blöder Tropf.

»Das war vorzügliche Saat, die Sie mir da gaben«, sagte Israel. »Schauen Sie, welch ein Ertrag!«, und er zeigte auf die Flammen. Dann warf er sich ins Boot, und nur Paul blieb noch auf der Mole.

Die Leute riefen ihren Befehlshaber zurück und beschworen ihn, nicht länger zu zaudern. Paul aber blieb noch eine Weile, bot schweigend dem Geschrei der Meute drüben die Stirn und winkte mit seiner einzigen Hand wie mit einem Indianerbeil verächtlich den umliegenden Hügeln zu, die ebenfalls mit erschreckten Einwohnern bedeckt waren.

Als die Angreifer eine ziemliche Strecke weit weggerudert waren, rannten die Engländer in Massen zu ihren Festungen, fanden aber dort, daß ihre Geschütze nicht mehr wert waren als Alteisen. Endlich aber begannen sie zu schießen; offenbar hatten sie ein paar Schiffskanonen herbeigeschleppt oder die rostigen alten Kläffer, die am Fuß der ersten Schanze lagen, auf Lafetten gesetzt. In ihrem Eifer schossen sie sinnlos drauflos. Die Schüsse gingen daneben und verursachten nicht den geringsten Schaden.

Pauls Leute lachten hell auf und schossen mit ihren Pistolen in die Luft.

Nicht ein Span flog, nicht ein Tropfen Blut wurde bei dem ganzen Abenteuer vergossen. Die vorsätzliche Harmlosigkeit des Ergebnisses, wenigstens was Menschenleben anbetraf, hatte seinesgleichen nur in der Tollkühnheit der Tat. Offenbar gehörte es zum Charakter der mitleidigen Geringschätzung, welche Paul für seine Stadt empfand, daß er so väterlich zu ihren Leibern und Gliedern Sorge trug.

Wäre es ihm gelungen, ein paar Stunden früher zu landen, so wäre nicht ein einziges Schiff und nicht ein Haus dem Unheil entronnen. Doch es war die Lektion, nicht der Verlust, auf die es ankam. Und auch so war genug Schaden angerichtet, um zu beweisen – wie Paul dem weisen Manne in Paris erklärt hatte –, daß die Katastrophen, die durch mutwillige Brandstiftung und Überfälle auf die amerikanische Küste verursacht wurden, leicht dem Feind im eigenen Land heimgezahlt werden konnten. Allerdings, wenn die Rächer von einem Paul Jones angeführt sind, entspricht ihre Vergeltung nicht der Herausforderung; denn sie wird von einem großmütigen und ritterlichen, wenn auch gewissenlosen Gegner ausgeübt.

17

Sie sprechen beim Grafen von Selkirk vor und schlagen sich nachher mit dem Kriegsschiff »Drake«

Die »Ranger« steuerte nun durch die Solway*-Mündung nach dem schottischen Ufer hinüber, und am Nachmittag desselben Tages landete Paul mit zwölf Mann, einschließlich zweier Offiziere und Israel, auf der Insel St. Mary, einem Sitze des Grafen von Selkirk.

Innerhalb dreier aufeinanderfolgender Tage fiel dieser Kriegsmann wie ein Unwetter über die Häfen und die Gestade eines jeden der drei Königreiche her.

Der Morgen war strahlend und rein. Die Insel St. Mary lag schimmernd in der Sonne. Die dünne Schneekruste war geschmolzen, so daß das zarte Gras und die holden Frühlingsknospen, welche die Hänge der Küstenfelsen bedeckten, hervorkamen.

Sofort witterte Paul Unheil für seinen Plan, als er mit seiner Schar gegen das Haus vorrückte. Der Ort war so gottverlassen, kein Wesen war zu sehen. Trotzdem schob er seine Mütze in schmuckem Winkel zurecht und setzte seinen Weg fort. Nachdem er seine Leute geräuschlos rund um das Haus aufgestellt hatte, meldete er, begleitet von Israel, seinen Besuch in der Vorhalle an.

Nach geraumer Zeit erschien ein grauköpfiger Diener.

»Ist der Graf zu Hause?«

»Er ist in Edinburgh, Sir.«

»Ah – so? – Ist Ihre Herrin daheim?«

»Ja, Sir. – Wen soll ich anmelden?«

»Einen Herrn, der seine Aufwartung machen möchte. Hier, nehmen Sie meine Karte.«

Und damit übergab er dem Diener seinen Namen als Privatmann, prächtig auf goldverziertes Papier gestochen, Pariser Arbeit.

Israel wartete in der Vorhalle, während der alte Diener Paul in den Empfangsraum führte. Kurz darauf erschien die Dame.

»Bezaubernde Dame, ich wünsche Ihnen einen ausgezeichneten Morgen!«

»Mit wem habe ich die Ehre zu sprechen, Sir?« sagte die Dame und richtete sich unwillig und stolz auf bei der allzu vertraulichen Höflichkeit des Fremden.

»Madame, ich ließ Ihnen meine Karte überbringen.«

»Sie läßt mich genauso im ungewissen, Sir«, sagte die Dame frostig und drehte den goldverzierten Pappdeckel.

»Ein Eilbote nach Whitehaven, reizende Dame, könnte Ihnen weitere Einzelheiten bringen über den Mann, der die Ehre hat, von Ihnen empfangen zu werden.«

Da sie nicht erraten konnte, was das zu bedeuten habe, und tief gekränkt war, wenn nicht gar irgendwie beunruhigt über Pauls eigentümliches Benehmen, erwiderte die Dame, nicht ganz ohne Verlegenheit, wenn der Herr hergekommen sei, um die Insel zu besichtigen, so stehe es ihm frei, dies zu tun. Sie würde sich empfehlen und ihm einen Führer schicken.

»Gräfin von Selkirk«, sagte Paul und trat einen Schritt näher, »ich möchte den Grafen sprechen. Ich komme wegen einer Angelegenheit von dringender Wichtigkeit.«

»Der Graf ist in Edinburgh«, erwiderte die Dame beunruhigt und wollte sich wieder zurückziehen.

»Geben Sie mir Ihr Ehrenwort als Lady, daß Sie die Wahrheit sagen?«

Die Dame schaute ihn unsicher und vorwurfsvoll an.

»Entschuldigen Sie, Madame; ich möchte das Wort einer Dame nicht im geringsten anzweifeln; aber ich argwöhnte, Sie möchten vielleicht den Grund meines Besuches ahnen, in welchem Fall man Ihnen wirklich keinen Vorwurf machen könnte, daß Sie mir die Anwesenheit des Grafen auf der Insel verheimlichen.«

»Ich verstehe nicht im geringsten, was Sie überhaupt damit meinen«, sagte die Dame entschieden erschreckt. Trotz ihrer

Bestürzung aber wahrte sie tapfer ihre Haltung, während sie sich eher fluchtartig in die Nähe der Tür zurückzog.

»Madame«, sagte Paul, winkte flehend mit der Hand und nestelte dann zärtlich an seiner Mütze mit der Goldborte herum, während ein Ausdruck lyrischer und sentimentaler Trauer über sein gebräuntes Gesicht huschte. »Es kann nicht tief genug beklagt werden, daß der edelmütige und wahrhaft empfindsame Offizier im Waffenhandwerk zuweilen öffentliche Dinge ausführen muß, gegen die sich im stillen sein eigenes Herz empört. In diesem heiklen Fall bin ich. Der Graf, sagen Sie, Madame, sei abwesend. Ich glaube Ihnen aufs Wort. Ferne sei von mir, o Zauberin, den Lauten, die aus einer so reinen Quelle stammen, zu mißtrauen.«

So sprach er wahrscheinlich, weil der Mund der Dame im höchsten Maße berückend war.

Er verbeugte sich tief, während ihn die Dame mit widersprechenden und verwirrten Gefühlen betrachtete, ohne aber den letzten Sinn zu erfassen. Doch hatte sich ihre allererste Bestürzung gelegt, da sie sah, daß Pauls Huldigung wohl seemännisch grotesk und übertrieben war, aber des leisesten Anflugs absichtlicher Unehrerbietigkeit entbehrte. In der Tat, so überspannt seine Redewendungen auch schienen, so waren seine Bewegungen und sein ganzes Betragen doch höchst beherrscht und unterwürfig.

Paul fuhr fort: »Da der Graf weg ist, Madame, der einzige Grund meines Besuches, so brauchen Sie weiter nicht die geringste Befürchtung zu haben, wenn ich Ihnen nun mitteile, daß ich die Ehre habe, Offizier der amerikanischen Flotte zu sein, und daß ich vor Ihrer Insel angehalten habe, um die Person des Grafen von Selkirk als Geisel für die amerikanische Sache sicherzustellen; durch Ihre Beteuerungen veranlaßt, muß ich ja diese Absicht fallenlassen. Trotz meiner Enttäuschung aber bin ich glücklich; denn mein Mißgeschick hat mir eine desto längere Unterhaltung mit der edlen Dame vor mir gewährt und erlaubt mir, ihren Hausfrieden ungestört zu lassen.«

»Sprechen Sie wirklich die Wahrheit?« sagte die Dame mit unverhohlener Verwunderung.

»Madame, wenn Sie einen Blick durch Ihr Fenster werfen, so erblicken Sie das amerikanische Kolonialkriegsschiff ›Ranger‹, das ich zu befehligen die Ehre habe. Mit meinen besten Empfehlungen an Ihren Herrn und mit lebhaftem Bedauern, ihn nicht daheim zu treffen, gestatte ich mir, Ihre Hand zu küssen und mich zurückzuziehen.«

Aber als ob sie diesen welschen Gruß überhört hätte, verbarg die Dame geschickt und scheinbar unabsichtlich ihre Hand, bat ihren Besucher in versöhnlichem Tone, etwas vor seiner Abreise zu sich zu nehmen, und dankte ihm gleichzeitig für seine große Höflichkeit. Doch Paul schlug diese Gastfreundschaft aus, verneigte sich dreimal und verließ den Saal.

In der Vorhalle traf er Israel, der mit offenem Mund dastand vor einer Stahl-Zielscheibe aus dem schottischen Hochland, mit Breitschwert und Fechtsäbel darübergekreuzt.

»Sieht aus wie eine Zinnschüssel mit Messer und Gabel, Kapitän Paul.«

»Tatsächlich, mein Löwe. Doch komm! Verwünscht, der alte Balzhahn ist ausgeflogen; schöne Henne immerhin, die er im Nest zurückgelassen hat. Gleichviel, so müssen wir eben mit leeren Händen wegziehen.«

»Was, ist Herr Selkirk nicht daheim?« fragte Israel mit schelmischer Teilnahme.

»Herr Selkirk? Alexander Selkirk* meinst du wohl? Nein, Junge, er ist nicht auf der Insel St. Mary; er ist weit weg, lebt als Einsiedler auf der Insel Juan Fernandez – desto mehr ist es schade! Komm!«

In der Haustüre trafen sie die zwei Offiziere. Paul teilte ihnen mit zwei Worten die Umstände mit und meinte, es bliebe ihnen weiter nichts mehr zu tun, als sofort abzuziehen.

»Mit rein nichts als Entgelt für die Mühe?« knurrten die zwei Offiziere.

»Was möchtet ihr denn gerne haben?«

»Etwas Raubgut natürlich – Silbergeschirr.«

»Pfui! Ich glaubte, wir drei seien Ehrenmänner.«

»Das sind die englischen Offiziere in Amerika auch; trotzdem stehlen sie Silbergeschirr, wann immer sie welches in feindlichen Privathäusern ergattern können.«

»Nanu, verleumdet doch nicht so!« sagte Paul. »Die Offiziere, von denen ihr redet, sind bloß ein oder zwei von zwanzig, gewöhnliche Einbrecher von der Langfingerzunft, welche des Königs Uniform als Deckmantel für ihr verruchtes Geschäft brauchen. Die übrigen sind Ehrenmänner.«

»Kapitän Paul Jones«, erwiderten die beiden, »wir haben die Fahrt nicht mit der Aussicht auf richtige Entlöhnung unternommen, doch zählten wir dafür auf anständige Plünderung.«

»Anständige Plünderung! Das ist mir das Allerneueste.«

Doch die Offiziere ließen sich nicht irremachen. Es waren die tüchtigsten auf dem Schiffe. Da Paul sah, daß sie darauf bestanden, mußte er schließlich schon aus Klugheit nachgeben, um sie nicht zu erzürnen. Für sich selbst aber wollte er nichts damit zu schaffen haben. So befahl er den Offizieren, den Leuten zu verbieten, das Haus unter beliebigem Vorwand zu betreten; es dürfe keine Durchsuchung stattfinden und nichts dürfe entfernt werden, außer was die Dame ihnen anbieten würde, nachdem ihr die Forderung unterbreitet worden war. Dann winkte er Israel und zog sich entrüstet an den Strand zurück. Nach reiflicher Überlegung aber schickte er Israel wieder zurück, damit er das Haus mit den Offizieren betrete und für alle das Silbergeschirr in Empfang nehme, da Israel natürlich von allen Seeleuten der zuverlässigste war.

Die Dame geriet nicht wenig außer Fassung, als sie die Offiziere empfing. Mit kühler Entschlossenheit erklärten diese, was sie haben wollten. Da gab's kein Entkommen. Die Dame zog sich zurück. Der Oberdiener erschien, und bald wurden verschiedene Silberplatten und andere Wertgegenstände schweigend vor den Augen der Offiziere und Israels im Empfangsraum niedergelegt.

»Herr Oberdiener«, sagte Israel, »lassen Sie mich in die Milchkammer gehen und die Milchschüsseln tragen helfen.«

Doch über diese Ungezogenheit oder Schurkenhaftigkeit erbost – er wußte nicht, welches von beiden –, lehnte der Diener alle Hilfe ab, wütend über Israels republikanische Vertraulichkeit und finster wie eine Gewitterwolke wegen der Beleidigung überhaupt, die einem so berühmten Hause von einer Horde bewaffneter Diebe, wie ihm schien, angetan wurde. Nach einer Viertelstunde verließen die Offiziere das Haus und schleppten die Beute weg.

An der Pforte begegneten sie einem rotbackigen, gehässig dreinblickenden Mädchen, das ihrer Last noch zwei silberne und korallene Kinderklappern beifügte mit den Empfehlungen ihrer edlen Dame.

Nun war einer der Offiziere ein Franzose, der andere ein Spanier. Der Spanier schmiß seine Klapper entrüstet weg; der Franzose ergriff die seine hocherfreut, küßte sie und sagte zu dem Mädchen, er werde sie lange als ein Andenken an ihre rosigen Wangen aufbewahren.

Als die Leute zum Strand gelangten, fanden sie Kapitän Paul, wie er mit Bleistift ein Papier beschrieb, das er gegen die glatte Schieferfläche eines Felsens hielt. Dann setzte er anscheinend seine Unterschrift darunter. Mit vorwurfsvollen Blicken gegen die zwei Offiziere übergab er den Zettel Israel und befahl ihm, sofort damit zum Hause zu eilen und ihn Lady Selkirk persönlich in die Hand zu drücken. Der Brief lautete folgendermaßen:

»Madame,

Nach Ihrem so höflichen Empfang bedaure ich sehr, ihn nicht anders erwidert zu haben als durch die Herausforderung einiger Leute unter meinem Kommando, die Ihnen eben widerfahren ist – eine Behandlung, Lady, welche mich mein kriegerischer Beruf nicht nur zu dulden, sondern bis zu einem gewissen Grade zu begünstigen verpflichtet. Aus tiefstem Herzensgrunde, meine geschätzte Dame, beklage ich diese betrüblichste aller Notwendigkeiten meiner schwierigen Lage. So unfein jedoch das Begehren dieser Leute war, so mußte ich ihnen doch irgendeine Gefälligkeit erweisen für ihr durchweg gutes Betragen und ihre Tapferkeit bei früheren Gelegenheiten. Ich konnte nicht lange überlegen. Ich bin überzeugt, daß ich, indem ich ihrem Wunsche, wie ich unausweichlich verpflichtet war, nachkam, dem Eigentum Ihrer Hoheit weniger Schaden zugefügt habe als meinem eigenen blutenden Zartgefühl. Doch mein Herz verbietet mir, mehr zu sagen. Gestatten Sie mir, Ihnen zu beteuern, werte Dame, daß ich das Silbergeschirr, sobald es verkauft wird, auf jeden Fall erwerben und meinen Stolz dreinsetzen werde, es Ihnen auf solche Art und Weise zurückzuerstatten, wie Sie selber künftighin für geeignet erachten mögen.

Ich gehe von hinnen, Madame, um morgen früh Seiner Majestät Schiff ›Drake‹ (mit zwanzig Geschützen) anzugreifen, das jetzt vor Carrickfergus liegt. Ich würde dem Feind mit außergewöhnlicher Entschlossenheit entgegentreten, wenn ich mir schmeicheln dürfte, mir durch dieses ungebührliche Betragen meiner Offiziere nicht die Geringschätzung der edlen Dame auf der Insel St. Mary zugezogen zu haben. Doch so unbezwinglich wie Mars selber müßte ich sein, dürfte ich bloß die kühne Hoffnung hegen, daß die Gräfin von Selkirk in einem grünen Winkel Ihres entzückenden Landgutes ein barmherziges Gebet verrichtete für einen, o teure Frau Gräfin, der herkam, um gefangenzunehmen, und selber in Gefangenschaft geriet.

Ihr von Verehrung erfüllter Feind
John Paul Jones.«

Wie die Dame diesen allzu leidenschaftlichen Erguß aufnahm, berichtet die Geschichte nicht. Doch hat die Geschichte nicht versäumt festzuhalten, daß Paul sich nach der Rückkehr der »Ranger« nach Frankreich emsig bemüht hat, die Beute Stück für Stück den Klauen der Leute, die sie unter sich verteilt hatten, zu entreißen, wobei er für den ganzen Wert der Beute mit seinem Privatvermögen aufkam, worauf er das Silbergeschirr bis hin zu den Silberköpfen zweier Pfefferbüchsen pünktlich zurückerstattete. Doch nicht genug; als der Graf alles bis in die Einzelheiten erfuhr, schrieb er Paul in großherziger Weise einen Dankbrief für seine Ritterlichkeit. Der edle Graf meinte, Paul sei ein Ehrenmann. Es wäre unklug, mit einer Persönlichkeit von so hoher Geburt nicht einig zu sein. –

Als die Leute auf das Schiff zurückgekehrt waren, nahm dieses sofort die Richtung hinüber zur irischen Küste. Am folgenden Morgen kam Carrickfergus in Sicht. Paul wäre geradewegs in den Hafen gefahren; aber Israel, der diesen mit dem Fernglas auskundschaftete, teilte ihm mit, ein großes Schiff, vermutlich die »Drake«, sei gerade am Ausfahren.

»Was meinst du, Israel, haben sie erkannt, wer wir sind? Gib mir das Glas her!«

»Sie setzen eben ein Boot aus, Sir«, antwortete Israel, als er das Glas von den Augen zog und es Paul hinüberreichte.

»Tatsächlich – tatsächlich. Sie erkennen uns nicht. Ich will das Boot an unsre Seite locken. Flink – sie kommen auf uns zu – übernimm jetzt das Steuer selbst, mein Löwe, und halte das Ruder des Schiffes ohne Wank auf das nahende Boot gerichtet. Sie dürfen unsere Breitseite in keiner Weise zu Gesicht bekommen.«

So kam das Boot heran, und ein Offizier im Bug betrachtete die »Ranger« die ganze Zeit durch sein Glas. Bald war das Boot in Rufweite.

»Schiff ahoi! Wer seid ihr?«

»So legt doch bei!« antwortete Paul durch das Sprachrohr kurz und ungezwungen wie ein etwas mürrischer Freund, der sich ärgert, wenn er für einen Feind gehalten wird.

Eine Weile später betrat der Bootsoffizier das Fallreep der »Ranger«. Seine Mütze flott aufsetzend, trat Paul auf ihn zu, machte eine sehr tiefe Verbeugung und sagte: »Guten Morgen, Sir, guten Morgen; freut mich ungemein, Sie zu begrüßen. Das ist ein netter Degen, den Sie da haben; bitte, zeigen Sie mal her!«

»Ich sehe«, sagte der Offizier mit einem Blick auf die Schiffsausrüstung und erbleichte. »Ich bin Ihr Gefangener.«

»Nein – mein Gast«, erwiderte Paul liebenswürdig. »Bitte, darf ich Ihnen Ihr – Ihr – Stöcklein abnehmen?«

So nahm er scherzend des Offiziers Degen entgegen.

»Und nun sagen Sie mir bitte«, fuhr er fort, »weshalb fährt Seiner Majestät Schiff, die ›Drake‹, an diesem prächtigen Morgen aus? Um ein bißchen an die Luft zu gehen?«

»Es fährt aus, um Sie zu suchen, aber als ich abstieß vor einer halben Stunde, ahnte ich es noch nicht, daß das Schiff vor dem Hafen eben dasjenige sei, das es suchte.«

»Sie haben gestern abend Meldung von Whitehaven erhalten, vermutlich, was?«

»Jawohl, durch Eilboten wurde mitgeteilt, gewisse Brandstifter seien gestern früh dort gelandet.«

»Soso? – Was, sagten Sie, waren denn das für Leute?« fragte Paul und schüttelte seine Mütze grimmig, so daß sie schief wurde. Und indem er sich unmittelbar vor den Offizier hinstellte, fügte er voller Hohn hinzu: »Verzeihen Sie, ich hatte ganz vergessen, daß Sie ja mein Gast sind. – Israel, führen Sie den armen Herrn da hinunter und seine Leute nach vorn.«

Jetzt sah man die »Drake« gemächlich unter einer leichten Brise ausfahren, begleitet von fünf kleinen Vergnügungsschiffen, die mit Flaggen und Wimpeln geschmückt und dicht voll buntgekleideter Leute waren, welche sich aus ähnlichen Beweggründen wie die Zuschauer im Zirkus zu ihrer abenteuerlichen Fahrt hatten hinreißen lassen. Wenig jedoch ahnten sie, wie nah der verwegene Feind war.

»Setzt das gekaperte Boot achtern aus!« sagte Paul. »Wollen sehn, welche Wirkung das auf diese lustigen Reisenden hat.«

Kaum war man auf den Vergnügungsschiffen des leeren Bootes ansichtig geworden, so kehrten sie augenblicklich und eiligst um, da sie die Wahrheit ahnten, und fuhren in den Hafen zurück. Bald darauf wurden beiden Seiten des Kanals entlang Alarmrauchsignale sichtbar.

»Sie wittern uns endlich, Kapitän Paul«, meinte Israel.

»Es wird noch allerhand Rauch geben, bevor der Tag um ist«, erwiderte Paul feierlich.

Der Wind wehte jetzt direkt dem Lande zu, die Flut war ungünstig. Die »Drake« arbeitete sich sehr langsam heraus.

Wie ein erhitzter Zweikämpfer bei frostigem Tagesanbruch auf Erledigung einer dringenden Sache pocht, während sein zaudernder Gegner ihn lange vor der Türe warten läßt, weil ihm vor dem Gedanken schaudert, aufstehen zu müssen, um bei der Kälte in Stücke gehauen zu werden, genauso lavierte währenddessen die »Ranger« unter einer besseren Brise ungeduldig im Kanal hin und her. Endlich, als der Engländer die Landspitze gut umschifft hatte, führte ihn Paul, voranfahrend, wie ein Galan etwa eine schöne Tänzerin im Ballsaal führt, höflich hinaus auf die hohe See und ließ ihn bis auf Rufweite herankommen.

»Er hißt jetzt seine Fahne, Sir!« sagte Israel.

»So zeig ihm das Sternenbanner, Junge!«

Freudig eilte Israel zur Back und befestigte die Flagge an den Fallen. Die Brise wurde stärker. Aufrecht stand er da, und die leuchtende Fahne umflatterte ihn als ruhmvolles Gewand und hüllte ihn in ihre roten Streifen und Sterne ein, daß es aussah wie lodernde Zungen und funkensprühende Flammen.

Als die Fahne in die Höhe stieg und in der Luft flatterte, betrachtete sie Paul frohlockend.

»Ich hißte als erster diese Flagge auf einem amerikanischen Schiff und war der erste Sterbliche, der ihr zum Gruße verhalf. Und wenn ich heut nacht umkomme, so soll der Name von Paul Jones hochleben. Horch!, sie rufen uns an.«

»Was seid ihr für ein Schiff?«

»Ihr Feind. Drauf denn! Was will der Kerl denn noch mehr Gerede?«

Die Sonne ging eben friedevoll hinter den grünen Gefilden Irlands unter. Der Himmel war rein und klar, die See glatt, der Wind eben kräftig genug, die beiden Schiffe gleichmäßig und sanft vorwärtszutreiben. Nach der ersten Salve und einigen kleinen Bewegungen glitten die beiden Schiffe vertraulich nebeneinander her und tauschten in der milden Luft ihre todbringenden Breitseiten aus, wie zwei befreundete Reiter auf Ihren Schlachtrossen plaudernd über die Ebene traben. Nachdem dieses Rückzugsgefecht eine Stunde gedauert hatte, verstummte das Gespräch. Die »Drake« gab den Kampf auf. Wie anders sah das mächtige Schiff aus als sechzig kurze Minuten zuvor! Es war jetzt an Deck wie in einem Stück wilden westlichen Waldes, wo die Holzhacker gehaust haben. Ihre Masten und Rahen gestürzt, kreuz und quer wie ein Mikadospiel, verschiedene von ihren Segeln aufgebläht und im Wasser nachziehend wie große gekappte Baumkronen. Der schwarze Rumpf und die zerschmetterten Mastenstrünke sahen verschrammt und durchlöchert aus, als ob ein gigantischer Specht daran herumgehackt hätte.

Die »Drake« war das größere Schiff, besaß mehr Geschütze und eine größere Besatzung. Die Zahl ihrer Toten und Verletzten war weit größer. Ihr tapferer Kapitän und ihr Leutnant waren tödlich verwundet.

Der erstere starb, als die Prise geentert wurde, der letztere zwei Tage später.

Es war Dämmerung, das Wetter noch immer rauh. Kein Geschützfeuer, nichts, was der unvernünftige Mensch tun kann, vermag die stoische Gelassenheit der Natur zu erschüttern, wenn sie Ruhe will. Dieses Wetter hielt den ganzen folgenden Tag an und erleichterte so die Wiederherstellung der Schiffe sehr. Danach segelten die beiden Schiffe um den Norden Irlands herum und steuerten hinüber nach Brest. Wiederholt wurden sie von englischen Kreuzern verfolgt, erreichten aber wohlbehalten den Ankergrund in den französischen Gewässern.

»Eine recht artige vierwöchige Segelfahrt, meine Herren«, meinte Paul Jones, als die »Ranger« vor Anker ging, während einige französische Offiziere an Bord kamen. »Ich bringe zwei Reisende mit, meine Herren«, fuhr er fort. »Gestatten Sie mir, daß ich Ihnen meinen besonderen Freund, Israel Potter, ehemals in Nordamerika, und ferner Seiner britischen Majestät Schiff ›Drake‹, vordem in Carrickfergus, Irland, vorstelle.«

Diese Kreuzfahrt machte viel von Paul reden, besonders am französischen Hofe, und der König übersandte ihm sogar einen Degen und eine Medaille. Aber der arme Israel, der ebenfalls ein Schiff erobert hatte, und dann auch noch allein, ohne jede Hilfe – was bekam er?

18

Eine Fahrt von Groix aus

Drei Monate nachdem sie in Brest vor Anker gegangen waren, lag, dank Doktor Franklins Unterhandlungen mit dem König von Frankreich und unterstützt durch den rührigen Eifer von Paul, ein Geschwader von neun Schiffen verschiedener Stärke in der Meerenge von Groix* bereit zu einem neuen Überfall auf die britischen Küsten. Die Schiffe waren auf die verschiedenste Weise aufgebracht worden; ihre Mannschaften stellten ein zusammengewürfeltes Gesindel dar; die Offiziere, meist Franzosen, waren sich gegenseitig unbekannt und auf Paul heimlich eifersüchtig. Das ganze Unternehmen litt unter Elementen des Ungehorsams und Scheiterns. Daraus entsprang viel Bitterkeit und Qual für einen Geist wie Paul. Doch er hielt stand, und obwohl in der Folge seine Befürchtungen in vielen Fällen mehr als bestätigt wurden, so weigerte sich doch sein Herz, den Kampf aufzugeben.

Die Laufbahn dieses beharrlichen Abenteurers beleuchtet in hervorragender Weise die Erfahrung, daß, wer Großes erfolgreich durchführen will, nie auf glatte See warten soll, die ja nie kommt noch jemals kommen wird; sondern mit irgendeiner zufälligen Methode, wie sie ihm gerade zur Verfügung steht, mag er, auch wenn es Wahnsinn ist, auf das Ziel losstürmen und alles übrige dem Zufall überlassen. Denn alle menschlichen Verhältnisse sind von Natur aus verworren, weil sie von einem gewissen nur halb gebändigten Chaos erzeugt und genährt werden.

Obwohl dem Namen nach Befehlshaber des Geschwaders, war Paul es tatsächlich nicht. Die meisten seiner Kapitäne beanspruchten in dünkelhafter Weise Unabhängigkeit im Kommando. Einer von ihnen erwies sich schließlich sogar als regelrechter Verräter; wenige unter den übrigen waren zuverlässig.

Was die Schiffe anbetraf, so war dasjenige unter Pauls persönlichem Befehl kennzeichnend für die Flotte. Es war ein alter Indienfahrer, schwerfällig und launisch, mit starkem Salzwasser-, Gewürznelken- und Arrakgeruch*, seiner Ladung auf einstigen Fahrten. Sogar damals schon nahm es sich seiner ehrwürdigen Absonderlichkeit wegen aus wie heutzutage ein Dreimaster unter gewöhnlichen Filzhüten. Sein elefantenhafter Umfang wurde von einer mit Zinnen bewehrten Kampanje wie mit einem Thronsitz überragt, ähnlich dem Schiefen Turm zu Pisa. Der arme Israel zuoberst auf dieser Kampanje, mit dem Fernrohr vor den Augen, sah eher aus wie ein Sterngucker als wie ein Seefahrer, der sich statt mit den Wellenbergen mit den Mondgebirgen beschäftigt: Galilei auf Fiesole. Das Schiff war ursprünglich ein Eindecker gewesen, das heißt, es trug die Kriegsausrüstung auf einem einzigen Geschützdeck. Doch Paul brachte unterhalb in seinem hinteren Teil Stückpforten an und rammte dort sechs alte Achtpfünder fest, deren rostige Schnauzen gerade über die Wasserlinie hinausragten wie ein Rudel dreckiger Mulatten aus einem Kellerloch. Es trug den Namen »Duras«; doch vor der Abfahrt wurde dieser in den anderen umgewandelt, unter dem dieses traurige alte Möbel später unsterblich wurde. Obwohl bekannt ist, daß mit diesem Namenswechsel eine Ehrung Doktor Franklins beabsichtigt war, so soll doch hier zum erstenmal das ganze Geheimnis der Angelegenheit preisgegeben werden.

Es war an einem Abend in der Meerenge von Groix. Nach einem aufreibenden Tagewerk, wobei Paul sich alle Mühe gab, die feindselige Eifersucht seiner Offiziere zu beschwichtigen, und trotz zahlloser Schwierigkeiten (denn er mußte immer wieder Rudeln von ränkevollen Agenten und Maklern an Land seine Aufwartung machen), die nötigen Vorräte für die Flotte zu beschaffen, saß er in seiner Kabine in halb verzagter Träumerei, während Israel mit untergeschlagenen Beinen zu seines Herrn Füßen hockte und einige alte Signale flickte.

»Kapitän Paul, ich mag den Namen unseres Schiffes nicht –

›Duras‹? Was soll das heißen? – ›Duras‹? Da sollen wir eingesperrt sein in einem Schiff, das ›Duras‹ heißt! Es wird einem ja zumute, als wäre man in einem elenden Gefängnis.«

»Beim Donner, daran hab' ich noch nicht gedacht, mein Löwe. ›Duras‹ – ein Gefängnis! Das muß ein Aberglaube sein; aber ich will es ändern. Nun denn, Blondmähne, wie wollen wir's taufen?«

»Na, Kapitän Paul, mögen Sie Doktor Franklin nicht? Ist nicht *er* der vortreffliche Mann gewesen, der diese Flotte zusammengebracht hat? So wollen wir es ›Doktor Franklin‹ taufen.«

»O nein, das würde ihn allzusehr ins Rampenlicht setzen gerade im gegenwärtigen Augenblick; und der Arme Richard möchte gerne ein wenig im Hintergrund bleiben in der ganzen Angelegenheit.«

»Der Arme Richard! – So nennen wir es den ›Armen Richard‹!« rief Israel, den plötzlich diese Idee durchzuckte.

»Beim Donner, ausgezeichnet!« antwortete Paul und sprang auf die Füße, während ihn jede Spur seiner früheren Niedergeschlagenheit verließ. »›Armer Richard‹ soll es heißen, zu Ehren jenes Spruches: ›Hilf dir selbst, so hilft dir Gott!‹, wie der Arme Richard sagt.«

So also kam das Schiff zu seinem Namen »Bon Homme Richard«; denn da man es für ratsam hielt, den neuen Titel ins Französische zu übersetzen, so wurde diese Form gewählt.

Ein paar Tage darauf fuhr die Kriegsmacht aus. Es dauerte nicht lange, so brachte sie verschiedene Schiffe auf; da sich aber die Kapitäne des Geschwaders als widersetzlich erwiesen, nahmen die Dinge eine so betrübliche Wendung, daß Paul vorübergehend nach Groix zurückkehren mußte. Zum Glück jedoch traf gerade in diesem kritischen Augenblick ein Auslieferungsvertrag von England mit mehr als hundert amerikanischen Austausch-Seeleuten ein, die sich fast bis auf den letzten Mann für Pauls Flagge anwerben ließen.

Als die Streitmacht wieder segelte, brachen die alten Schwierigkeiten erneut aus. Die meisten seiner Begleitschiffe verweigerten ihm den Gehorsam und trennten sich von der »Bon Homme Richard«. Zuletzt geriet Paul mit nur noch zwei Begleitschiffen vor der zerklüfteten Südostküste Schottlands in heftige Stürme. Doch weder die Meuterei seiner Flotte noch das Toben der Elemente vermochten ihn in seinem Willen zu erschüttern. Ja, in dieser entscheidenden Stunde plante er die allerkühnsten seiner Überfälle.

Die Cheviotberge waren in Sicht. Mehrere Schiffe waren entdeckt worden, die nach dem Firth of Forth steuerten, an dessen Südufer, tief im Sund, Leith, der Hafen von Edinburgh, gelegen ist und das bloß eine Meile oder zwei von der Hauptstadt entfernt liegt. Er beschloß, Leith zu überfallen, es zu brandschatzen oder einzuäschern. Er ließ die Kapitäne seiner zwei übrigbleibenden Begleitschiffe an Bord seines eigenen Schiffes kommen, um die Einzelheiten des Anschlags festzulegen. Diese Helden hatten gar manches an dem Plan zu bemängeln. Nachdem Paul viel Zeit darauf verschwendet hatte, ihre klugen Erwägungen zum Abschluß zu bringen, erreichte er, was er mit aller Berufung auf ihre Tapferkeit nicht fertiggebracht hatte, dadurch, daß er ihre Begierden ansprach. Er verkündete, der Preis der Leith-Lotterie sei auf nicht weniger als zweihunderttausend Pfund festgesetzt und das sei das Lösegeld. Genug, die drei Schiffe drangen in den Sund ein, verwegen und ungehindert, als ob sie Quäker zu einem Friedenskongreß herbrächten.

Den erschreckten Ufern entlang verbreitete sich die Panik vor ihnen her wie die Cholera. Die drei verdächtigen Schiffe hatten so lange vor der Küste still gelegen, daß niemand zweifelte, sie seien von dem tollkühnen Wikinger Paul Jones angeführt. Um fünf Uhr des folgenden Morgens wurden sie deutlich von der schottischen Hauptstadt aus gesichtet, wie sie ruhig die Bucht heraufsegelten. Hastig wurden in Leith Schanzen aufgeworfen, Waffen vom Schloß in Edinburgh herbeigeschafft, Alarmfeuer in alle Richtungen hin angezündet. Trotzdem lenkte Paul seine Schiffe mit so unverschämter Kaltblütigkeit heran, indem er soviel wie möglich ihren kriegerischen Charakter verbarg, daß seine Schiffe wiederholt für Kauffahrer gehalten und von vorübersegelnden Schiffen als solche angesprochen wurden.

Am Nachmittag meldete Israel, der auf dem »Turm von Pisa« postiert war, ein Boot mit fünf Männern, die von der Küste von Fife auf die »Richard« zusteuerten.

»Sie bringen uns bloß Haferkuchen«, sagte Paul. »Laß sie herankommen! Mach ihnen Mut, und zeig ihnen die englische Flagge, Israel, mein Junge!«

Bald legte das Boot an.

»Na, meine guten Kerle, was kann ich heut nachmittag für euch tun?« sagte Paul und lehnte mit gnädiger Miene über die Seite.

»Nun ja, Kapitän, wir kommen vom Laird von Crokarky; er möchte etwas Pulver und Blei für sein Geld.«

»Wozu wollt ihr denn Pulver und Blei, sagt?«

»Oh, habt Ihr denn nicht erfahren, daß der verdammte Seeräuber, Paul Jones, sich irgendwo an der Küste umhertreibt?«

»Jawohl, in der Tat, aber der wird euch nicht auffressen. Er macht bloß mit seinem alten Hut seine Runde bei den Völkern und treibt die Tribute ein. So macht, daß ihr fortkommt; ihr braucht weder Pulver noch Blei für ihn. Er braucht Silber, nicht Blei. Macht lieber euer Silber bereit, sag ich.«

»Nein, Kapitän, der Laird befahl uns, nicht ohne Pulver und Blei zurückzukehren. Sehen Sie, hier ist das Geld. Vielleicht bedeutet das den Fall des verdammten Seeräubers, wenn Sie uns verschaffen, was wir brauchen.«

»Nun denn, reicht ihnen ein Fäßlein hinüber«, sagte Paul lachend; Israel aber flüsterte er schlau zu und änderte seinen Befehl ab. – »Oh, steckt euer Geld ein, ich schenk's euch!«

»Doch Blei, Kapitän; was sollen wir mit Pulver ohne Blei?« brüllte einer der Kerle aus dem Bug des Bootes, als das Fäßlein hinuntergelassen wurde. »Wir brauchen Blei.«

»Hol's der Teufel, ihr schreit wahrlich laut genug. Macht, daß ihr verschwindet mit dem, was ihr habt! Paßt auf euer Fäßlein auf, und wenn ihr den Schurken Paul Jones erwischt, so macht ihm den Garaus, hört ihr!«

»Doch he, Kapitän«, schrie einer der Bootsleute, »das ist ja ein Faß mit Essiggurken, nicht Pulver. Schaut!« Er griff in das Spundloch und zog eine grüne Gurke hervor, die von Salzwasser tropfte. »Nehmt das da zurück, und gebt uns das Pulver!«

»Puh«, sagte Paul, »das Pulver ist am Boden – eingepöckeltes Pulver; die beste Art, es aufzubewahren. Fort mit euch, jetzt, und macht euch hinter dem verruchten Betrüger Paul Jones her!«

Das geschah am Sonntag. Die Schiffe fuhren drauflos. Während des Nachmittags brachte ein langer Schlagbug die »Richard« nahe an das Gestade des Fife, in die Gegend des blühenden kleinen Hafens Kirkcaldy.

»Es ist eine große Menge Leute am Strand, Kapitän Paul«, sagte Israel, durch das Glas schauend. »Ein altes Weib scheint dort auf einer Fischtonne zu stehen, als ob sie was an die Leute versteigerte; aber ich kann noch nicht genau sehen, was.«

»Zeig mal her«, sagte Paul und ergriff das Fernglas, während sie näher fuhren. »In der Tat, es ist eine alte Dame – eine alte Quacksalberin, wie mir scheint, in schwarzem Kleid dazu noch. Ich muß sie anrufen.«

So gab er Befehl, das Schiff weiter auf den Hafen zufahren zu lassen, zog in kurzer Entfernung die Segel ein, so daß er langsam vorüberglitt, ergriff das Sprachrohr und rief: »Alte Dame, ahoi! Worüber reden Sie denn da? Wie lautet der Text?«

»›Der Gerechte wird sich freuen, wenn er solche Rache sieht, und wird seine Füße baden in des Gottlosen Blut.‹*«

»Oh, welch ein Mangel an Barmherzigkeit! So hör denn meinen Spruch: ›Hilf dir selbst, so hilft dir Gott!‹, wie der Arme Richard sagt.«

»Du ruchloser Seeräuber, ein Sturm soll kommen und dich in Trümmern aus unseren Gewässern fegen.«

»Der kräftige Wind Eures Hasses bläht meine Segel gut. Lebwohl!« – Und er schwenkte die Mütze – »Erzähl uns das Weitere in Leith!«

Am nächsten Morgen waren die Schiffe fast in Schußweite vor der Stadt. Die Leute, die landen sollten, saßen in den Booten. Israel führte die Ruderpinne des vordersten und wartete darauf, daß sein Gebieter einsteige, als plötzlich, eben als Pauls Fuß die Fallreeptreppe betrat, eine Bö losbrach, alle drei Schiffe packte, die Boote gegen sie schleuderte und eine unbeschreibliche Verwirrung anstellte. Die Bö endete mit einem wütenden Sturm. In aller Eile nahm Paul seine Leute wieder an Bord und tat sein möglichstes, um der Raserei des Windes zu widerstehen; doch dieser blies aus entgegengesetzter Richtung und mit doppelter Macht. Ein Schiff ging in einiger Entfernung vor ihnen unter. Der enttäuschte Eindringling sah sich gezwungen, vor dem Sturme kehrtzumachen und auf seine Absicht zu verzichten.

Bis auf diesen Tag erzählt der Volksglaube am Strande des Firth of Forth, die kräftige Fürbitte des Pfarrers von Kirkcaldy, Mr. Shirrer, sei die unmittelbare Ursache für die Abwehr der Elemente vor dem bedrohten Hafen Leith gewesen.

Infolge der üblen Eigenschaften seiner verbündeten Kapitäne, ihrer Zaghaftigkeit, die sie außerstande setzte, mit seiner Kühnheit Schritt zu halten, ihrer Eifersucht, die sie für seine Überlegenheit über alle anderen blind machte; dazu die Verringerung seiner Streitmacht, die am Ende von neun auf drei Schiffe zusammengeschrumpft war, und schließlich die Widerwärtigkeit der Meere und der Winde – aus all diesen Gründen sah der Angreifer, nicht von einer Flotte, sondern vom Sturm aus den schottischen Gewässern vertrieben, die Demütigung voraus, daß eine Fahrt, die am Anfang so schrecklich erschienen war, ohne eine einzige Tat enden würde, die seinen durch frühere Großtaten erworbenen Ruhm nähren konnte. Gleichwohl war er nicht niedergeschlagen. Er bemühte sich, das Schicksal statt durch Mutlosigkeit durch Entschlossenheit gewogen zu machen. Und als hätte er dies durch seine tapfere Haltung erreicht, ging diese wankelmütige Macht plötzlich vom Feind zu ihm über – so plötzlich wie der geputzte Marschall Ney zu der standhaften Standarte Napoleons von Elba, als er mit neuer Macht nach Paris marschierte. Kurz, das Glück – das ist das richtige Wort – warf Paul das eine große Ereignis seines Lebens in den Weg: die außerordentlichste aller Seeschlachten, den beispiellosen Kampf auf Leben und Tod mit der »Serapis«.

19

Sie kämpfen mit der »Serapis«

Die Schlacht zwischen der »Bon Homme Richard« und der »Serapis« stellt in der Geschichte den ersten großen Zusammenstoß zwischen Engländern und Amerikanern zur See dar. In bezug auf Verbissenheit, gegenseitigen Haß und Kühnheit hat sie vorher wie nachher nicht ihresgleichen in der Seegeschichte. Lange hing die Entscheidung in der Schwebe, bis schließlich doch der Engländer seine Flagge strich.

Man kann etwas einzigartig Kennzeichnendes in diesem Kampfe sehen. Er kann gleichzeitig als Urbild, als Gegenstück und als Vorschau aufgefaßt werden. Vom selben Blut wie England und dabei sein geschworener Feind in zwei Kriegen; unwillig eigentlich, einen alten Groll zu begraben; verwegen, grundsatzlos, ohne Rücksicht, räuberisch, maßlos ehrgeizig, den äußeren Formen nach gesittet, aber im Herzen noch roh; so ist Amerika, oder mag so gelten, ein Paul Jones unter den Nationen.

Vor dieser symptomatischen Betrachtungsweise verdient diese Schlacht zwischen der »Bon Homme Richard« und der »Serapis«, die an sich schon recht seltsam ist, wohl unser Interesse.

Niemals zuvor war ein Gefecht so verworren. Die Verwickeltheit all der Einzelheiten, welche der Erzähler nur mit größter Mühe entwirrt, findet ihr ebenbürtiges Gegenstück in der unbeschreiblichen Verknäuelung sämtlicher Rahen und Anker der beiden Schiffe, wodurch diese sich in ein Chaos der Zerstörung verwandelten.

Wer eine eingehende Darstellung dieses Gefechtes erwartet oder überhaupt einen einigermaßen ordentlichen Bericht, der muß sich an eine andere Stelle wenden. Der Erzähler sieht sich bloß veranlaßt, die Schlacht zu erwähnen, weil er die Schicksale seines bescheidenen Helden, dessen Leben zu berichten ist, durch dick und dünn verfolgen muß. Das aber erfordert einen Gesamtüberblick über jeden wichtigen Vorfall, an dem er beteiligt ist.

Verschiedene örtliche und zeitliche Umstände brachten es mit sich, daß das Ringen wie auf einer Bühne in dramatischer Spannung abrollte, die wilden Schauer des tragischen Ausgangs in fast poetischen Glanz hüllend. Die Schlacht wurde zwischen sieben und zehn Uhr abends ausgefochten; ihre höchste Wucht erreichte sie im Schimmer des Erntevollmonds, vor den Augen Tausender ferner Zuschauer, die auf den hohen Küstenfelsen von Yorkshire standen.

Vom Tees zum Humber* zeigt die Ostküste von England fast überall ein wildes, schwermütiges und kalabresisches Gepräge. Sie ist in ständigem Zerfall. Jedes Jahr unterliegt die Insel, die sonst fast alle anderen Feinde abzuweisen vermag, den Attila-Stürmen des Ozeans. Da und dort ist der Fuß der Küstenklippen umsät von Felsmassen, die, unterwühlt von den Wogen, kopfüber zur Tiefe stürzend, zuweilen rundum vom Wasser umspült, eine wirre Trümmerwelt verirrter Brocken, Pyramiden und Obelisken, halb enthüllt aus der Brandung ragen – ein Tadmor* der öden Wüstenei der See. Kein Fleck Erde ist so trostlos und wüst wie diese fünfzig Meilen Küste zwischen Flamborough und dem Spurn Head*.

Des Sturmes ungeachtet, der sie von Leith weggetrieben hatte, machte Pauls Schiff einige Tage lang Jagd auf verschiedene Kauffahrer und Kohlenschiffe, wobei sie die einen erbeuteten, die anderen versenkten und die übrigen in die Flucht schlugen. Vor der Mündung des Humber kreuzten sie, um erfolglos eine königliche Fregatte herauszulocken, die angeblich dort vor Anker liegen sollte. Dann wieder stießen sie auf ein großes Geschwader, das von einigen Kriegsschiffen begleitet war. Allein, die Angst ließ die Flotte am Rande der gefährlichen Sandbänke dicht am Ufer entlangsegeln, wo Paul sie nicht zu belästigen wagte, weil er keinen kundigen Lotsen besaß. Noch in derselben Nacht sichtete er zwei unbekannte Schiffe weiter draußen auf hoher See und jagte ihnen bis um drei Uhr früh nach, als er, ganz nahe an sie herangelangt, vermutete, daß sie wohl zu seinem eigenen Geschwader gehörten und diejenigen seien, die sich vor seiner Einfahrt in den Firth of Forth seinem Oberbefehl entzogen hatten. Bei Tageslicht wurde seine Vermutung bestätigt. Fünf Schiffe des ursprünglichen Verbandes waren jetzt wieder beisammen. Um Mittag tauchte ein Geschwader von vierzig Kauffahrteischiffen um Flamborough Head herum auf, von zwei englischen Kriegsschiffen eskortiert, der »Serapis« und der »Gräfin von Scarborough«. Als diese unsere fünf Kreuzer sichteten, flatterten die vierzig Segler wie vierzig Küken voll Angst unter die Fittiche des Gestades. Ihre bestückten Beschützer dagegen steuerten tapfer vom Lande weg und trafen Anstalten für die Schlacht. Paul nahm die Herausforderung sofort an, gab seinen Begleitern das Zeichen und drängte hastig vorwärts. Aber trotz aller Eile wurde es dennoch sieben Uhr abends, bis endlich das Gefecht begann. Unterdessen segelten seine Gefährten, die Signale mißachtend, auf eigene Faust weiter. Wir wollen sie daher für den Augenblick übergehen und uns eine Weile mit der »Richard« und der »Serapis« allein, den zwei gewaltigen Kämpen des Gefechtes, beschäftigen.

Die »Richard« führte eine bunte Mannschaft mit, welche im Zaum zu halten hundertfünfunddreißig Soldaten – selber eine gemischte Schar – an Bord genommen worden waren und unter dem Befehl französischer Offiziere niederen Grades standen. Auch ihre Ausrüstung war entsprechend. Gewehre aller Art und Kaliber; aber im ganzen waren sie doch einer Fregatte mit zweiunddreißig Geschützen gewachsen. Die Uneinheitlichkeit durchdrang überall verhängnisvoll den Geist des Schiffes.

Die »Serapis« war eine Fregatte mit fünfzig Kanonen, von denen jede für sich mehr als zur Hälfte die Bestückung der »Richard« an Kaliber übertraf. Sie war mit etwa dreiundzwanzig geschulten Marinesoldaten bemannt.

In gewisser Weise unterscheidet sich eine Seeschlacht grundsätzlich von einem Landkampf. Das Meer hat zeitweise, was man »Wellenberge« und »Wellentäler« nennt; aber es kennt weder Flüsse noch Wälder, noch Ufer, Städte oder Berge. Bei ruhigem Wetter ist es eine spiegelglatte Fläche. Kriegslisten wie diejenigen geschulter Armeen – Hinterhalte wie die der Indianer – sind ausgeschlossen. Alles ist übersichtlich, offen, im Fluß. Das Element selbst, das die Gegner trägt, weicht beim Streich einer Vogelfeder. Derselbe Wind und dieselbe Flut erfaßt gleichzeitig alle Mitkämpfenden. Infolge dieser Schlichtheit ähnelt eine Schlacht zwischen zwei Kriegsschiffen mit ihren riesigen weißen Schwingen mehr den Miltonischen Kämpfen* zwischen Erzengeln als den *verhältnismäßig schmutzigen* Kämpfen zu Lande.

Als die Schiffe einander näher kamen, lastete ein trüber Dunstschleier über dem Wasser. Der Mond war noch nicht aufgegangen. Nur mit Mühe sah man die Gegenstände. Von einer milden, feuchten Brise über sanfte Wellen getrieben, kamen die beiden bis auf Pistolenschußnähe aneinander heran. Infolge der Finsternis aber und weil die »Serapis« noch andere Schiffe in nächster Nähe wußte, war sie im ungewissen, welches die »Richard« sei. Im trüben Nebel ragte jedes Schiff für das andere mächtig, aber undeutlich empor wie der Geist von Morven*. Getrampel entschlossener Männer schallte zurück von jedem Schiff, dessen pralles Deck dumpf wie ein Trommelfell im Trauermarsch widerhallte.

Die »Serapis« fragte an. Eine Breitseite war die Antwort. Eine halbe Stunde lang manövrierten die beiden Gegner bedächtig und wechselten ständig ihre Stellung, blieben aber immer in Schußweite. Die »Serapis« – der bessere Segler von beiden – umkreiste prüfend die »Richard«, wagte hie und da einen trägen Vorstoß und zog sich ebenso plötzlich wieder zurück. Der Hass trieb sie zu ähnlicher Taktik an wie den Hahn, der, von entgegengesetzten Gefühlen erregt, um die Henne kreist. Dabei wurde, obwohl man in Rufweite war, keine weitere Silbe mehr gewechselt; aber eine ununterbrochene Kanonade aufrechterhalten.

In diesem Moment tauchte ein drittes Schiff auf, die »Scarborough«, offensichtlich um ihrem Gefährten zu Hilfe zu eilen. Da jetzt aber dicker Rauch das gewohnte Dunkel der Nacht noch vertiefte, vermochte die »Scarborough« nur verschwommen zwei Schiffe zu unterscheiden. Deutlich sah sie deren Kreuzfeuer; aber es war unmöglich zu erkennen, wer es sei. Begierig, der »Serapis« zu Hilfe zu eilen, wagte sie doch nicht, ein Geschütz zu lösen, damit sie nicht unfreiwillig die Rolle des Feindes spiele. Wie wenn ein Falke und eine Krähe sich hoch in der Luft mit Klauen und Schnabel bekämpfen, eine zweite Krähe herzufliegt, um mitzuraufen, aber keine rechte Gelegenheit findet, sich einzumischen, und schließlich in die Wälder davonfliegt: genau so tat die »Scarborough« jetzt. Die Vorsicht gebot den Schritt, denn verschiedene Zufallstreffer – von welchem der beiden Gegner, war nicht zu erkennen – hatten die »Scarborough« bereits beschädigt. So fuhr der Freund enttäuscht und unverrichteter Dinge davon, um sich nicht nutzlos der Gefahr auszusetzen.

Bald danach erschien eine unsichtbare Hand und stellte eine riesige gelbe Lampe im Osten nieder. Ungesehen langte die Hand hinter dem Horizont empor und setzte die Leuchte direkt auf den Rand des Himmels, wie auf eine Türschwelle, als wollte sie bedeuten: Meine streitbaren Herren, gestattet, daß ich dies ziemlich düstere Schaustück ein wenig aufhelle. Die Lampe war der runde Erntemond, wie ein einziges, einsames Rampenlicht auf der Bühne. Doch nur spärlich durchbohrten die Strahlen der Lampe den schweren Dunst. Die Gegenstände, die vorher nur mit Mühe sichtbar waren, schimmerten jetzt im Zwielicht. Eingebettet in seltsam dampfendes Gewölk, warf das große Fußlicht einen unsicheren, halb dämonischen Strahl quer über die Wasser, gleich dem trügerischen Lichtstrom, der aus blau und grün erleuchtetem Apothekerschaufenster in regnerischer Nacht auf das Londoner Straßenpflaster fällt. Durch diesen hämischen Dunst blickte das Gesicht des Mannes im Mond direkt zu den Kämpfenden herüber, als ob er in einer Versenkung des Meeres stünde, nachlässig vornübergelehnt, die Arme selbstzufrieden verschränkt über dem Himmelsrande. Dieses wunderliche Antlitz warf einen feierlichen und äffisch selbstzufriedenen Seitenblick herüber, als ob der Mann im Mond auf irgendeine geheime Weise die Schiffe zum Wettkampf aufgeboten habe und in der Tiefe seiner gehässigen alten Seele nicht übel zufrieden sei über die Wirkung seines Zaubers. Da stand der grinsende Mann im Mond, und sein Kopf guckte gerade noch über den Spiegel der See, wie Mephistopheles als Souffleur auf der Bühne.

Im fahlen Mondlicht erkannte eines der Begleitschiffe der »Richard«, die weit außer der Gefechtszone kreuzende »Pallas«, ganz undeutlich die verdächtigen Umrisse eines einsamen, ihr unbekannten Seglers. Sie beschloß, ihn zum Kampf zu stellen, falls er sich als feindlich erweise. Aber ehe noch die beiden handgemein wurden, erhielt das unbekannte Schiff, das später als die »Scarborough« erkannt wurde, eine Breitseite aus den Langrohrgeschützen eines anderen Begleiters der »Richard«, der »Alliance«. Die Kugeln sausten quer durch die breite Lücke wie Federbälle durch eine große Halle. Nun waren die Schlagbretter beider Batterien an der Arbeit, und blitzschnell wurden schlagfertige Artigkeiten wie Federbälle ausgetauscht. Die sich gegenüberstehenden Begleitschiffe der beiden Hauptstreitmächte kämpften mit der ganzen Wut leidenschaftlicher Parteigänger, die den Zank ihres Führers in verzweifeltem Austrag zu ihrem eigenen machen.

Von der »Richard« und der »Serapis« durch dieses kleine Zwischenspiel abgelenkt, schob sich der Mann im Mond, voll Begierde zu sehen, was vorging, ein wenig aus der Versenkung, und ein breites Grinsen ging über sein Gesicht. – Unterdessen kniff die »Alliance« aus, während die »Pallas« geradewegs auf die »Scarborough« lossteuerte und sie aus nächster Nähe in einen Kampf verwickelte, der in weniger als einer Stunde damit endete, daß sie die Flagge strich.

Die »Pallas« und die »Scarborough« waren neben der »Serapis«

und der »Richard« wie zwei Edelknaben neben ihren Rittern. In unreifer Art zeigten sie denselben Charakter wie ihre vollentwickelten Lehrmeister.

Der Mann im Mond stieg jetzt weiter empor, um die Sachlage noch besser zu überblicken.

Aber der Mann im Mond war nicht der einzige Zuschauer. Von den hohen Küstenfelsen und besonders von dem breiten Vorgebirge von Flamborough Head aus waren die Inselbewohner scharenweise Zeugen der Szene. Die Neugierde, mit der die Bauern das dargebotene Schauspiel betrachteten, war verständlich. Weit in unbestimmter Ferne füllten Geschwader erschreckter Kauffahrer die unteren Luftschichten mit ihren Segeln, die aussahen wie Flocken im nächtlichen Schneesturm. Unentschlossen kreuzend, sah man in anderer Richtung mehrere der zerstreuten Begleitschiffe Pauls, die sich vom Kampfe fernhielten. In der Nähe hing ein vereinzelter Nebelschwaden, der die »Pallas« und die »Scarborough« umhüllte – ein Gebilde, das langsam auf dem Meere dahintrieb wie eine schwimmende Insel, in Abständen überstrahlt von Feuerfunken und erzitternd vom Dröhnen der Kanonen. Weiter weg, in den tieferen Gewässern, lag eine finstere Wolke, die ununterbrochen in blitzende Fetzen zerschliß und sofort wieder zusammenschmolz, um wieder zerrissen zu werden. Bis jetzt stand diese finstere Wolke weder still, noch trieb sie träge dahin wie die eben erwähnte, sondern prall von brodelndem Leben wechselte sie hierhin und dorthin, überschäumend von Feuer, wie eine mächtige Wasserhose längs der Küste von Malabar hinsaust.

Um von den Dingen, die in der Wolke vor sich gingen, eine Vorstellung zu erhalten, müssen wir in sie eindringen; wir müssen hingehen und Besitz von ihr ergreifen, wie ein Geist hineinfährt in einen Leib oder die Dämonen in die Schweine, daß sie über die steile Halde hinunterrennen und im Meer ersaufen; genau so, wie es die »Richard« jetzt tat.

Bis dahin hatten die »Serapis« und die »Richard« manövriert und sich gegenseitig verfolgt wie Partner in einer Quadrille, indem sie sich immerwährend mit schlagfertiger Antwort neckten. Da aber Paul schließlich sah, daß die größere Beweglichkeit des feindlichen Schiffes dem Gegner über den schwerfälligen alten Indienfahrer, die »Richard«, die Überlegenheit gab, versuchte er, rasch entschlossen wie immer, Stellung zu beziehen und des anderen Vorteil wettzumachen, indem er dicht an ihn heranfuhr. Aber der Versuch, die »Richard« quer vor den Bug der »Serapis« zu bringen, nahm eine unerwartete Wendung, als der feindliche Klüverbaum quer über den großen »Turm von Pisa« zu liegen kam, wo Israel postiert war. Der packte ihn gierig und stand eine Weile da, sich an dem schlaffen Segel festhaltend wie einer, der ein Pferd bei der Mähne packt, um sich im nächsten Moment in seinen Sattel zu schwingen.

»Gut so, halt fest, Junge!« schrie Paul und sprang ihm mit einer Taurolle zur Seite. Mit ein paar flinken Windungen knüpfte er sich selber an seinen Feind. Und nun trieb der Wind in den Segeln der »Serapis« diese in ihrer ganzen Ausdehnung, vom Bug zum Heck, sozusagen Wange an Wange, längsseits der »Richard«. Die vorragenden Geschütze knarrten, die Rahen verhakten sich ineinander, nur die Rümpfe berührten sich nicht. Eine lange Bahn schwärzlichen Wassers lag eingekeilt zwischen ihnen, wie jener schmale Kanal zu Venedig, der zwischen zwei Schattenmauern brütet und hoch in der Luft heimlich von der Seufzerbrücke überquert wird. Wo aber die sechs Rahenarme sich gegenseitig ergreifend wölbten, da sah und hörte man zugleich sechs Seufzerbrücken, während der Mond und der Wind sich hoben.

In diesen Lethestrom, der aussah wie ein öliger Teich, verglichen mit der umliegenden See, fiel manche arme Seele in jener Nacht; fiel, für immer verschollen. –

Als wenn sich auf vulkanischer Ebene eine Spalte auftut, die mit der umstrittenen Grenze zusammenfällt, so war dieser trennende Schlund der Rachen des Todes für beide Seiten. So eng war er, daß zuweilen die Ladestöcke in die feindlichen Stückporten gestoßen werden mußten, damit man sie in die Öffnung der eigenen Kanonen stecken konnte. Es sah eher aus wie ein Bürgerkrieg als wie ein Gefecht zwischen Fremden. Oder noch besser, wie wenn die siamesischen Zwillinge, ihr geschwisterliches Band mißachtend, in widernatürlicher Zwietracht gegeneinander wüteten.

20

Sie kämpfen mit der »Serapis« (Fortsetzung)

Nicht lange, so erscholl eine fürchterliche Explosion, in der für einen Augenblick die Kanonade ertrank. Zwei von den alten Achtzehnpfündern, die, wie schon erzählt, in aller Eile unter dem Hauptdeck auf der »Richard« in Stellung gebracht worden waren, flogen in Stücke, töteten die Bedienungsmannschaft und zerschmetterten jenen ganzen Teil des Schiffsrumpfes, als ob zwei explodierende Dampfkessel durch die gegenüberliegenden Flanken gesprengt worden wären. Die Wirkung war, als stürzten die Mauern eines Hauses ein. Außer ein paar nackten Stützpfosten hielt nur noch wenig den großen »Turm von Pisa« aufrecht. In der Folge müssen eine Menge Geschosse von der »Serapis« geradewegs durch die »Richard« durchgesaust sein, ohne sie zu streifen. Es war, als feuerte man Rehposten durch die Rippen eines Skelettes.

Weiter vorn aber waren die Breitseiten aus den schweren Batterien der »Serapis« so todbringend – lauter gutgezielte Kernschüsse, sozusagen direkt hinein in Schlund und Eingeweide der »Richard« –, daß sie alles wegfegten. Die Männer auf dem geschützten Batteriedeck der »Richard« fluteten herauf wie Bergleute vor dem Grubengas. Sie sammelten sich wieder auf dem Vorderdeck und setzten ihren Kampf mit Granaten und Musketen fort. Oben in den Toppmasten saßen die Marinesoldaten und unterhielten ein ununterbrochenes Feuer; sie ließen ihre Salven wie glühende Lava von den Klippen niederprasseln.

Die Mannschaften auf den zwei Schiffen waren nun geradezu in umgekehrter Lage. Während die »Serapis« die »Richard« unter Deck in tausend Fetzen riß und beinah den hintersten Mann auf diesem gedeckten Teil wegfegte, beherrschte die Masse der Schützen auf der »Richard« das Oberdeck der »Serapis« so vollständig, daß es nahezu unmöglich war, anders denn als Leiche auszuharren. Obwohl ursprünglich die Toppmasten der »Serapis« nicht der Schützen entbehrten, waren diese doch längst unter dem überwältigenden Kugelregen der »Richard« abgeräumt worden. Verschiedene hatte man mit von einer Kugel zerschmettertem Arm oder Bein von ihrem schwindligen Sitz undeutlich herabstürzen sehen, wie im Flug erlegte Tauben.

Wie emsige Schwalben um Scheunentraufen und Dachlatten, so kamen jetzt einige Schützen der »Richard« aus ihren Mastkörben hervor und kletterten weit hinaus auf ihren Rahen, die über die »Serapis« hinragten. Von da ließen sie Handgranaten auf ihr Verdeck niederprasseln, wie Äpfel, die auf dem einen Felde wachsen, jenseits des Zaunes in den Nachbargarten fallen. Andere von ihnen warfen dieselbe bittere Frucht in die offenen Luken der »Serapis«. Ein brennendes Hagelwetter senkte sich aus der Luft herab und schlug schräg auf der »Serapis« ein, während waagrechte Donnerkeile kreuz und quer durch die unterirdischen Gewölbe der »Richard« rollten. Die Kämpfenden waren längst nicht mehr im gewöhnlichen Wortsinne ein englisches und ein amerikanisches Schiff. Beide glichen eher einer vereinigten Handels- und Aktien-Verbrennungsgesellschaft; obwohl entzweit, waren sie eng zusammengeschweißt. Die beiden Schiffe waren wie zwei Häuser, deren Brandmauer durchschlagen war und wo die eine Familie, die Welfen, jetzt das untere Stockwerk, die andere, die Gibellinen*, den ganzen oberen Boden besetzt hielt.

Unterdessen eilte der entschlossene Paul wie ein meteorartiger St.-Elms-Feuerball, der auf den Zacken und Spitzen der Schiffsspieren im Sturm hin- und hertanzt, hierhin und dorthin. Wo immer er auftauchte, da war's, als ob er ein bleiches Licht über alle Gesichter gösse. Geschwärzt und angebrannt war seine schottische Mütze, zu einem Geschützpfropf auf seinem Kopf zerquetscht. Sein Pariser Rock, dessen mit Goldborten verzierter Ärmel er abgelegt hatte, enthüllte weithin sichtbar die blaue Tätowierung auf seinem Arm, der zuweilen in wilden Gesten den Dunst der Kanonade durchzuckte, geheimnisvoll grausig wie die magische Standarte Satans. Und doch war seine Raserei weniger Ausdruck der inneren Erregung als vielmehr absichtliche Übertreibung, um seine Leute anzufeuern und zur Tollwut zu treiben. So zogen einige unter ihnen, als sie ihn so sahen, in einer Anwandlung von Todesverachtung alles bis auf die Beinkleider aus und boten ihre nackten Leiber den ebenso nackten Kugeln dar. Dasselbe geschah auf der »Serapis«, wo man mehrere Geschütze von ihrer lederbraunen Mannschaft wie von Faunen und Satyrn umringt sah.

Zu Beginn des Kampfes, noch ehe die Schiffe sich ineinander verbissen hatten, sah man auf dem Kanonendeck der »Serapis« zuweilen zwischen den Rauchschwaden, die über die Schiffe wie Nebel über Berggipfel hinstrichen, hier und dort klaffende Risse bildend, eine für Augenblicke in allen Stellungen der Furchtlosigkeit erstarrte Gruppe von Marmorstatuen fechtender Gladiatoren.

Tief und nachdenklich vornübergebeugt, ein gespanntes Bein rückwärts gespreizt und einen Arm ausstreckend, zur Geschützmündung gedreht, sah man den Lader seine Arbeit verrichten. Auf der anderen Seite der Lafette, in der gleichen gebeugten Stellung, aber mit beiden Händen seine lange schwarze Stange wie einen Spieß führend, zum sofortigen Gebrauch bereit, stand der eifrige Rammer und Putzer, während auf dem Geschützboden der wachsame Vormeister kauerte und mit flammendem Späherauge, wie ein Leopard, längs der Schußbahn schaute; und hinter allen, schlank und aufrecht wie der ägyptische Gott des Todes, stand der Luntenführer, für den Augenblick reglos, die langgriffige Lunte nach unten gekehrt. Bis auf die zwei langrohrigen todspeienden Batterien standen und schufteten die gedrillten Leute der »Serapis« unter dem mechanischen Zwang der Disziplin. Sie richteten die Geschützreihen wie die Lowell-Mädchen* die Webstuhlzeilen in einer Baumwollspinnerei. Die Parzen arbeiteten nicht systematischer, Atropos* nicht mörderischer, der Roboter-Schachspieler nicht gewissenloser.

»Schau, Junge, jetzt sollte man eine Granate jene Hauptluke

hinunterjagen. Ich hab' dort lange Haufen von Kartuschen gesehen. Die Pulverträger haben sie schneller heraufgeschleppt, als sie verbraucht werden können. Hol einen Eimer voll Brennstoff, und melde dich sofort zurück!«

Die Worte Pauls galten Israel; er tat, wie ihm befohlen. Wenige Minuten später hing er, den Eimer in der Hand, mit Pulver beschmiert, wie Apollyon* sechzig Fuß hoch in der Luft, am äußersten Ende der Rah über dem todgeweihten Abgrund der Schiffsluke. Wie er so durch die Rauchwirbel in den mörderischen Schlund hinabsah, kam es ihm vor, als schaue er vom Rand eines Katarakts hinunter in den kochenden Kessel zu seinen Füßen. In einem günstigen Augenblick ließ er eine Granate mit so sicherer Präzision fallen, daß bei ihrem Aufprall eine Explosion die »Serapis« zerriß wie einen Vulkan. Die lange Zeile der aufgeschichteten Kartuschen fing Feuer. Das Feuer lief am Boden dahin wie ein Blitzzug auf Schienen. Über zwanzig Mann waren auf der Stelle tot, nahezu vierzig verwundet. Dieser Schlag stellte die Aussichten auf den Sieg, der zuvor der »Serapis« gelächelt hatte, wieder her.

Aber der sinkende Kampfgeist der Engländer flackerte plötzlich infolge eines Ereignisses, das alles Bisherige in den Schatten stellte, neu auf: Eines der Begleitschiffe der »Richard« beging eine so unglaubliche Abscheulichkeit, daß alle menschliche Vernunft sie lieber einem unfaßbaren Irrtum als dem heimtückischen Wahnsinn ihres Urhebers zuschreiben möchte.

Der vorsichtige Vorstoß und Rückzug eines Begleitschiffes der »Serapis«, der »Scarborough«, vor Mondaufgang wurde schon erwähnt. Nun muß berichtet werden, daß ein Begleitschiff der »Richard«, die »Alliance«, gleichfalls näher kam und zurückwich, als der Mond schon über eine Stunde am Himmel stand. Dieses Schiff, unter dem Befehl eines Franzosen, der seiner eigenen Flotte untreu geworden und bei der Einheit, bei der er jetzt diente, verhaßt war, dieses Schiff, das als erstes gegen Paul rebellieren sollte und das sich in der Hauptsache wie ein Feigling vor der Entscheidung gedrückt hatte – diese »Alliance« war jetzt nahe herangekommen. Bei ihrem Anblick wähnte Paul, die Schlacht sei entschieden. Zu seinem Entsetzen aber feuerte die »Alliance« eine Breitseite direkt in das Heck der »Richard«, ohne die »Serapis« zu ritzen. Paul schrie hinüber, sie sollten doch um Gottes willen aufhören, die »Richard« zu zerstören. Statt einer Antwort kam eine zweite, dritte, vierte Breitseite, welche die »Richard« vorne, hinten und mittschiffs traf. Eine der Salven tötete mehrere Mann und einen Offizier. – Mittlerweile bohrten die Kanonen der »Serapis« wie Zimmermannsbohrer oder der Seewurm Remora* am selben verlorenen Schiffsrumpf herum. Nachdem die »Alliance« ihre unbeschreibliche Tat vollbracht hatte, segelte sie weg und feierte. Sie war wie der große Brand von London*, der dem Schwarzen Tode dicht auf den Fersen gefolgt war. Dic »Richard« hatte nun so viele Schußlöcher tief unter der Wasserlinie, daß sie wie ein Sieb zu sinken begann.

»Streicht ihr die Flagge?« schrie der Engländer herüber.

»Streichen? Noch hab' ich den Kampf nicht im Ernst begonnen«, brüllte der sinkende Paul.

Aufforderung und Ablehnung flatterten durch Wirbel von Rauch und Flammen. Beide Schiffe standen nun in Glut. Beide Mannschaften wußten kaum mehr, was tun, ob sie den Feind vernichten oder sich selber retten sollten. Da tauchten plötzlich inmitten all des Aufruhrs hundert menschliche Wesen, die bisher fremd und unsichtbar gewesen, auf. Etwa hundert englische Kriegsgefangene, im Lagerraum der »Richard« eingesperrt, waren in der Verwirrung vom Schiffsprofos freigelassen worden und drangen nun durch die Luken herauf. Einer davon, ein höherer Offizier mit Auszeichnung, der von Paul vor der schottischen Küste gefangengenommen worden war, schlich durch eine Pfortluke, wie ein Dieb durch das Fenster, vom einen Schiff hinüber ins andere und berichtete dem englischen Kapitän, wie die Dinge standen.

Während Paul und seine Offiziere diesen Gefangenen entgegentraten, sprang der Geschützmeister herauf an Deck, und als er keinen seiner Dienstvorgesetzten fand, glaubte er, sie seien tot und er der einzige überlebende Offizier. So rannte er zum »Turm von Pisa«, um die Flagge herunterzuholen. Aber sie war bereits heruntergeschossen und schwamm im Kielwasser hinterher wie das Arbeitshemd eines Matrosen. Als Israel den Geschützmeister da im Rauch herumtappen sah, fragte er ihn, was er suche.

Da stürzte dieser eben an die Reling und rief »Gnade! Gnade!« hinüber zur »Serapis«.

»Ich will dich begnaden!« heulte Israel, und mit der Flachseite des Säbels schlug er den Mann.

»Streicht ihr?« scholl es nun von der »Serapis« herüber.

»Und wie! Aber sicher!« schrie Israel unwillkürlich und versetzte dem Geschützmeister einen Hagel von Streichen.

»Streicht ihr?« tönte es noch einmal herüber von der »Serapis«. Angesichts der wachsenden Verwirrung an Bord der »Richard« infolge des Entweichens der Gefangenen und unter dem Eindruck des Berichtes seines neuen Fahrgastes, der durch die Stückpforte hereingekommen war, zweifelte der Kapitän nicht, daß sich sein Feind jeden Augenblick ergeben müsse.

»Streicht ihr?«

»Jawohl! – Ich zahle die Streiche zurück!« brüllte Paul, der erst jetzt den Anruf überhaupt gehört hatte.

Da der englische Kapitän diese rasende Antwort, wie die anderen, von irgendeiner unzuständigen Seite kommend glaubte, ließ er seine Entermannschaft antreten. Einige von den Leuten sprangen sofort auf die Reling der »Richard«; aber Paul zeigte ihnen, wie Sturmtruppen von Sturmtruppen zurückgeworfen werden; er empfing sie mit seinem tätowierten Arme, an dessen Ende ein Säbel blitzte. Die Engländer wichen zurück, aber erst als ihre Reihen, wie Frühlingsradieschen, unter dem ununterbrochenen Feuerregen, der von den Masten der »Richard« herunterpasselte, bedenklich gelichtet waren.

Ein Offizier der »Richard«, der die zusammengepferchten Gefangenen ganz außer sich sah über die plötzliche Befreiung, aber auch vor Angst, trieb sie vor seiner Degenspitze her an die Pumpen und hielt so das Schiff flott. Auf diese Weise wurde der Irrtum, der zum Verderben hätte führen müssen, zur Rettung. Die Schiffe brannten jetzt so lichterloh in der Takelung, daß beide Seiten die Feindseligkeiten einstellten, um den gemeinsamen Feind unterzukriegen.

Als endlich auf der »Richard« die Ordnung wieder etwas hergestellt war, wuchsen auch ihre Aussichten auf den Sieg wieder, während diejenigen der Engländer, welche sich unter Deck halten mußten, entsprechend schwanden. Schon im ersten Kampfstadium hatte Paul höchstpersönlich eine seiner schwersten Kanonen gegen den feindlichen Hauptmast losgelassen. Der Schuß war ein Treffer gewesen. Seither wankte der Mast bedenklich. Und doch schien es, als ob in dieser Schlacht weder die eine noch die andere Partei Sieger werden könne. Gegenseitige Vertilgung von der Wasseroberfläche schien der einzig mögliche Ausgang solcher Gegnerschaft. Es gereicht daher dem Kapitän Pearson von der »Serapis« zur höchsten Ehre als Mensch, nicht zum Tadel als Offizier, daß er mit eigener Hand seine Flagge herunterholte, um dem Gemetzel Einhalt zu gebieten. Aber noch im selben Augenblick, als ein Offizier von der »Richard« sich hinüberschwang auf die »Serapis«, um den englischen Kapitän zu begrüßen, kam der Erste Leutnant der »Serapis« an Deck und erkundigte sich, ob die »Richard« sich ergeben habe, da sie ihr Feuer abgebrochen.

So unentschieden war der Kampf, daß nach der Übergabe noch einer der beteiligten Kämpfer, der zufällig nicht gesehen hatte, wie die englische Flagge eingezogen wurde, fragen konnte, ob sich die »Serapis« der »Richard« oder die »Richard« der »Serapis« ergeben habe. Ja, sogar als schon der Offizier der »Richard« freundschaftlich mit dem englischen Kapitän plauderte, wurde noch einem Seekadetten der »Richard«, der im Begriffe war, seinem Vorgesetzten auf das besiegte Schiff zu folgen, der Oberschenkel von der Picke in der Hand eines ahnungslosen Enterers der »Serapis« durchbohrt, während ebenso ahnungslos die Geschütze aus den Batterien des formell eroberten Schiffes unter Deck gegen den formellen Eroberer weiterdonnerten.

Aber wenn auch die »Serapis« sich ergeben hatte – es blieben zwei menschenhassende Gegner an Bord der »Richard«, die so leicht nicht zu meistern waren: das Feuer und das Wasser. Die ganze Nacht waren die Sieger damit beschäftigt, der Flammen Herr zu werden. Doch erst bei Tagesanbruch war das Feuer eingedämmt. Obgleich aber die Pumpen ununterbrochen weiterarbeiteten, stieg das Wasser im Schiffsbauch höher und höher. Wenige Stunden nach Sonnenaufgang gab man die »Richard« preis, und ihre Mannschaft wechselte hinüber auf die »Serapis« und die anderen Schiffe von Pauls Geschwader. Um zehn Uhr rollte die »Richard« schwer, des Gemetzels satt, schlingerte lange und ging dann, wie Gomorra von Schwefelwirbelstürmen verzehrt, langsam unter.

Die Zahl der Gefallenen war auf beiden Seiten ungefähr dieselbe; die Hälfte aller am Kampf Beteiligten war entweder tot oder verwundet.

Angesichts dieser Schlacht fragt man sich: Was unterscheidet den aufgeklärten Menschen vom Wilden? Ist Zivilisation wirklich etwas Höheres, oder ist sie bloß ein fortgeschrittener Zustand von Barbarei?

21

Das Weberschiffchen

Eine Zeitlang schießt Paul Jones durch das im übrigen armselige Schicksalsgewebe Israels hin und her wie ein hochroter Faden. Noch einmal vermengt er sich kurze Zeit damit, und schon kehren wir zum schlichten, alten, selbstgewobenen Wolltuch zurück.

Nach dem Siege brach das Geschwader nach Texel* auf, wo es wohlbehalten eintraf. Übergehen wir alle Plackereien in der Zwischenzeit, und begnügen wir uns festzuhalten, daß Paul und Israel (da jeder aus anderen Beweggründen begierig war, nach Amerika heimzukehren) nach einigen Monaten der Untätigkeit in militärischer Hinsicht mit dem Kriegsschiff »Ariel« nach diesem Lande steuerten, Paul als Befehlshaber, Israel als Schiffsprofos.

Kaum zwei Wochen auf See, stießen sie nachts auf ein fregattenartiges Schiff, das sie für einen Feind hielten. Die Schiffe näherten sich bis auf Rufweite, wobei beide zur Täuschung des Gegners die englische Flagge wiesen, als gehörten sie zur britischen Flotte. Eine ganze Stunde unterhielten sich so die beiden Kapitäne doppelsinnig durch ihr Sprachrohr. Es war in der Tat ein äußerst vorsichtiges, gewandtes, irreführendes diplomatisches Zwiegespräch. Schließlich verriet Paul ein wenig Zweifel an der Zuverlässigkeit der Behauptungen des Fremden und gab seinem Wunsch Ausdruck, er möchte doch ein Boot aussetzen und an Bord kommen, um seinen Offiziersausweis vorzuzeigen, worauf der andere sehr freundlich erwiderte, leider sei sein Boot ganz leck. Mit der gleichen Liebenswürdigkeit machte ihn Paul auf die Gefahr einer Weigerung hin aufmerksam, was den anderen so ärgerte, daß er unvermittelt zurückrief, er bürge für zwanzig Geschütze und sowohl er als auch seine Leute seien waschechte Engländer. Hierauf sagte Paul, er gewähre ihm genau fünf

Minuten Zeit, sich die Sache noch einmal ruhig zu überlegen. Als diese knappe Frist um war, hißte Paul die amerikanische Flagge, fuhr dicht unter das Heck des Gegners und griff an. Es war etwa um acht Uhr abends, als dieser seltsame Streit mitten auf dem Ozean vom Zaun gebrochen wurde. Warum können die Menschen auf dieser großen Allmende nicht Frieden halten? Oder gibt die Natur mit ihren ungestümen Nachtschwärmern, den Wellen, dem Menschen nur ein schlechtes Beispiel?

Nach zehnminütigem Geschützfeuer strich der Fremde die Flagge und rief herüber, die Hälfte seiner Leute seien tot. Die Mannschaft der »Ariel« schrie: »Hurra!« Die Enterer wurden zum Sturmangriff aufgeboten. In diesem Augenblick änderte die Beute ihre Stellung, so daß sie ihren Bug abwandte und ihr langer Besanbaum leewärts schräg über dem Achterschiff der »Ariel« zu liegen kam. Israel, der in nächster Nähe stand, packte ihn unwillkürlich – genau wie er den Klüverbaum der »Serapis« gepackt hatte – und sprang gleichzeitig, da man ihm zurief, festzuhalten, in der Aufregung des Augenblicks tapfer auf die Spiere, um sich an Deck des Fremdlings zu hissen, in der Annahme natürlich, die richtige Entermannschaft werde ihm auf den Fersen folgen. Doch die Segel des unbekannten Schiffes schwellten sich plötzlich, es fing an, durch die See zu gleiten, wobei sein Besanbaum, obwohl er sich noch nicht gelöst hatte, keinen Widerstand leistete. Israel, der sich in der Mitte des Baumes festklammerte, sah sich bald von der »Ariel« durch einen Abstand getrennt, den er unmöglich überspringen konnte. Inzwischen hatte Paul, sobald er falsches Spiel witterte, alle Segel beigesetzt; aber der Fremdling hatte schon einen Vorsprung und setzte alles dran, seine Flucht gelingen zu lassen, obwohl er von dem betrogenen Eroberer hartnäckig verfolgt wurde.

In der Verwirrung hatte niemand den Sprung unseres Helden bemerkt. Als aber die Entfernung immer größer wurde, gewahrte ein Offizier des unbekannten Schiffes einen Mann an der Spiere, und da er ihn für einen seiner eigenen Leute hielt, fragte er ihn, was er dort treibe.

»Die Signalfallen klarmachen, Sir«, erwiderte Israel und hantierte mit dem Seil, das zufällig in der Nähe baumelte.

»Nun, faß an, und komm herunter, sonst wirst du alsbald Bugspritzer auf den Pelz kriegen.« Er meinte die Buggeschütze der »Ariel«.

»Jawohl, Sir«, sagte Israel und sprang sofort an Deck, und bald fand er sich mitten unter etwa zweihundert englischen Matrosen eines geräumigen Kaperschiffes. Auf den ersten Blick sah er, daß die Behauptung, die halbe Mannschaft sei getötet, bloß ein Betrug gewesen war, um entkommen zu können. Ständig wurden Befehle ausgegeben, dieses oder jenes Tau zu straffen, da das Schiff alle Segel zur Flucht beisetzte. Diesen Befehlen gehorchte Israel sofort wie alle anderen und zog am Takelwerk so wacker wie die besten unter ihnen, obwohl wahrhaftig sein Herz mit jedem Ruck, mit dem er den Abgrund zwischen sich und seiner Heimat wiederum aufriß, tiefer und tiefer sank.

Zuweilen überlegte er, was er tun solle. Im Schutz der Dunkelheit der Nacht und der Zahl der Leute und da er so ziemlich dieselbe Uniform trug wie sie, fiel es ihm nicht schwer, sich bis zum anderen Morgen als einen der Ihren auszugeben. Doch das Tageslicht würde ihn bestimmt entlarven, wenn er nicht irgendeinen schlauen Ausweg fand. Wenn man entdeckte, wer er sei, wartete seiner bei der Ankunft des Schiffes im Hafen mindestens das Gefängnis.

Es war eine verzweifelte Lage, und nur ein ebenso verzweifeltes Wagnis konnte ihn retten. Eins war gewiß: Verstecken konnte er sich nicht. Dreistes Auftreten war noch das aussichtsreichste. Da er bemerkt hatte, daß die Seeleute, die nicht eigentlich zur Flotte gehörten, keine Uniform trugen, zog unser Held seine Jacke, das einzige Kleidungsstück, das ein Kennzeichen trug, aus und warf sie heimlich über Bord, so daß er jetzt nur noch sein dunkelblaues Wollhemd und die blaue Weste trug.

Was Israel um so mehr dazu ermunterte, war der Umstand, daß das Schiff kein Franzose oder sonst ein Fremdling war, sondern daß seine Mannschaft, obwohl feindlich, dieselbe Sprache redete wie er. So stieg er schließlich sehr gelassen in den Großmars empor, setzte sich auf ein altes Segel, das dort lag, neben acht oder zehn Toppgäste und bat kaltblütig um Tabak.

»Ein Priemchen Tabak übrig, Kamerad?« sagte er, als er sich auf seinem Sitz niederließ.

»Hallo«, sagte der fremde Seemann, »wer bist du denn? Verschwinde aus dem Mastkorb! Die Vor- und die Kreuzmarsleute lassen uns auch nicht herein und nehmen's übel, wenn wir einen von ihnen hereinlassen, also fort mit dir!«

»Bist du blind oder übergeschnappt, alter Knabe«, fuhr Israel fort, »ich bin doch ein Marsgast, oder etwa nicht, Jungs?« wandte er sich an die übrigen.

»Es gehören nur zehn Großmarsgäste zu unserer Wache; wenn du einer davon bist, so macht das ja elf«, sagte ein zweiter Seemann. »Marsch, raus aus dem Korb!«

»Das ist denn doch zu dick, Kameraden«, rief Israel, »einem alten Toppgefährten so zu kommen! Na, Schluß damit, ihr seid ja nicht recht beisammen. Her mit dem Tabak!« Und noch einmal wandte er sich in der selbstverständlichsten Vertraulichkeit an den Seemann neben sich.

»Hör mal«, erwiderte der andere, »wenn du dich jetzt nicht dünnmachst, du verschlagener Spion aus dem Kreuzmars, so schmeißen wir dich hinunter wie einen Leesegel-Fallblock.«

Da Israel sah, daß nichts bei der Gesellschaft zu machen war, zog er mit erheucheltem Protest ab.

Er hatte es mit dieser List versucht und wollte es trotz des ersten Mißerfolges noch einmal damit wagen, weil in Kriegsschiffen die Leute gewöhnlich gruppenweise ihren besondern Posten und Beschäftigungen zugewiesen sind. Darum mußte Israel, wenn er nicht schließlich doch entlarvt sein wollte, irgendwie als zu einer dieser Gruppen gehörend anerkannt werden. Sonst war ihm als einsamem Bummler früher oder später Entdeckung sicher, insbesondere bei der nächsten Musterung. Natürlich war die erwähnte Hoffnung so ziemlich aussichtslos; doch es war seine einzige und mußte darum erprobt werden.

Eine Weile mischte er sich so unter die Hauptwache; dann verzog er sich zum Vorderkastell unter die Rüstankerleute, die eben im Begriff waren, alle Umstände des letzten kühnen Gefechts eingehend zu erörtern, und die ihrer Meinung Ausdruck gaben, bei Tagesanbruch werde ihr Verfolger hinter dem Horizont verschwunden sein.

»Das will ich glauben«, warf Israel dazwischen und gesellte sich zu ihnen. »So eine alte Scharteke, natürlich. Aber haben wir ihr nicht ordentlich aufgepfeffert, Jungs? Wer hat ein bißchen Kautabak? Keiner gefallen, soviel ich gehört habe. War das nicht ein feiner Streich, den wir ihr gespielt haben? – Haha! Aber gebt mir einen Mundvoll!«

Im überschwenglichen gemeinsamen Vaterlandstaumel des Augenblicks reichte einer der alten Seebären großmütig seine Pfrieme unserem Abenteurer, der sie, nachdem er sich bedient hatte, zurückgab und die Frage nach den Toten und Verwundeten wiederholte.

»Na«, sagte der Alte mit dem Tabak, »Jack Jewboy hat mir eben mitgeteilt, es seien nur sieben Leute zum Arzt hinuntergebracht worden, aber keiner sei tot.«

»Gut, gut, Jungs!« rief Israel und stieg hinauf zu einer der Geschützlafetten, wo drei bis vier Leute saßen. »Rückt zusammen, Burschen, rückt zusammen, und laßt einen Wachgenossen neben euch sitzen!«

»Alles besetzt hier, Jung'; versuch's bei der nächsten Kanone.«

»Leute, macht mir Platz da«, sagte Israel und schritt wie einer von der Familie auf das Geschütz zu.

»Wer zum Teufel bist denn *du*, der da so einen Lärm verführt?« fragte ein finster blickender Alter, ein Quartiermeister der Back, »du machst mir ein bißchen zuviel Radau. Gehörst du überhaupt zur Back?«

»So gut wie der Bugspriet«, erwiderte Israel schlagfertig.

»So laß dein Gesicht sehn!« Und eine Gefechtslaterne unter einem Geschütze hervorholend, trat der alte Veteran dicht unter Israels Nase, bevor er Zeit hatte, zu verschwinden.

»So nimm das!« sagte sein Gegner und versetzte Israel einen fürchterlichen Schlag, vertrieb ihn mit Schimpf und Schande vom Vorderkastell als einen unbekannten Eindringling aus irgendeinem abgelegenen Winkel des Schiffes.

Mit ähnlicher Unverfrorenheit und Beharrlichkeit versuchte es Israel in anderen Teilen des Schiffes. Aber mit demselben üblen Erfolg. Vom Gruppengeist besessen, wollte kein geselliger Kreis ihn aufnehmen. Als letzte Zuflucht tauchte er bei den Schiffsraumarbeitern unter.

Einige von ihnen saßen rund um eine Laterne in den finsteren Tiefen des Schiffes, wie ein Knäuel Kohlenbrenner im Föhrenwald um Mitternacht.

»Na, Jungs, was gibt's für gute Nachrichten?« sagte Israel und näherte sich sehr freundlich, hielt sich aber soviel wie möglich im Dunkel.

»Die gute Nachricht lautet«, versetzte ein bissiger alter Kuhlgast, »du würdest am besten abhauen, wohin du gehörst – an Deck –, und nicht hier unten herumlungern, wo du nichts verloren hast. So hast du dich wohl auch während des Gefechts gedrückt.«

»Ach, du bist heut abend knurrig, Kamerad«, scherzte Israel. »Das Nachtessen drückt dir aufs Gewissen.«

»Mach, daß du aus dem Schiffsraum verschwindest!« brüllte der andere. »An Deck, oder ich ruf' den Schiffsprofosen.«

Wieder machte sich Israel aus dem Staube.

Nun wagte er einen allerletzten Versuch, sich offen unter die Mannschaft zu mischen; obwohl höchst widerwillig, ging er zu den Kuhlgästen, der niedrigsten sozialen Schicht, dem Abschaum und Bodensatz auf einem Kriegsschiff, den Meeresparias; zu ihnen gehören alle Faulpelze, alle Unfähigen, alle Pechvögel und Unglücksraben, alle Schwermütigen, alle Gebrechlichen, alle rheumatischen Taugenichtse, Tunichtgute, ruinierten Lebesöhnchen, rußigen Gesichter und Schweinehirten der Mannschaft, sogar solche in schrecklichen Fetzen.

Eine traurige, zerlumpte, trübsinnige Reihe saß kummervoll

dem Geschützdeck entlang wie eine Schar niedergeschlagener Strolche, die aus der zivilisierten Menschheit ausgestoßen worden waren.

»Kopf hoch, Leute«, rief Israel in heiterem Tone, »es geht ja heimwärts! Laßt mich zu euch sitzen, Freunde!«

»Oh, setz dich auf den Kopf, meinetwegen!« brummte ein mürrischer Kerl in der Ecke.

»Laß das doch jetzt, kein Geknurr; es geht ja der Heimat zu. Hallo, meine Freunde!«

»Dem Armenhaus zu, willst du sagen«, murmelte ein anderer kläglicher Kerl in geflicktem Hemd.

»O Jungs, seid doch nicht so niedergeschlagen! Laßt uns fröhlich sein; einer von euch soll uns ein Lied singen, und ich mache den Chor dazu.«

»Sing, wenn's dir Spaß macht; aber ich jedenfalls werd' mir die Ohren zustopfen«, sagte wieder ein anderer verdrießlicher Schelm, dessen Zehen aus den Seestiefeln guckten, und die ganze Gesellschaft stimmte ihm mit einem Sturm von Menschenhaß zu.

Israel aber ließ sich nicht entmutigen und fing an: »Halt ein, rauher Nord, und laß dein Geheul!«

»Und du laß dein Geknarr, bitte!« schrie einer mit verbeultem Teerhut. »Hast du 'ne Kugel in die Luftröhre gekriegt, daß du so hustest? Du pfeifst ja ärger als ein Blasebalg ohne Schnabel. Mach Schluß mit deinem Gestöhn; es ist ja schlimmer als Todesröcheln.«

»Was, ist das die Art, wie man einen Kollegen behandelt, der seine Freunde aufheitern möchte?« meinte Israel vorwurfsvoll. »Schämt euch, Jungs! Kommt, laßt uns gesellig sein! Wer will uns ein Garn spinnen? Unterdessen kann mir einer den Rücken reiben.« Und keck lehnte er an seinen Nachbarn.

»Hörst du wohl auf?« brüllte sein Freund und schob ihn weg.

»Doch, wer ist denn der Kerl da, der singen, sich anbiedern und Garn spinnen will? Wer bist du? Bist du ein Kuhlgast, oder bist du's nicht?«

Mit diesen Worten wankte einer aus der grämlichen, albernen Schar herzu und pflanzte sich vor Israel hin. Doch es gab ein oberes und ein unteres Deck, und die Laterne schaukelte in der Ferne. Es war viel zu dunkel, um deutlich zu unterscheiden.

»Jedenfalls, so ein plärrender Kerl gehört nicht zu unserer Schar, das ist sicher«, behauptete er schließlich bestimmt, nachdem er umsonst das Geheimnis zu ergründen gesucht hatte. »Absegeln, marsch!«

Und wieder wurde Israel mit einem Puff ausgestoßen.

Nachdem er so von jeder Gesellschaft abgewiesen worden war, ging er niedergeschlagen an Deck. Solange ihn die Nacht wenigstens schützte, sofern er sich begnügte, immer wieder seinen Aufenthaltsort zu wechseln, ging alles gut; es war sein Bestreben, sich irgendwo anzubiedern; aber das brachte ihn unfehlbar in Gefahr. Endlich, erschöpft, fand er sich zufällig auf dem Zwischendeck, wo die Freiwache schlief. Etwa hundertundfünfzig Hängematten hingen da. Da er eine leer fand, sprang er hinein, in der Hoffnung, das Glück könnte ihm vielleicht doch noch hold sein. Hier, im schwülen, geschlossenen Raum, schlief er tief ein. Er erwachte, als ein wilder, bärtiger Geselle aus der anderen Wache ihn am Hosenbund packte, auf die gemeinste Weise herauszerrte und ihn wütend als Drückeberger brandmarkte.

Auf die Füße springend, bemerkte Israel am Getümmel und Getriebe auf dem Zwischendeck, daß jetzt die Wachen abgelöst wurden. Denn wo vorher die ruhig dösenden Schläfer gelegen hatten, da wimmelte es jetzt von Leuten, die in ihre Hängematten kletterten. So ging er hinauf und versuchte erneut, sich in den Umgang der frischen Leute, die dort versammelt waren, einzuschleichen, wurde aber wie zuvor nacheinander abgewiesen. Schließlich, bei Tagesgrauen, bemerkte ein jähzorniger Bursche, dessen starrsinnigen Widerstand unser Held lange umsonst zu brechen gesucht hatte, daß Israel im fahlen Morgenlicht etwas ungewohnt Fremdartiges an sich hatte; so bestand er roh auf einer klaren und bestimmten Auskunft, wer er sei. Die Antwort schürte noch seinen Verdacht. Weitere Leute traten herzu, bis zuletzt ein ganzer Kreis um ihn herumstand. Matrosen aus entfernten Ecken des Schiffes kamen näher; zuerst einer, dann ein zweiter und dritter, die erklärten, auch sie seien in ihrem Quartier von einem Strolch belästigt worden, der sich anbiedern wollte und der sich in die anständige Gesellschaft einzudrängen versuchte. Umsonst bestritt Israel. Die Wahrheit drang wie das Sonnenlicht mehr und mehr an den Tag. Immer schärfer und schärfer wurde er ausgeforscht. Endlich kam der Augenblick, da alle Mann an Deck erschienen. Als die andere Wache, bei der es Israel zuerst versucht hatte, heraufstieg und die strittige Sache erfuhr, bestätigten die Leute, auch sie seien belästigt worden und jemand Unbekannter habe sie während der Nacht hintergehen wollen; höchstwahrscheinlich sei er der Mann, um den es sich handle. Zuletzt erschien der Schiffsprofos mit seinem Bambusrohr, packte den armen Israel kurzerhand am Kragen und führte den rätselhaften Sünder vor den Deckoffizier. Dieser hörte sich die Anklagen an, musterte den Mann höchst verwundert, sagte, er kenne dieses Gesicht überhaupt nicht, und bat die jüngeren Offiziere, ihre Meinung beizusteuern. Diese Offiziere aber waren ebenso in Verlegenheit.

»Wer zum Teufel bist du?« fragte schließlich der Manöveroffizier und geriet noch mehr in Verwirrung. »Woher stammst du? Was ist deine Beschäftigung? Wo ist dein Posten? Wie heißt du? Wer bist du überhaupt? Wie bist du hergekommen, und wohin willst du?«

»Sir«, erwiderte Israel sehr bescheiden, »ich will an meine regelmäßige Arbeit, falls Sie es mir bloß gestatten. Ich gehöre zum Großmars und sollte jetzt damit beschäftigt sein, das Bramleesegel zum Aufhissen bereitzumachen.«

»Zum Großmars? Was, diese Leute da behaupten, du hättest versucht, dich beim Vormars, beim Kreuzmars, beim Vorderkastell und im Schiffsraum und in der Kuhl und überall auf dem Schiff einzuschleichen. – Das ist doch sonderbar!« fügte er hinzu und wandte sich an die jüngeren Offiziere.

»Er muß von Sinnen sein«, meinte einer von ihnen, der Navigationsoffizier.

»Von Sinnen?« fiel der Manöveroffizier ein. »Er ist total verrückt, hat den Verstand und das Gedächtnis total verloren! Keiner kennt ihn ja, niemand hat ihn je vorher gesehen, kein Phantast, auch nicht in der wildesten Phantasie eines krankhaften Wahns, hat auch von ihm nur geträumt! – Wer bist du?« fragte er wieder, außer sich vor Verwunderung. »Wie ist dein Name? Bist du in den Schiffsbüchern eingetragen oder überhaupt im Verzeichnis der Natur?«

»Mein Name ist Peter Perkins, Sir«, sagte Israel, der für gescheiter hielt, seinen wirklichen Namen zu verheimlichen.

»Diesen Namen habe ich bestimmt nie zuvor gehört. Bitte, sieh nach, ob Peter Perkins in den Gefechtsrollen steht!« befahl er einem Seekadetten. »Flink, bring das Buch her!«

Als er es erhalten hatte, fuhr er mit dem Finger den Kolonnen entlang; dann warf er das Buch hin und erklärte, kein derartiger Name sei da. »Du bist nicht eingetragen. Es ist kein Peter Perkins hier. Sag mir augenblicklich, wer du bist!«

»Es ist schon möglich, Sir«, sagte Israel feierlich, »da ich betrunken war, als ich an Bord kam; vielleicht habe ich im Rausch einen fremden Namen statt den richtigen angegeben.«

»Nun denn, welchen Namen führst du bei deinen Schiffskameraden, seit du an Bord kamst?«

»Peter Perkins, Sir.«

Hierauf wandte sich der Offizier an die Leute rundum und erkundigte sich, ob ihnen ein Kamerad dieses Namens bekannt sei. Alle bis auf den hintersten Mann verneinten es.

»Das verfängt nicht«, sagte nun der Offizier. »Du siehst, das verfängt nicht. Wer bist du?«

»Ein armer, verfolgter Kerl in Ihren Diensten, Sir.«

»Wer verfolgt dich?«

»Alle, Sir. Alle Leute scheinen gegen mich zu sein; niemand will mich erkennen.«

»Sag mir«, fragte der Offizier ernsthaft, »wie weit reicht dein

Gedächtnis zurück? Erinnerst du dich an gestern früh? Du mußt durch so etwas wie Spontanzündung im Schiffsraum ins Dasein gelangt sein, oder wurdest du gestern abend in einer Kartusche an Bord geschossen. Kannst du dich an gestern erinnern?«

»O ja, Sir.«

»Was triebst du denn gestern?«

»Na, Sir, erstens einmal hatte ich die Ehre eines kleinen Gesprächs mit Ihnen, scheint mir.«

»Mit *mir*?«

»Jawohl, um neun Uhr morgens. Die See war glatt, und das Schiff machte, glaube ich, etwa sieben Knoten. Sie kamen herauf in den Großmars, zu dem ich gehöre, und waren so gnädig, mich um meine Meinung zu fragen hinsichtlich der besten Art, ein Bramleesegel aufzuhissen.«

»Er ist verrückt! Er ist tatsächlich verrückt!« sagte der Offizier überwältigt und vollkommen überzeugt. »Führt ihn weg! Führt ihn weg! Führt ihn weg! Steckt ihn irgendwohin, Schiffsprofos! Halt, nur noch einen Versuch! – Zu welcher Messe gehörst du?«

»Nummer zwölf, Sir.«

»Tidds«, sagte er zu einem Seekadetten, »hol Messe Nummer zwölf vor den Mast!«

Zehn Seeleute leisteten dem Befehl Folge und stellten sich vor Israel auf.

»Leute, gehört dieser Mann zu eurer Messe?«

»Nein, Sir; wir sehen ihn heute morgen zum erstenmal.«

»Welches sind die Namen dieser Leute?« fragte er Israel.

»Nun, Sir, ich stehe auf so vertrautem Fuß mit ihnen allen« – und dabei schaute er sie freundlich an –, »daß ich sie nie bei ihrem wahren Namen rufe, sondern bei ihren Spitznamen. Und da ich ihren wahren Namen nie brauchte, habe ich sie vergessen. Ihre Spitznamen sind Zauser, Schmauser, Lauser und Mauser.«

»Schluß damit! Verrückt wie ein Märzhase. Weg mit ihm! – Doch halt!« fügte der Offizier wieder hinzu, da er sich seltsamerweise immer noch nicht von der fruchtlosen Untersuchung trennen konnte. »Wie heiße *ich* denn?«

»Ach, Sir, einer meiner Messegenossen da nannte Sie eben Leutnant Williamson, und ich habe Sie nie bei einem anderen Namen rufen hören.«

Es ist Methode in seiner Narrheit, dachte der Offizier im stillen. »Und wie heißt der Kapitän?«

»Nun, als wir gestern abend mit dem Feind sprachen, hörte ich ihn durch das Sprachrohr Kapitän Parker sagen; und vermutlich kennt er seinen eigenen Namen.«

»Jetzt hab' ich dich ertappt. Das ist gar nicht des Kapitäns richtiger Name.«

»Das kann er selbst am besten entscheiden, Sir, wie sein Name lautet, scheint mir.«

Jetzt wandte sich der Offizier nachdenklich an seine jüngeren Kollegen und sagte: »Wenn meine Vermutung nicht aus anderen Gründen absurd wäre, so würde ich bestimmt schließen, dieser Mann sei gestern nacht auf irgendeine unerklärliche Weise vom Feind zu uns herübergekommen.«

»Wie hätte das auch geschehen können?« fragte der Navigationsoffizier.

»Weiß der Himmel! Doch unser Besanbaum streifte das andere Schiff, als wir manövrierten, um in Schuß zu kommen, wie Sie wissen.«

»Aber angenommen, er hätte auf diese Weise herübergelangen können, was doch unter all den bekannten Umständen ausgeschlossen ist, was hätte ihn veranlaßt, so freiwillig zu den Feinden hinüberzuwechseln?«

»Er soll selber antworten!« sagte der Offizier und wandte sich plötzlich an Israel, um ihn mit einer selbstverständlichen Voraussetzung im entscheidenden Augenblick zu überrumpeln.

»Antworte! Warum sprangst du gestern abend vom Feind herüber?«

»Herüberspringen, vom Feind? Was? Mein Standort im Gefecht, Sir, ist doch beim Geschütz Nummer drei auf dem untern Deck hier.«

»Er ist übergeschnappt – oder ich bin verdreht – oder die ganze Welt ist es! Führt ihn ab!«

»Doch wohin soll ich ihn führen, Sir?« fragte der Profos. »Er scheint nirgendwohin zu gehören. Wohin – wohin soll ich ihn führen?«

»Aus meinen Augen«, sagte der Offizier, der jetzt über seine eigene Verlegenheit erbost war. »Ich will ihn nicht mehr sehen, sag' ich!«

»So komm denn mit, Geist«, sagte der Profos. Er packte das Phantom beim Kragen und führte es hin und her, da er gar nicht wußte, was er damit anfangen solle.

So verging etwa eine Viertelstunde, als der Kapitän aus seiner Kabine trat und bemerkte, wie der Profos Israel so planlos umherführte. Er erkundigte sich nach dem Grund seines Vorgehens und gab zum Ausdruck, es sei gegen seinen ausdrücklichen Befehl, neue und erniedrigende Strafen über seine Leute zu verhängen. »Hören Sie mal, Profos. Zu welchem Zweck führen Sie eigentlich den Mann da umher?«

»Zu gar keinem, Sir. Ich führe ihn umher, weil er keinen endgültigen Bestimmungsort hat.«

»Herr Manöveroffizier, was soll das heißen? Wer ist dieser merkwürdige Mann? Ich kann mich nicht an ihn erinnern. Wer ist es? Und was bezweckt dieses Umherführen?«

Nun warf sich der Manöveroffizier in tragische Positur und berichtete das ganze Rätsel zur großen Verwunderung des Kapitäns, der sich sofort entrüstet an das Phantom wandte.

»Du Spitzbube – untersteh dich, mich hinters Licht zu führen! Wer bist du, und wo warst du zuletzt?«

»Sir, mein Name ist Peter Perkins, und ich war eben auf dem Vorderkastell, wohin mich der Profos zuletzt führte, bevor ich hierherkam.«

»Keine schlechten Witze!«

»Sir, es ist wirklich eine zu ernste Angelegenheit, als daß ich Lust hätte, schlechte Witze zu machen.«

»Haben Sie die Stirn, zu behaupten, Sie seien als richtig angeworbener Mann immer an Bord dieses Schiffes gewesen, seit es vor zehn Monaten von Falmouth* wegfuhr?«

»Sir, da ich mir einen Platz unter einem so vorzüglichen Herrn sichern wollte, war ich einer der ersten, die sich anwerben ließen.«

»In welchen Häfen sind wir angelaufen?« fragte der Kapitän etwas sanftmütiger.

»Häfen, Sir, Häfen?«

»Jawohl, Häfen.«

Israel fing an, sich in seinem gelben Haar zu kratzen.

»Welche Häfen?«

»Nun – Boston, zum Beispiel.«

»Richtig«, flüsterte ein Seekadett. »Welches war der nächste Hafen?«

»Nun, Sir, ich sagte doch, Boston sei der *erste* Hafen gewesen, oder? – Und –«

»Den zweiten Hafen will ich hören.«

»Nun – New York.«

»Wieder richtig«, flüsterte der Seekadett.

»Und welches ist jetzt unser Bestimmungshafen?«

»Warten Sie mal – heimwärts – Falmouth, Sir.«

»Was für ein Ort ist Boston?«

»Ein recht wichtiger Ort, Sir.«

»Ziemlich gerade Straßen, was?«

»Jawohl, Sir; Viehfährten, die mit Schaftriften abwechseln und durchquert sind von Hühnerpfaden.«

»Wann feuerten wir das erste Geschütz ab?«

»Nun, Sir, vor zehn Monaten natürlich, als wir Falmouth verließen – die Signalkanone, Sir.«

»Wo feuerten wir die erste mit Kugeln geladene Kanone ab – und wie hieß das Kaperschiff, auf das wir bei dieser Gelegenheit schossen?«

»Ich glaube, ich war damals auf der Krankenliste, Sir. Ja, damals muß es gewesen sein; ich hatte Gehirnentzündung und war eine Zeitlang bewußtlos.«

»Profos, führen Sie diesen Mann ab.«

»Wohin soll ich ihn führen, Sir?« sagte er, mit der Hand an der Mütze.

»Gehen Sie, und setzen Sie ihn ein wenig an die Luft auf dem Vorderkastell.«

So nahmen sie ihre Wanderungen wieder auf. Endlich stiegen sie in das Zwischendeck hinunter. Da es eben Frühstückszeit war, stellte der Profos, ein gutmütiger Mann, unseren Helden freundlich seiner eigenen Messegesellschaft vor und gab ihm zu essen. Währenddessen bemühte er sich umsonst, mit allerlei feinen Liebenswürdigkeiten ihm sein Geheimnis zu entlocken.

Schließlich wurde Israel auf freien Fuß gesetzt, und wenn irgend etwas Wichtiges zu tun war, meldete er sich freiwillig mit so fröhlicher Dienstbereitschaft und erwies sich als ein so lenksamer und ausgezeichneter Seemann, daß er die Anerkennung sämtlicher Offiziere und sogar des Kapitäns gewann, während seine unterschiedslose Leutseligkeit endlich die mißtrauischen Gemüter der Matrosen für ihn einnahm. In Anbetracht seiner vorzüglichen Eigenschaften sowohl als Seemann wie als Mensch bewarb sich der Großmarsälteste um seine Zulassung zu seiner Schiffsabteilung. Dort diente unser Held, seinen guten Ruf noch erhöhend, für den Rest der Reise.

An einem lieblichen Nachmittag, dem letzten auf dieser Fahrt, als sich das Schiff dem Kap Lizard*, ein paar Segelstunden vom Hafen entfernt, näherte, schaute der Manöveroffizier zufällig hinauf zum Großmars. Dort erblickte er Israel, wie er sehr gemütlich über die Reling lehnte und müßig auf die Stelle hinunterblickte, wo der Offizier stand.

»Na, Peter Perkins, es scheint, du gehörst tatsächlich zum Großmars.«

»Ich hab's ja immer gesagt, Sir«, lächelte Israel wohlwollend zu ihm hinunter, »obwohl Sie es anfänglich nicht glauben wollten; Sie erinnern sich doch?«

22

Samson unter den Philistern

Endlich, als das Schiff an drei oder vier vor Anker liegenden Schiffen vorbeiglitt – wovon eines, ein Kriegsschiff, eben die Segel beschlug – und der Stadt Falmouth näher kam, sah Israel von seinem hohen Sitz aus die Menschenmenge in heftiger Aufregung am Ufer, während die Dächer rundum von Schaulustigen bedeckt waren. Ein großer Kriegskutter setzte gerade seine Besatzung an Land, darunter eine Korporalswache und drei Offiziere, außer dem Seeleutnant und der Bootsmannschaft. Nachdem ein Teil dieser Leute gelandet war und eine Art Spalier durch den Pöbel gebildet hatte, standen zwei schmucke, bis auf die Zähne bewaffnete Soldaten von den Achtersitzen auf und zwischen ihnen ein kriegerischer Mann von patagonischem Wuchs; es war ihr zerlumpter und gefesselter Gefangener, dessen trotziges Haupt sie überragte wie die Kuppel von St. Pauls seine niedrigeren Seitentürme. Augenblicklich brach der Pöbel in ein Gebrüll aus und drängte voller Neugierde an den hünenhaften Fremdling heran, so daß vier von den Soldaten ihre Degen zogen, um ihren nachfolgenden Kameraden und dem Riesen den Durchgang zu erzwingen.

Als das Kaperschiff noch näher herankam, hörte Israel, wie der kommandierende Offizier der Leute an Land rief: »Zum Schloß! Zum Schloß!« So bewegte sich die Gruppe, vom schreienden Gedränge umringt, vorwärts, angeführt von vier gezückten Schwertern, mit denen die Aufrührer immer wieder bedroht wurden, und zogen nach einem mächtigen, grimmigen Gebäudeblock auf einem Felsen, etwa eine Meile von der Landungsstelle entfernt. Solange sie zu sehen waren, ragte die mächtige, zuweilen schwankende Gestalt des Gefangenen über die blitzenden Bajonette und Stutzsäbel hinaus, wie ein riesiger Wal mitten in einem feindlichen Schwarm von Schwertfischen emporschießt; hie und da auch verhöhnte er sie mit der Verachtung des Wilden, indem er mit seinen gefesselten Händen unbeholfen herumfuchtelte.

Als endlich das Schiff einem abseitsliegenden, einsamen Lagerhaus gegenüber vor Anker gegangen war, war alles still geworden; und da die Arbeit des Verstauens im Schiffsraum sofort einsetzte und bis zum Anbruch der Nacht fortdauerte, hatte niemand mehr Zeit, an etwas anderes zu denken.

Der nächste Tag war ein Sonntag, und gegen Mittag durfte Israel mit den anderen an Land gehen und einen Spaziergang machen. Die Stadt war ruhig. Da er dort nichts Unterhaltendes fand, wanderte er allein längs des Ufers in die Felder hinaus und war alsbald im Begriff, den Felsen zu erklettern, auf dem der grimmige Häuserblock ragte, wovon eben die Rede war.

»Was ist das dort für ein Gebäude?« fragte er einen vorübergehenden Bauern.

»Schloß Pendennis.«

Wie er so auf dem kurzen, krausen Rasen unter den Mauern dahinschritt, fuhr er plötzlich zusammen; denn ein wilder Laut, wie das Gebrüll eines gemarterten Löwen, drang heraus. Bald darauf wurde der Laut verständlich, und er hörte die Worte, mit überraschender Kraft hervorgestoßen: »Prahl nicht länger, Altes England! Denk dran, du bist bloß eine Insel! Ruf deine zerschlagenen Bataillone zurück! Heim, und bereue in Asche! Lang genug haben deine Söldlinge, die Tories, auf allen Meeren Gott ihren Herrn vergessen und haben sich verbeugt vor Howe* und Kniphausen* – dem Hessen! – Hände weg, rothäutiger Schakal! Da ich des Königs Geschirr trage, habe ich Berge von Wut gegen euch, ihr Briten.«

Dann erscholl ein Rasseln wie von Ketten, ein Schwall rachsüchtiger Laute wirr durcheinander und dann ein Ringkampf. Dann wieder die Stimme: »Ihr habt mich hier herausgeschleppt, von meinem Burgverlies auf diesen Anger – eine Beleidigung für jene Sabbat-Sonne –, um zu erfahren, wie ein Rebell aussieht. Ich aber zeige euch, wie ein anständiger Gentleman und

Christ sich im Elend zu benehmen weiß. Zurück, ihr Hunde! Habt Ehrfurcht vor einem Gentleman und Christen, auch wenn er tatsächlich in Lumpen geht und nach Kimmwasser riecht.«

Voller Verwunderung über diese Worte, die über eine schwere, feste Mauer, offenbar um einen freien Paradeplatz, herabklangen, eilte Israel vorwärts und kam bald zu einem schwarzen Bogengang, der unterirdisch durch einen Turm weit hinein zu einem grasbewachsenen Platz führte. Wie zwei Stoßzähne eines Wildschweins standen zwei Schildwachen auf beiden Seiten des offenen Bogenrachens. Einen Augenblick prüften sie unseren Irrfahrer und bedeuteten ihm hierauf, er dürfe eintreten.

Am Ende des Bogenganges, wo die Sonne schien, angelangt, blieb Israel vor dem Schauspiel, das sich ihm bot, gebannt stehen.

Wie ein geschundener Stier in der Arena kroch der patagonierhafte Gefangene wie vorher in Handfesseln. Das Gras des Angers war um ihn herum, von seinen eigenen Bewegungen und denjenigen der Leute rundum, zertrampelt und verdorben. Außer einigen Soldaten und Seeleuten schienen überwiegend Menschen aus der Stadt da zu sein, die aus bloßer Neugierde herbeigeströmt waren. Der Unbekannte war nach fremdländischer Art mit den traurigen Überresten eines halb indianischen, halb kanadischen Gewandes bedeckt, bestehend aus einer Jacke aus Rehkalbsfell – mit dem Pelz nach außen und in zerrissenen Büscheln herunterhängend –, einem halbverfaulten, rindenartigen Gürtel aus Wampum*, abgetragener Kniehose aus Sagathy*, geflickten Baumwollstrümpfen bis an die Knie, alten Indianerschuhen, durchlöchert wie ein Sieb, mit Metallbesatz, der vom Salzwasser rostig und gelb geworden war, einer verblaßten roten Wollmütze, sehr ähnlich einer russischen Nachthaube oder einem unheilkündenden blutigen Vollmond, ganz beschmutzt und rund umsteckt von Hälmchen halbvermoderten Strohs. Es sah aus, als wäre er eben aus den Totenverliesen in des geächteten David Höhle von Adullam* ausgebrochen.

Unrasiert, Bart und Haar verfilzt und dicht wie ein Kornfeld, das vom Hagel niedergeschlagen worden war, sah er verwahrlost aus wie ein wildes, trotz allem aber königliches und auch vom Kerker ungebändigtes Tier.

»Ja, gafft nur, gafft! Obwohl ich erst gestern abend wie ein schmutziges Faß aus dem Schiffsraum und heute morgen wie ein Mörder aus euren Kasernen mit Strohlager heraufgezerrt worden bin; trotz allem mögt ihr ruhig Ethan Ticonderoga Allen*, den unbezwungenen Krieger, anstarren, beim Element! Ihr Türken habt ja noch keinen Christen gesehen. Gafft her, ich bin's, der – als euer Lord Howe einen Patrioten bestechen wollte, vor ihm hinzufallen und ihn anzubeten gegen die Stelle eines Generalmajors und fünftausend Morgen auserlesenen Landes im alten Vermont – ha! Dreimal drei Hoch auf das glorreiche alte Vermont und meine Burschen aus den grünen Bergen! Hurra! Hurra! Hurra! – Ich bin der, sag' ich, welcher eurem Lord Howe antwortete: ›Sie, *Sie* bieten *unser* Land feil? Sie sind wie der Teufel in der Heiligen Schrift, der alle Königreiche der Welt anbot, während der verdammte Lump nicht einmal ein Ecklein auf Erden besaß! – Gafft nur!«

»Hören Sie, Rebell, Sie täten besser, etwas vorsichtiger von General Lord Howe zu reden«, warf hier ein dünner, wespentailliger, mit Achselklappen geschmückter Schloßoffizier dazwischen, der herzutrat und seinen Säbel wie die Rute eines Schulmeisters schwang.

»General Lord Howe? Vorsichtiger reden von diesem krötenherzigen Speichellecker des Königs, der scharlachroten Memme? Dem gemeinsten Kriechling in Gottes Wurmloch hier unten? Ich versichere Sie, ganze Scharen rothaariger Teufel schnauben ungeduldig danach, den Lord Howe mit seiner ganzen Bande, einschließlich Ihrer selbst, in die siedendste Soße des Höllenpfuhls zu löffeln!«

Vor diesem Ausbruch wich der wespentaillige Offizier zurück wie bei einer plötzlichen Dampfkesselexplosion.

Er wankte mit geknicktem Rücken davon, indem er vor sich

hinmurmelte, es sei unter seiner Würde, weitere Worte mit einem räudigen Rebellen zu wechseln.

»Lassen Sie das, Oberst Allen«, sagte nun ein sanftmütiger Mann in einer Art Halbuniform eines Geistlichen. »Nützen Sie Ihren Tag besser, als so über Dinge zu sprechen, die vorbei sind. Wenn Sie auf der Stelle sterben müssen oder, was noch wahrscheinlicher ist, nächste Woche bei der Towerwerft erhängt werden, wissen Sie ja nicht, was in alle Ewigkeit mit Ihnen geschehen könnte.«

»Ihre Hochwürden«, antwortete er mit ironischer Verbeugung, »als ich nichts Gescheiteres zu tun hatte, als zum Beispiel meinen Bart zu flechten, habe ich ein wenig in Ihrer theologischen Wissenschaft herumgepfuscht. Gestatten Sie mir daher, Ihre Hochwürden« – dabei wurde seine Stimme leiser und nachdrücklicher –, »was die geistige Welt anbetrifft, auf die Sie anspielen, obwohl ich weder über die Eigenschaften noch die Gepflogenheiten dieser Welt das geringste weiß, sowenig wie Sie, so erwarte ich doch, bei meiner Ankunft daselbst, ebensogut behandelt zu werden wie jeder andere Herr meines Ranges. Das heißt, weit besser als ihr Engländer einen amerikanischen Offizier und einen demütig gesinnten Christen, der in einem ehrlichen Krieg gefangengenommen worden, zu behandeln versteht, beim Element! Alle erzählen mir, wie Sie selber da eben verlauteten und wie mir während der Überfahrt jede Woge ins Ohr schrie, ich, Ethan Allen, solle wie ein Dieb gehängt werden. Geschieht das, so soll mich der große Gott selber und der Kongreß der dreizehn Kolonien rächen. Was mich aber betrifft, ich werde euch selbst am Galgen noch zeigen, wie ein Christ und Ehrenmann stirbt. Unterdessen, Sir, wenn Sie sind, was Sie scheinen: ein Geistlicher – erfüllen Sie Ihre Pflicht zu trösten, indem Sie einem unglücklichen christlichen Ehrenmann, der sterben soll, einen Becher Punsch verschaffen!«

Der gutmütige Fremde ließ sich nicht umsonst an seine Menschenpflicht erinnern; er schickte sofort seinen Diener, der danebenstand, das Getränk zu holen.

In diesem Augenblick war ein leises Rauschen zu vernehmen, wie wenn eine Armee mit ihren Fahnen voranmarschiert. Seide, Schärpen und Bänder flatterten im Hintergrund. Alsbald näherte sich eine glänzende Schar schöner Damen, die von ausreitenden Kavalieren von Falmouth begleitet waren.

»Oh«, seufzte eine sanfte Stimme, »seht den seltsamen Gürtel und die Pelzweste an und die leopardenartigen Zähne und das Flachshaar, aber alles ist voller Stockflecken – ist er das?«

»Jawohl, er ist's, lieblicher Schatz!« sagte Allen, verneigte wie ein Türke seine breite Stierstirne und hauchte die Worte wie eine Laute. »Er ist's – Ethan Allen, der Kriegsmann, der jetzt, da ihn Damenaugen besichtigen, dreifach gefangen ist.«

»Ei, er spricht ja wie ein Stutzer im Empfangssalon, der wilde, moosige Urwaldamerikaner!« seufzte eine andere schöne Dame ihrem Begleiter zu. »Aber ist's auch wirklich der, den wir zu besehen kamen? Ich muß eine Locke von seinem Haar haben.«

»Er ist es bestimmt, anbetungswürdige Dalila, und fürchten Sie nicht, auch wenn Sie vom Feinde aufgestachelt sind, mich meiner Kraft zu berauben, wenn Sie mir die Locken stutzen! Gebt mir Euer Schwert, Mann!« sagte er zu einem Offizier. »Ach, ich bin ja gefesselt! Schneiden Sie sie selber weg, Dame!«

»Nein, nein – ich habe –«

»Angst, wollten Sie sagen? Angst vor dem geschworenen Freund und Beschützer aller Damen rund um die Welt? Nein, nein, kommen Sie ruhig her!«

Die Dame trat näher, und alsbald, ihre Scheu überwindend, fuhr sie mit ihrer weißen Hand, die glänzte wie geschlagener Schaum, durch die verfilzten Wellen des Flachshaars.

»Ei, das ist ja, als schnitte man wirre Fäden von einer Goldtresse weg«, rief sie; »doch seht, es ist fast Stroh!«

»Doch sein Träger ist kein Strohmann, Dame; wäre ich frei und Sie hätten zehntausend Feinde – Reiter, Fußvolk und Dragoner –, wie könnte ich mich da als Freund für Sie einsetzen! Nun, da Sie mich meines Haares beraubt haben, lassen

Sie mich den Preis aus Ihrer zarten Hand rauben! Wie, haben Sie schon wieder Angst?«

»Nein, das nicht; aber –«

»Ich verstehe, Fräulein. Ich kann es tun, mit Ihrer Erlaubnis, nur wollen Sie's nicht sagen – wie üblich bei Damen. So, nun wär's geschehen. Der Kuß war süßer als das bittere Herz einer Kirsche.«

Als schließlich diese Dame ging, redete sie nicht wenig auf ihre Begleiter ein, man müsse einem so ritterlichen Unglücksmann irgendwie das schwere Los erleichtern. Daraufhin empfahl ein würdiger, verständiger Ehrenmann im Gefolge eine Flasche guten Weines täglich und saubere Leinenwäsche einmal jede Woche. Und diese schickte auch die edle englische Dame – allzu höflich und allzu gut, um heikel zu sein – tatsächlich Ethan Allen, solange er als Gefangener in ihrem Lande weilte.

Als diese Gesellschaft verschwunden war, folgte eine andere Szene.

Ein schwitzender Mann in Stulpenstiefeln, der eine Reitgerte in der Hand hielt und aussah wie ein reicher Bauer, stürzte wie ein verirrter junger Stier herein unter die Leute, um sich den Riesen ebenfalls anzugucken. Er war eben durch den Bogen eingetreten, als die Damen hinausgingen.

»Als ich hörte, der Mann, der Ticonderoga* nahm, sei hier im Schloß Pendennis, bin ich fünfundzwanzig Meilen weit geritten, um ihn mir anzusehen. Und morgen wird mein Bruder zum selben Zweck vierzig zurücklegen. So lassen Sie mich zuerst mit ihm sprechen! – Herr«, fuhr er fort, zum Gefangenen gewandt, »darf ich Ihnen ein paar einfache Fragen stellen und frei heraus mit Ihnen reden?«

»Frei heraus mit mir reden? Von ganzem Herzen gern. Ich liebe die Freiheit über alles. Ich bin sogar bereit, für die Freiheit zu sterben; ich hoffe, ich werde es tun können. So reden Sie frei heraus, wie's Ihnen gefällt! Worum handelt es sich?«

»Dann gestatten Sie mir, Sie zu fragen, was Sie im Leben für eine Beschäftigung haben – in Friedenszeiten, meine ich.«

»Sie sprechen wie ein Steuereinnehmer«, versetzte Allen und schielte ihn boshaft an. »Was meine Beschäftigung im Leben sei? Nun, in meinen jüngeren Tagen studierte ich Theologie; jetzt aber bin ich Zauberer von Beruf.«

Da lachte alles ebensosehr über seinen Gesichtsausdruck wie über seine Worte, und der Bauer entgegnete voll Ärger: »Zauberer, was? Na, diesmal jedenfalls haben Sie danebengezaubert, als Sie gefangen wurden!«

»Trotz allem nicht so daneben, wie ihr Engländer tatet, damals als ich Ticonderoga nahm, mein Freund.«

In diesem Augenblick kam der Gehilfe mit dem Punsch, und sein Herr forderte ihn auf, diesen dem Gefangenen anzubieten.

»Nein! – Reichen Sie ihn mir mit Ihren eigenen Händen, und trinken Sie als Ehrenmann auf des Ehrenmannes Wohl!«

»Ich kann einem Staatsgefangenen nicht zutrinken, Oberst Allen; wohl aber will ich Ihnen den Punsch mit meinen eigenen Händen darbieten, da Sie darum bitten.«

»Sie sprechen und handeln wie ein echter Ehrenmann; ich danke Ihnen.«

Dann nahm er den Becher in seine gefesselten Hände, das Eisen klirrte gegen das Porzellan; er hob ihn an seine Lippen mit den Worten: »Hiermit verkünde ich, zu Ehren der britischen Nation, daß ich eine halbe Minute lang anständig behandelt wurde!«, und er leerte ihn auf einen Zug bis zum Grund.

»Der Rebell schüttet es runter wie ein besoffenes Schwein am Trog«, höhnte ein dicker Soldat der Wache, der gerade Urlaub hatte.

»Schämen Sie sich!« rief der Spender des Bechers.

»Nein, Sir; sein roter Kittel ist seine bleibende Schande wie für die ganze scharlachrote britische Armee.« Dann wandte sich Allen spöttisch an den Soldaten: »Ihnen gefällt meine Art zu trinken nicht, was? Ich fürchte, ich werd' Ihnen nie angenehm sein. Sie haben auch Einwände gegen die Art, wie ich Ticonderoga nahm und wie ich Montreal überrumpeln wollte. Nun ja denn! Doch sagen Sie mal, weil ich Sie gerade anschaue, sind

Sie nicht der Held, den ich im Hemd überraschte, als er sich in der Viehhürde im Fort herumtrieb? Es war bei Tagesanbruch, erinnern Sie sich?«

»Hört mal, Yankee!« fluchte der aufgebrachte Soldat. »Laßt das bleiben, oder ich werde Ihnen Ihr altes Rehfell mit der flachen Klinge meines Degens klopfen.« Und gleichzeitig ließ er diesen zum Versuch wie eine Peitsche, aber nicht schwer, quer über des Gefangenen Rücken fallen.

Wie ein Tiger schnellte der Riese herum, erwischte den Stahl zwischen die Zähne, rang ihn dem Soldaten aus dem Griff und schmiß ihn mit einem Ruck seiner Fesseln, wirbelnd wie einen Taschenspielerdolch, in die Luft mit den Worten: »Berührt noch einmal mit Eurem dreckigen Feiglingsmesser einen gefesselten Ehrenmann, und diese« – er hielt seine gefesselten Fäuste empor – »sollen Ihnen zum Hammer der Ewigkeit werden!«

Der Soldat, der außer sich war, hätte ihn jetzt mit aller Kraft verprügelt, wenn nicht mehrere Männer aus der Stadt sich ins Mittel gelegt und ihn daran erinnert hätten, daß es abscheulich sei, einen Gefangenen in Ketten zu mißhandeln.

»Oh«, meinte Allen, »das bin ich gewohnt, und darum beuge ich vor. Und all meine Verwünschungen, die ich gegen England schleudere, gelten nicht euch, wohlwollende Freunde, sondern meinen gegenwärtigen und künftigen Beleidigern.« – Und als er unter den Leuten, die eingeschritten waren, den Spender des Trankes erkannte, wandte er sich mit höflicher Verbeugung an ihn: »Noch einmal und wieder vielen Dank, mein guter Herr! Sie könnten darüber noch einmal froh sein. Denn diese unsere Welt ist ein unbeständiges Ding, und niemand weiß, wann die Reihe an ihn kommt, der Hilfe eines anderen zu bedürfen.«

Da aber der Soldat weitertobte und der Tumult allgemein wurde, trat ein höherer Offizier auf, der die Szene beendete, indem er den Gefangenen in seine Zelle zurückwies, die Städter samt den Fremden, darunter auch Israel, wegschickte und hinter ihnen das Schloßtor schließen ließ.

23

Weiteres von Ethan Allen und Israels Flucht in die Wildnis

Unter den Episoden des Befreiungskrieges ist keine merkwürdiger als diejenige von Ethan Allen. Der Vorfall wie der Mann, beide sind gleich ungewöhnlich.

Allen scheint eine seltsame Mischung von Herkules, Joe Miller, Bayard und Tom Hyer* gewesen zu sein. Er hatte eine Gestalt wie die belgischen Riesen, trug Volkslieder in sich wie die Schweizer und ein Herz so treu wie das von Richard Löwenherz. Obwohl in Neuengland geboren, war ihm dessen Wesen fremd geblieben. Er war offenherzig, prahlerisch, gesellig wie ein Heide, festfreudig wie ein Römer, kernig wie das Korn. Seine innerste Seele war vom Westen geformt, und gerade darauf beruht sein ausgesprochen amerikanisches Wesen; denn der Westen ist oder wird noch einmal die wahre Seele Amerikas sein. Wo sonst wäre oder könnte sie denn sein?

Solange Allen in England war, gebärdete er sich zumeist maßlos herausfordernd und ungezügelt; allein, das war aus jenem wilden, heldenhaften Leichtsinn zu erklären, der in der Stunde der Bedrängnis oder Gefahr untrennbar mit solchen Naturen wie ihm verknüpft zu sein scheint; die Art, wie ein solches Naturell am besten seine barbarische Verachtung für alles Ungemach ausdrückt und wie gering und überlegen es den Haß seiner Feinde, auch wenn sie siegreich sind, einschätzt. Abgesehen von dem unvermeidlichen Selbstbewußtsein, das ja den Kiefern, Kirchtürmen und Riesen gleichermaßen eigentümlich ist, gab es daneben vielleicht noch zwei besondere Gründe für das einzigartige Betragen des titanischen Vermonters im Ausland. Gefangengenommen, als er vor Montreal auf einem verlorenen Posten aushielt, wurde er unverantwortlich grausam und schimpflich behandelt, als wäre er in die Hände der Dajaken* gefallen. Unmittelbar nach seiner Gefangennahme hätte man ihn kaltblütig und auf der Stelle von den verbündeten Rothäuten abschlachten lassen, hätte er nicht mit äußerster Unerschrockenheit von seinen ungeheuren Körperkräften Gebrauch gemacht und einen englischen Offizier an sich gezerrt, den er als lebende Zielscheibe gegen die mörderischen Tomahawks der Wilden um sich herumwirbelte. Bald darauf wurde er in die Stadt abgeführt, umzäunt von den Bajonetten der Wache, und der Oberbefehlshaber des Feindes, ein General Prescott, schwang seinen Rohrstock über des Gefangenen Haupt, beschimpfte ihn roh und versprach ihm den Strick eines Rebellen auf Tyburn*. Während seiner Überfahrt nach England, im selben Schiff, in dem Oberst Guy Johnson*, der unversöhnliche Tory, reiste, wurde er in schweren Fesseln im Schiffsraum gefangengehalten und in jeder Hinsicht wie ein gemeiner Meuterer behandelt – oder eher noch wie ein asiatischer Löwe, der, obwohl im Käfig, immer noch zu gefährlich ist, als daß man ihn ohne Furcht und Zittern und entsprechende Grausamkeit zu betrachten wagte. Und das war auch kein Wunder, wenigstens was die Furcht betraf; denn einmal, als er, an Händen und Füßen gefesselt, von einem Offizier an Bord verhöhnt wurde, da würgte er mit seinen Zähnen den Nagel los, der durch die Nute seiner Handschellen lief, und forderte mit freien Armen seinen Beleidiger zum Kampf heraus. Oft, wie etwa im Schloß Pendennis, wenn ihm keine andere Möglichkeit zur Rache blieb, überschüttete er seine Feinde so mit fürchterlichen Bannstrahlen, daß sie sich gänzlich entsetzt zurückzogen. Aus ganz ähnlichen Beweggründen pflegte er, sowohl an Bord wie in England, oft aus vollem Halse mit Ticonderoga und mit der Rolle, die er bei der Einnahme dieser Stadt gespielt hatte, zu prahlen; denn er wußte wohl, daß von allen amerikanischen Namen Ticonderoga zu jener Zeit der weitaus berühmteste und bitterste für englische Ohren war.

Salonhelden, Tanzlehrer, die Studenten der Albe Bellgarde* mögen ihre betreßten Schultern über das lärmige Wesen Allens in England verächtlich hochziehen. Es stimmt ja, er nahm es nicht so genau im Umgang mit seinen Kerkermeistern; denn wo bescheidener Edelsinn nur auf der einen Seite zu finden ist, zieht er den kürzern; etwa wenn Lord Chesterfield* seinen Hut ziehen und sich lächelnd vor einem rasenden Stier verneigen würde, in der Hoffnung, seine Höflichkeit möchte ihm erwidert werden. Ist man unter wilden Bestien, die einen bedrohen, so sei man gleichfalls wilde Bestie. Höchstwahrscheinlich war das auch tatsächlich die Auffassung von Allen. Denn, abgesehen von dem grimmigen Willen, sich nicht kleinkriegen zu lassen, den eine solche Behandlung wie die seine bei einem Manne wie ihm hervorrufen mußte, wußte er aus Erfahrung, daß er sich besser gegen aufsässige Gefängniswärter durchsetzen würde, wenn er die Rolle eines lustigen, sorglosen und sogar prahlerischen Wilden spielte als mit einer unterwürfigen Gelassenheit. Auch darf man nicht übersehen, daß, abgesehen von den geringfügigen Äußerungen persönlicher Bosheit, der Feind jede völkerrechtliche Sitte von Recht und Anstand verletzte, indem er einen ausgezeichneten Kriegsgefangenen behandelte, als wäre er ein Botany-Bay-Sträfling*. Wenn heutzutage in ähnlichen Fällen zwischen denselben Staaten eine derartige Gewalttätigkeit kaum mehr möglich wäre, so nur deshalb, weil unter Nationen gleiche Dinge mitspielen wie unter Einzelmenschen: vermeintliche Armut reizt zu Unterdrückung und Spott; wenn aber dieselbe Armut zu Wohlstand emporgestiegen ist, so wird sie, selbst von dem einstigen Beleidiger, mit politischer Wertschätzung behandelt.

Wie sich später zeigte, hatte Allen mit seinem Vorgehen recht. Denn obwohl seine Häscher anfänglich nur von schimpflicher Hinrichtung oder mindestens von langer und schändlicher Einkerkerung sprachen und er selbst auch nichts anderes erwartete, so verflogen doch diese Drohungen und Absichten, und durch seinen beißenden Hohn, mit dem er ihren Spott trotz der äußersten Leiden zurückwies, entrang er seinen Feinden schließlich doch eine reumütige Behandlung. Als ihm die Fesseln abgenommen wurden, durfte er auf dem Achterdeck des gleichen

Schiffes, in dessen Schiffsraum er einst eingesperrt gewesen war, auf und ab gehen und wurde schließlich nach Amerika zurückgebracht, wo er rechtzeitig bei einem offiziellen Gefangenenaustausch in New York anständig ausgeliefert wurde.

Nicht ohne seltsames Mitgefühl war Israel Augenzeuge der Vorgänge auf dem Schloßanger gewesen. Dieses Mitgefühl wurde alles andere als gemildert durch die schmerzliche Notwendigkeit, im Augenblick seinem tapferen Landsmann, der aus denselben Bergen stammte wie er, nicht zeigen zu dürfen, daß ihm ein Freund nahe sei. Als endlich die Menge fortgeschickt war, erfuhr er unterwegs zur Stadt mit den übrigen, es seien etwa vierzig und mehr amerikanische Soldaten auf dem Felsen eingesperrt. Hierauf kehrte er unter irgendeinem Vorwand zurück und trieb sich unter den Mauern umher, in der Hoffnung, die Häftlinge vielleicht zu Gesicht zu bekommen. Plötzlich, als er zu einem vergitterten Fensterloch im Turm hinaufschaute, fuhr er zusammen, da ihn eine bekannte Stimme von dort oben anrief: »Potter, sind Sie's wirklich? Um Gottes willen, wie kommen Sie hierher?«

Bei diesen Worten richtete eine Schildwache ihr Auge auf den erstaunten Abenteurer. Sein Gewehr zum Anschlag bringend, forderte er ihn auf, stehenzubleiben. Im nächsten Augenblick war Israel verhaftet. Als er den vierzig Gefangenen gegenübergestellt wurde, wo sie auf einer Streu von vermodertem Stroh lagen, das wie in einem Hundezwinger mit abgenagten Knochen übersät war, erkannte er unter ihnen einen Mann namens Singles, jetzt Sergeant Singles, denselben Mann, den unser Held nach seiner Heimkehr von seiner letzten Kap-Horn-Fahrt mit seiner Berg-Jenny verheiratet gefunden hatte. Im selben Augenblick packte ihn ein Wirbel von Empfindungen. Nicht so wie damals, als Damon den Pythias* wiederfand, sondern weit merkwürdiger, weil sie ganz anderen Ursprungs waren. Denn dieser Singles war ihm nicht nur fremd gewesen, soweit es den äußern Verkehr betraf, sondern Israel hatte ihn instinktiv als einen erfolgreichen und vielleicht heimtückischen

Nebenbuhler verabscheut. Auch war nicht ganz ausgeschlossen, daß Singles ähnliche Gefühle hegte. Jetzt aber, als ob der Atlantische Ozean nicht nur zwischen zwei Erdteilen, sondern zwischen zwei Welten rollte – dem Diesseits und dem Jenseits –, schmolzen diese fremden Seelen zu einer zusammen und vergaßen den Haß.

Unter solchen Umständen war es schwierig für Israel, sich zu verstellen, insbesondere, da er die übereilten Kundgebungen des Sergeanten zurückweisen mußte. Dennoch erklärte er Singles in Gegenwart der Schildwache – wobei sich seine echte Verwunderung in erheuchelte Überraschung verwandelte –, Singles müsse unter der Wirkung irgendeiner unerklärlichen Täuschung stehen. Denn er (Potter) sei kein Yankee-Rebell, dem Himmel sei's gedankt, sondern ein treuer Diener seines Königs, kurz, ein anständiger Engländer, geboren in Kent und jetzt im Dienste seiner Heimat, indem er den Feinden nach Möglichkeit Schaden zufüge; denn er sei erster Haubitzenmeister an Bord eines Kaperschiffes, das eben im Hafen liege.

Einen Augenblick lang stand der Häftling bestürzt da. Als er aber Israel näher betrachtete und seinen verschleierten Blick sah, kam ihm zum Bewußtsein, wie gedankenlos er einen Landsmann, der ohne Zweifel so unglücklich war wie er selbst, unnützerweise in Gefahr gebracht hatte. Den Wink verstehend, täuschte er mürrisch sein Bedauern wegen des Irrtums vor und setzte eine enttäuschte und beschämte Miene auf. Trotzdem lief es nicht ohne die größten Schwierigkeiten und viele ergänzende Untersuchungen und Nachforschungen durch einen Offiziersrat ab, vor den Israel nachher noch gestellt wurde, bis unser Irrfahrer endlich den Felsen verlassen durfte.

Dieses verunglückte Abenteuer erstickte nicht nur einen kleinen Plan im Keime, den er bei sich erwogen hatte, um Ethan Allen und seinen Kameraden zu helfen, sondern gefährdete schließlich seinen weitern Verbleib in Falmouth aufs äußerste. Und als wäre es damit nicht genug – am nächsten Tage, als er mit der Bemalung des Schiffsrumpfes beschäftigt über die Seite hing, mit Furcht und Zittern beim Gedanken an einen Besuch der Schloßgarnison, kam das Gerücht an Bord, das Kriegsschiff im Hafen habe die Absicht, ein Drittel der Mannschaft des Kaperschiffes zu pressen, obwohl das letztere sich für eine neue Kreuzfahrt rüstete. Da Israel an Bord eines privaten bewaffneten Schiffes war, hatte er sich kaum träumen lassen, er könnte, wie die gemeinsten Kauffahrer, denselben Eingriffen der Behörden ausgesetzt sein. Doch das System der Pressung kennt keine Rücksicht, weder des Herzens noch der Person.

Sein Entschluß war bald gefaßt. Im Gegensatz zu seinen Schiffsgenossen zog er es vor, allein und sofort dem Zufall die Stirn zu bieten, statt ein gemeinsames und unabänderliches Schicksal abzuwarten. So glitt er noch in derselben Nacht geschickt über Bord, und nachdem er mit knapper Not den Musketen der Wachen auf dem Kriegsschiff, an dessen Fallreeptreppen er vorbei mußte, entgangen war, gelang es ihm, an Land zu schwimmen, wo er erschöpft hinsank. Sobald er sich erholt hatte, floh er landeinwärts, von dem Gedanken doppelt gehetzt, falls er gefangen würde, ob als Engländer oder als Amerikaner, nun auf alle Fälle der Sklaverei verfallen zu sein.

Bald nach Tagesanbruch – er hatte bereits viele Meilen zurückgelegt – konnte er seine Seemannskleidung ausziehen, da er ein paar schimmlige Lumpen am Ufer eines faulenden Teiches gefunden hatte; es war in der Nähe eines baufälligen Hauses, das wie ein Armenhaus aussah. Es waren möglicherweise Kleider, so dachte er, die irgendein armer Selbstmörder dort am Ufer zurückgelassen hatte. Kein Wunder, daß er die Fetzen gierig ergriff; denn was die Selbstmörder abwerfen, daran halten sich die Lebenden fest.

Wiederum im Bettlergewand, eilte unser Flüchtling London zu, von demselben Instinkt getrieben, der den gehetzten Fuchs in die Wildnis treibt. Denn Einsamkeit ist der Freund des bedrohten Wildes; dem verfolgten Menschen aber bedeutet das Großstadtgewühl Sicherheit; denn dies ist die wahre Einsamkeit. Inmitten des Häusermeeres der Hauptstadt sollte Israel für mehr als vierzig Jahre untertauchen, wie einer bei Einbruch der Nacht im Dunkel des Waldes versinkt. Nie hielt der deutsche, noch Tassos Zauberwald in seinen Abgründen mehr Dinge des Grauens verborgen, als schließlich in den geheimen Klüften, Schlünden, Höhlen und Gruben Londons offenbart wurden. Doch wir greifen den Ereignissen vor.

24

Israel in Ägypten

Es war an einem trüben, drückenden Nachmittag. Israel war, erschöpft, halb verhungert und abgemagert, bis auf zehn oder fünfzehn Meilen Entfernung an London herangekommen, als er viele, viele unglückliche Menschen antraf, die in einer großen Ziegelei beschäftigt waren.

Die Herstellung von Ziegelsteinen ist in der Hauptsache eine schmutzige und schmierige Angelegenheit. Wo das Geschäft im Freien im großen Stil vor sich geht, wie zum Beispiel um den Londoner Bedarf zu decken, sind ganze Horden ärmster Kreaturen an der Arbeit, und ihre lehmigen Lumpen entsprechen natürlich ihrer Beschäftigung, bei welcher Reinlichkeit ebenso unmöglich ist wie für den Taucher in den Schreckenssümpfen*.

Von der Not zum Äußersten getrieben, entschloß sich Israel, Ziegelbrenner zu werden. Dabei hatte er nicht zu befürchten, als Fremder abgewiesen zu werden; denn er konnte gewiß sein, seine Lumpen waren der beste Empfehlungsbrief für diesen Beruf.

Kurz und gut, er redete einen der vielen mürrischen Aufseher oder Zuchtmeister der Ziegelei an; dieser stellte ihn, nicht ohne viel Wichtigtuerei, endlich zu sechs Shilling die Woche an, was fast anderthalb Dollar entsprach. Er wurde einer der Mühlen zum Zermahlen der Zutaten zugeteilt. Diese Mühle stand im Freien und sah kunstlos, einfach und orientalisch aus, da sie bloß aus einer Art Trichter bestand, der in einen tonnenförmigen Behälter mündete. In der Tonne war eine plumpe Maschine, die an der Achse von einem großen, krummen Balken, ähnlich einem Brunnenschwengel, gedreht wurde, nur lag er waagerecht. Am äußeren Ende dieses Balkens war ein lahmes altes Pferd befestigt. Die lehmige Mischung wurde von den lahm aussehenden alten Männern in den Trichter geschaufelt, während das lahme alte Pferd, das sich müde im ewigen Kreise herumschleppte, dieselbe langsam als teigiges Gemisch zum Boden der Tonne herausquetschte, bereit für die Formung. Wo der Teig aus der Tonne herausquoll, war eine Grube angelegt, so daß der Backsteinformer, der da unten stand, auf derselben Höhe war wie der Trog, in den der Teig fiel. Israel wurde in diese Grube gestellt. Ständig kamen die Männer herbei und reichten ihm grobe Holzbretter hinunter, die in Fächer abgeteilt waren, von denen jedes die Größe und Gestalt eines Ziegelsteins hatte. Mit einer Art flacher Schaufel klatschte Israel den Teig aus dem Trog in die Formen; dann schabte er mit einem Stück glatten Brettes die obere Seite eben und reichte das Ganze hinauf. Halb in der Grube begraben, die ganze Zeit mit diesen trostlosen Kasten beschäftigt, sah Israel aus wie ein Totengräber oder Friedhofwächter, der auf der einen Seite die kleinen, unschuldigen Toten in ihre Särge packt und sie auf der anderen Seite für Leichendiebe schlau wieder ausgräbt.

Zwanzig solcher schwermütiger Mühlen waren im Betrieb. Zwanzig kummervolle alte Gäule, mit ausgedienten alten Karrenharnischen bedauernswürdig ausstaffiert, zerrten unaufhörlich an zwanzig großen, rauhen Balken, während aus zwanzig halbgeborstenen alten Tonnen zwanzig Schlammpfropfen dickflüssig wie Lava in zwanzig alte Tröge würgten, worauf sie von zwanzig zerlumpten Leuten in zwanzigmal zwanzig verbeulte alte Formen geklatscht wurden.

Bevor Israel zum erstenmal in seine Grube sprang, fielen ihm die grausig schlurfigen Bewegungen der Backsteinformer auf. Doch er war noch nicht drei Tage lang selber damit beschäftigt, so wurde seine früher so gelassene Art, sich in sein unseliges Los zu schicken, unmerklich verwandelt und paßte sich der leichtsinnigen Art halb scherzhafter Verzweiflung der anderen an. Die Wahrheit war, daß dieses ständige, heftige, unordentliche Klatschen von Teig in die Formen eine entsprechende Verfassung in dem Manne bewirkte, der so gedankenlos diesen traurigen Teig als wertloses Zeug hinschmeißt und in seinem Nachdenken für sich daraus lernt, sein eigenes trauriges Geschick mit ähnlicher Gedankenlosigkeit hinzupfuschen als etwas, was noch weniger lebenswert ist. Für diese schlammigen Philosophen waren Menschen und Backsteine gleicherweise aus Lehm. Was hat es schon für eine Bedeutung, was wir sind – Grafen oder Gräber?, dachten die Backsteinformer. Alles ist eitel und Erde. So klatschten diese traurigen Kreaturen – schwapp – schlapp – schwapp – sorglos und nachlässig mit bitterer Teilnahmslosigkeit ihren Teig hin. Mochte diese Unbekümmertheit ein Laster bei ihnen sein – nun wohl; aber ihr Laster war wie das Unkraut, das nur auf unfruchtbarem Acker wächst. Sobald man den Boden düngt, verschwindet es.

Dreizehn müde Wochen schuftete Israel unter der Aufsicht seines Zuchtmeisters in seinem Loch. Obwohl ihn diese Arbeit in eine Art irdischen Burgverlieses oder Totengräberhöhle verbannte, lächelte ihm keinerlei Frohsinn, auch wenn er für seine Mahlzeiten ausspannte. Sein Arbeitsplatz war belagert von endlosen Zeilen zeltartiger Schuppen und Brennöfen und Mühlen, er lag in einem wilden öden Heidemoor, umringt von Morasten und Marschland. Der leere Horizont schlang sich wie ein Strick um das Ganze herum.

Zuweilen war die Luft harsch und rauh, der durchfurchte und gefleckte Himmel sah aus wie gepeitscht, oder beklemmende Nebel krochen vom Meer herein, alles meilenweit umher bedeckend, und spürten den hintersten rheumatischen Knochen auf, um ihn zu quälen. Die Ischiaslahmen zitterten und bebten; ihre frostigen Lumpen sogen sich voll Nebel. Nirgends ein Obdach, auch wenn es hagelte. Die Schuppen waren nur für die Backsteine. Es sei denn, jeder Mensch sei, wie man so sagt, ein »Backstein« (ein Prachtskerl), was, in schlichter Bibelsprache genommen, auch der Fall ist. Backstein ist keine so schlechte Benennung für jeden Abkömmling Adams; Eden war schließlich bloß eine Ziegelei; denn was sind wir Sterblichen mehr als ein paar armselige Schaufeln voll Tonerde, die in eine Form gegossen, auf einem Brett zum Trocknen ausgebreitet, über kurz oder lang von der Sonne belebt, zu unsern wunderlichen Grillen erwachen? Bilden die Menschen nicht Gemeinschaften, genauso wie Backsteine Mauern? Man denke an die große Chinesische Mauer, an die mächtige Bevölkerung Pekings! Wie der Mensch die Backsteine, so behandelt Gott den Menschen und schichtet ihn billionenweise nach seinem Plan zu Bauwerken auf. Der Mensch reicht nicht an den Adel eines Backsteins heran, außer in Gemeinschaft. Und doch gibt es unterschiedliche Backsteine, tote wie lebende, was wir gleich noch zum Schluß hören werden.

Die ganzen Nächte hindurch saßen die Leute vor der Öffnung der Brennöfen und unterhielten sie mit Brennstoff. Ein stickiger Qualm – der Qualm ihrer Qualen – stieg von ihren Schloten auf. Es war seltsam, die Öfen unter der Wirkung des Feuers zu sehen, wie sie langsam ihre Farbe wechselten wie gesottene Hummer. Wenn die Feuer endlich erloschen und die Backsteine richtig gebrannt waren, warf Israel oft einen Blick in die niedrigen, gewölbten Gänge am Fuße, wo die flammenden Holzbündel geknistert hatten. Die Steine zunächst den Gewölben pflegten ganz zu unbrauchbaren Fladen, schwarz wie Holzkohle, verbrannt und in die groteskesten Formen verzerrt zu sein. Die nächste Lage war ein bißchen weniger verschrumpft, aber kaum verwendbar; und stufenweise mit dem Höher-und-höher-Steigen längs der aufgereihten Lagen des Ofens kam man zu den mittleren, intakten, rechtwinkligen und tadellosen Backsteinen, die am höchsten im Preise standen. Hierauf verschlechterte sich dann der Inhalt des Ofens wieder nach der entgegengesetzten Richtung, das heißt aufwärts. Aber die höchsten Schichten, obwohl geringer als die mittleren, sahen keineswegs so verkrümmt aus wie die überhitzten. Die untersten waren abgezehrt und trugen die sichtbaren Brandnarben des Feuers; die mittleren waren rötlich, von freundlicher und mäßiger Glut; die obersten waren blaß vor Entkräftung, da sie die einzigen waren, welche die Glut der Flammen hatten entbehren müssen.

Diese Brennöfen waren so etwas wie zeitweilige Tempel, die

in der Ziegelei errichtet wurden, wobei jeder Stein fast mit der Sorgfalt des Maurers neben den anderen gesetzt war. Sobald aber das Feuer erloschen war, wandelte sich der Bau in einen unordentlichen Haufen, der nach London befördert wurde, um dort erneut zu stolzen – für den echten Ziegeleiphilosophen nicht weniger vergänglichen – Bauten aufgetürmt zu werden.

Zu gewissen Zeiten konnte Israel, wenn er so seinen Teig ausschöpfte, sich der Rätselhaftigkeit seines Schicksals nicht erwehren. Er, der aus Liebe zum Vaterlande ein Hasser seiner Feinde geworden – eben der Fremden, unter die er jetzt verschlagen war –, er, der als Soldat und Seemann geholfen hatte, diese Feinde und ihre Angehörigen zu töten, zu verbrennen und zu vernichten – da war er nun endlich und mußte ausgerechnet diesem Volk Sklavendienste leisten; dabei gelang es ihm besser, ihre Backsteine zu brennen, als ihre Schiffe in Brand zu stecken. Der Gedanke, daß er aus Leibeskräften mithalf, die Mauern des bedrückerischen Theben zu verlängern, machte ihn halb wahnsinnig. – Armer Israel! – Wie treffend war sein Name! – Als Sklave im englischen Ägypten! Doch er ließ diesen Gedanken nicht aufkommen und spritzte noch unbekümmerter mit seiner Kelle drauflos. »Was besagt es schon, wer wir sind und wo wir sind und was wir tun?« Klatsch – platsch! – »Könige wie Clowns sind Käuze – wer ist nicht was?« – Patsch! – »Alles ist eitel und Lehm!«

25

*In der Stadt Dis**

Am Ende seiner Backsteinzeit sah sich unser Abenteurer im Besitz eines leidlichen Anzugs – zwar etwas geflickt –, mehrerer blutunterlaufener Blasen an der Handfläche und einiger Kupfermünzen voll Grünspan in der Tasche. Ohne weiteres machte er sich, bei der Suche nach seinem Glück, auf den Weg in die Hauptstadt, die er wie der König von Windsor von der Surrey-Seite her betrat.

Es war spät an einem Montagmorgen im November – Blauer Montag –, ein fünfter November, also Guy Fawkes' Tag*, äußerst »blau«, neblig, trübselig und schießpulverig in der Tat, wie man bald erfahren wird, als sich Israel mitten im größten Alltagsgedränge, welches das rußige London dem neugierigen Fremden darbietet, eingekeilt fand. Es war jener altererbte Pöbel, der Golfstrom der Menschheit, der ununterbrochen durch ganze Jahrhunderte hindurch wie ein endloser Schwarm von Heringen über die London Bridge strömt.

Zu der Zeit, von der wir berichten, war die unter diesem Namen bekannte Brücke ein eigenartiges und düsteres Bauwerk; sie stammte von einem Mönch in der Kutte, von Peter von Colechurch, vor etwa fünfhundert Jahren. Ihre Bogen waren lange Zeit auf beiden Seiten mit seltsamen alten Krähennestern von schwindelnder Höhe, die in keinem Verhältnis zur Brücke standen, dicht besetzt, so daß die Brücke gleichzeitig zum dichtbevölkertsten Wehr und zur verstopftesten Durchfahrt der Stadt wurde. Und wie an den Toreinfahrten als Kennzeichen der Schlachthäuser Ochsenschädel ausgehängt werden, so krönten die verdorrten Köpfe und ausgeräucherten Vierteile von Verrätern, auf Picken aufgepflanzt, lange das Tor von Southwark*.

Obwohl diese Krähennester mit ihren grausigen Wappenzeichen etwa zwanzig Jahre früher eingerissen worden waren, klebte doch noch genug Absonderliches und Altertümliches an der Brücke selbst, um sie zum auffälligsten Gegenstand, besonders für einen Mann wie unseren Helden, zu machen, der in einer jungfräulichen Landschaft geboren worden war, wo die einzigen Altertümer der ewig junge Himmel und die Erde sind.

Auf seiner Reise von Brentford nach Paris war Israel wohl durch die Hauptstadt gekommen, aber nur als Eilbote. So hatte er jetzt zum erstenmal Muße, zu verweilen, zu bummeln und herumzulungern; er konnte gemächlich in sich aufnehmen, was er sah, und sich nachdenklich in ein grenzenloses Staunen verlieren. Vierzig Jahre lang währte dieses Staunen und verließ ihn nie – nie –, bis er im Tode aus seinem Staunen erwachte.

Mit ihren langen, grabesfinsteren Steinbogen schien die schwarze, verrußte Brücke eine riesige Florschärpe, die den Fluß in Girlanden überquerte. Ähnlicher Begräbnisschmuck überwölbte diesen im Westen, während ostwärts, dem Meere zu, ganze Ketten von Kohlenkähnen wie ein Geschwader schwarzer Schwäne dicht nebeneinanderlagen.

Die Themse, die weit weg in den grünen Feldern von Berkshire klar wie ein Bächlein dahinsprang, schlich, verunreinigt durch die ständige Nähe der Menschen, träge zwischen morschen Werften dahin, eine einzige trübe Flut von Abwässern. Von den schlechtgebauten Dämmen aufgehalten, bäumte sie sich zischend und schoß dann unheilschwanger durch die Bogen der Unterwelt, verzweifelt wie die verlorenen Seelen der Dirnen, die sich jede Nacht an derselben Stelle hinunterstürzten. Mittlerweile trieben hier und dort wie erwartungsvolle Särge die Kohlenschiffe entlang, mit Stangen beidseits kreuz und quer durch die Strömung gelenkt.

Und wie die Strömung im Wasser alle Schiffe vor sich hertrieb, so schien auf dem Land eine entsprechende Flut alle Menschen, alle Pferde, alle Fuhrwerke zu hetzen. Wie im Ameisenhaufen krabbelte es auf den Brückenbogen, ganze Prozessionen von Karren, Kutschen, Kippwagen, aller Art mit Rädern versehener rumpelnder Vehikel, wobei die Nüstern des nachfolgenden Zugtieres die Rückseite des Gefährts voraus berührten, alles vollgespritzt mit ebenholzschwarzem Schmutz – Schmutz, der klebte wie Judenpech. Manchmal, wenn die Masse einen geheimnisvollen Antrieb weit aus dem Hintergrund erhielt, dort, wo die gewundenen Straßenzüge verschwanden, quoll sie ruckweise wie im Krampf vorwärts. Es war, als triebe eine Schwadron Zentauren auf dem jenseitigen Ufer des Phlegeton, Angriff auf Angriff, die gequälte Menschheit mit all ihrer beweglichen und unbeweglichen Habe hinüber.

Wohin sich das Auge wandte, nirgends war ein Baum, ein Fleckchen Grün zu sehen – nicht mehr als in einer Schmiede. Die Arbeiter, gleichviel welcher Art, waren sämtlich wie Gießereileute geschwärzt. Die düstere Durchsicht in die Straßen war, als blicke man in die Stollen von Kohlenminen. Das Pflaster war wie flache Grabsteine, allerdings ohne Moosschmuck, durch kummervolle Tritte arg ausgetreten, wie die glasigen Felsen auf den verfluchten Galapagos, wo die Sträflingsschildkröten dahinkriechen.

Wie bei einer Finsternis war die Sonne verhüllt, die Luft verdunkelt, das ganze glanzlose, erschrockene Aussehen der Dinge, als ob ein Vulkan in der Nähe, seinen mächtigen Rauchkegel ausstoßend, im Begriffe sei, die große Stadt zu verschlingen wie Herkulaneum und Pompeji oder die Städte Sodom und Gomorra. Und als ob sie voll Schrecken zum Berge emporschauten, waren alle Fassaden mehr oder weniger mit Ruß bedeckt oder befleckt. Weder Marmor noch Fleisch, noch der traurige Geist des Menschen vermag in dieser staubigen Stadt des Dis weiß zu bleiben.

Auf den vollgestopften Fußwegen der Brücke kamen sie vorüber, zwei und zwei, in einer langen Kolonne regelmäßig wie ein Leichenzug: einige Gesichter erstarrt in grauer Teilnahmslosigkeit, zufrieden mit ihrem Geschick; andere schienen stumm dagegen anzurasen, während wiederum andere, wie die Geister von Milton und Shelley im prälatischen Gehenna, ihr Schicksal scheinbar nicht verdienten und ihre Qualen haßten.

Wie Israel, mitten auf der Straße in eine Nische gedrückt, dieses Treiben lange betrachtete, erschreckten ihn beinah einzelne auffälligere Gestalten. Ohne zu wissen, wer sie waren, ohne Aussicht vielleicht, sie je wiederzusehen, sah er sie eine nach der anderen vorübertreiben wie ungerufene Schatten im Hades. Manche von den Wanderern blickten weniger finster in die Welt; einige schienen hysterisch fröhlich zu sein, doch die trauervollen Gesichter trugen einen Ernst zur Schau, den die anderen nicht kannten. Denn der Mensch, der »schlechte Schauspieler«, spielt die tragischen Rollen im Leben besser als die komischen.

Als Israel endlich auf der Middlesex-Seite der Stadt war, wurde sein Herz von Vorahnungen schwer. Er fühlte voraus, daß ihm als Vertreter unserer Menschenrasse niemals das Glück lächeln würde.

Fünf Tage lang irrte er umher. Er besuchte die vornehmeren Vergnügungsorte, und er mied auch keineswegs jene lärmigen Plätze, die ererbten Parkanlagen und Burgen des Lasters und Elends. Von Natur aus ohne Neigung zur Schwermut, trieb ihn damals etwas Rätselhaftes um. Dabei wirkten auch stoische Kräfte in ihm mit, um ihn für einen nahe bevorstehenden Tag zu wappnen. Sollte er doch in der allertiefsten Verzweiflung, die wir noch schildern müssen, bestehen; durch Siechtum, bitterste Not, die zahllosen nagenden Qualen der Verbannung ein Los erfahren, das selbst inmitten der unglücklichen Menschheit ohne seinesgleichen war – ein Los, dessen bitterste Hefe in der Unerreichbarkeit aller Hilfe und in der Tiefe der Dunkelheit lag. London, ein widriges Geschick und das Meer: drei Dämonen der Apokalypse, die ihre Opfer gleichzeitig vernichten und verstecken*.

26

Fünfundvierzig Jahre

Was Israel während seiner vierzig Jahre des Umherirrens in der Wüste von London erlebte, übertraf großenteils, was den verstoßenen Juden unter Moses' Führung vierzig Jahre hindurch in der wirklichen Wüste widerfuhr.

Im Londoner Nebel ging ihm bei Tag zwar die immer gegenwärtige Wolke, nicht aber bei Nacht die Feuersäule voran, außer vielleicht die kalte Säule des Monuments*, bei dessen Steinsockel, zweihundert Fuß unterhalb der täuschend ähnlichen Goldflammen, sich der Schlotternde oft um Mitternacht ausstreckte.

Doch diese Erlebnisse waren sowohl wegen ihrer Grausamkeit als auch wegen seiner Verlassenheit notwendigerweise erbärmlich. Wir wollen uns lieber nicht darüber verbreiten. Denn so wenig ein Opfer höchstes Leid ohne Hoffnungsschimmer aushält, so wenig ertragen andere die Schilderung ohne entsprechende täuschende Abschwächung. Der schwermütigste und wahrhaftigste Dramatiker wählt selten zum Gegenstand die, wenn auch noch so außerordentlichen, Leiden unbedeutender und verborgener Menschen, zuallerletzt diejenigen eines Bettlers. Denn er ist durch die Tatsache gewarnt, daß zum umflorten Palast des prächtig aufgebahrten Königs Tausende von Gaffern strömen, während nur wenige von der Hütte angelockt werden, wo der ungeschmückte Leichnam eines Bettlers mit kahlem Schädel grinst.

Warum nur überquert einer nach dem anderen jene Straße bei einem bestimmten Stein im Pflaster? Was für ein plebejischer Lear oder Ödipus, was für ein Israel Potter kauert dort an der Ecke, von der sie sich fernhalten? So wollen auch wir an dieser entscheidenden Wende vorübereilen und die letzten Ereignisse rasch überfliegen. Übergehen wir alle Einzelheiten, wie der

Ausgehungerte mit Ratten um die Beute in den Abzugsgräben stritt oder wie er in ein verlassenes, türloses Haus in St. Giles* kroch, wo seine Wirte drei Tote, darunter ein Erhenkter, waren, oder in ein anderes in einem Gäßlein beim Houndsditch*, wo die baufällige Bude, phosphoreszierend vor Fäulnis, mitten in pechschwarzer Nacht funkensprühend über ihm zusammenkrachte, so daß er sich eine Verletzung holte, die ihn lange Zeit ans Krankenlager fesselte, was seine Verbannung noch mehr in die Länge zog und ihn außerdem in seinen geistigen Fähigkeiten beeinträchtigte, da er von einer der Dachsparren eine Gehirnerschütterung davontrug.

Das aber waren Vorfälle, die nicht zum Anfang seines Lebens gehörten. Er genoß sogar während einer gewissen Zeit etwas wie einen bescheidenen Wohlstand, so daß er sogar einmal die Hoffnung hegte, sich die Überfahrt in die Heimat leisten zu können, sobald der Krieg zu Ende sein würde. Doch das halsstarrige Schicksal wollte es anders, und so wurde er eines Tages bei Holborn-Bars* überfahren, in die nächste Bäckerei getragen und dort von einem kentischen Mädchen, der Verkäuferin, mit solcher Hingabe gepflegt, daß er schließlich meinte, seine Dankesschuld nur durch Gegenliebe vergelten zu können. Kurz, das Geld, das er für seine Seereise aufgehoben hatte, ging für eine unbedachte Fahrt in den Ehestand drauf.

Ursprünglich war er in die Haupstadt geflohen, um der Wahl zwischen Zwangsdienst oder Gefängnis zu entgehen. Da ihn sonst nichts fesselte, hatte ihn die Angst vor einem solchen Schicksal nur bis zum Friedensschluß festgehalten. Als aber die Feindseligkeiten aufgehört hatten, war auch sein Geld vertan. Es dauerte geraume Zeit, bis die Beziehungen der beiden Regierungen so weit geordnet waren, daß ein amerikanischer Konsul in London seßhaft wurde. Als dies aber geschah, konnte Israel die Möglichkeit einer Heimkehr, die sich dadurch bot, nur benützen, wenn er Weib und Kind, die er in Feindesland geheiratet und gezeugt hatte, im Stich ließ.

Gleich mit dem Friedensschluß wurde England und ganz

besonders London von Horden entlassener Soldaten überschwemmt. Tausende von ihnen waren bereit, für eine armselige Entschädigung zu arbeiten, um nicht verhungern oder Straßenräuber werden zu müssen, so daß die Löhne aller arbeitenden Schichten sanken. (Nicht wenige von ihren Kameraden wählten einen anderen Ausweg und hielten zeitweilig die Kutschen in den begangensten Straßen auf, um sie auszuplündern.) Dabei war unser Irrfahrer nicht einmal einer von denen, die am schwersten betroffen waren. Als er seine bisherige Stelle – er war so etwas wie Packträger in einem Lagerhaus am Flußufer gewesen – infolge des plötzlichen Zustroms von Mitbewerbern, bedürftigen, ehrlichen Leuten wie er selbst, verlor, wandte er sich mit dem Instinkt seiner Rasse dem ländlichen Gewerbe des Korbstuhlflickers zu. So zog er als Hausierer durch die Straßen und rief: »Alte Stühle zum Flicken!« und war so eine lebendige Verkörperung der Widersprüche dieser Welt: Er, der kaum etwas anderes tat, als sich voranzuschleppen, verschaffte der ganzen übrigen Menschheit bequeme Sitze. Unterdessen, gemäß einem anderen bekannten malthusischen Rätsel* im menschlichen Zusammenleben, erhielt seine Familie Zuwachs. Alles in allem wurden ihm elf Kinder geboren, irgendwo in Sechs-Penny-Dachkämmerchen in Moorfields*. Eines nach dem anderen wurden sie begraben.

Wenn das Stuhlflicken schlechtging, stellte er aushilfsweise Streichhölzer her. Wenn auch dieses Geschäft überlaufen war, sammelte er alte Lumpen, Papierfetzen, Nägel und Glasscherben. Und das war noch nicht die unterste Stufe. Aus der Gosse glitt er in den Abzugskanal. Die schiefe Ebene war glatt. Dem Armen – »Facilis descensus Averni*« – fällt der Abstieg in die Unterwelt leicht.

Mancher arme Soldat aber war da vor ihm in den sumpfigen Kanal des Avernus hinuntergerutscht. Er jedoch hatte drei Korporale und einen Sergeanten zu Gefährten.

Doch sein Los wurde durch zwei eigenartige Dinge, von

denen gleich die Rede sein soll, etwas gemildert. Im Jahre 1793 brach der Krieg erneut aus, der große Krieg mit Frankreich. Dieser erlöste London ein wenig von den überflüssigen Horden und den verlorenen Israel von der unterirdischen Gesellschaft seiner Freunde, den Korporalen und dem Sergeanten, denen er, wenn er verwahrlost durch die dunklen Reiche des Schmutzes wanderte, allerlei Geschichten von Seemännern in Gefängnisschiffen zu erzählen pflegte und die ihm wieder solche aus der Schwarzen Höhle von Kalkutta* zum besten gaben. Oft auch trafen sie paarweise andere arme Soldaten, die ihnen völlig fremd waren, an den bekannteren Ecken und Schnittpunkten der Abzugskanäle, den Charing-Cross-Plätzen* da unten. Einer hielt den anderen an seinem letzten Knopf und besprach mit ihm ernsthaft die betrübliche Aussicht auf einen Brotpreisaufschlag oder die Flut, während durch die Gitter der Gossen über ihnen, die rostigen Lichtlöcher der Unterwelt, das rauhe Rasseln der Bäckerkarren herunterdrang, gleichzeitig mit den Güssen der Flut, von denen diese legendären Erdgeister der Großstadt lebten.

Durch den Auszug der verlorenen Soldatenhorden ermuntert, kehrte Israel zur Sesselflickerei zurück. Und da geschah es oft auf dem Covent-Garden-Markt* am frühen Morgen, wenn er sein Binsenstroh kaufte, daß er eine jener seltsamen Wohltaten erfuhr, auf die ich eben angespielt habe. Das Geplauder mit den rotbackigen, beschürzten Hökerinnen, auf deren feuchten Wangen noch der Morgentau der Wiesen glitzerte; in der Umgebung von Ballen von Heu, wie der Schnitter von Heuhaufen und Schobern auf den Wiesen; solche Ausblicke auf Gartenerzeugnisse, wie zum Beispiel die Blutrüben, die mit der feuchten Erde noch an den Wurzeln aussahen wie Haarschöpfe; ja schon das bloße Befühlen seiner Binsen und der Gedanke, woher sie stammten; die grünen Hecken, durch die der Wagen gefahren war, welcher sie hergebracht – wenn er damit so heimschlenderte wie ein Schnitter mit seiner Weizengarbe: all das war unaussprechlich wohltuend. In Elend und Bitternis, notgedrungen zwischen schmutzige Wände gesperrt, empfand er unter diesen

Menschen, als würden die süßen Tage seiner ländlichen Kindheit wieder erwachen; und auch die härtesten Narben seines vereinsamten Herzens (verhärtet einzig durch namenloses Leid) fühlten dann den warmen Hauch inniger, aber unstillbarer Erinnerungen, so wie das Gras zwischen den Steinfliesen eines verlassenen Ortes auch noch aus den engsten Ritzen hervorsprießt. Manchmal überkamen ihn beim geringfügigsten, alltäglichsten Anlaß Gedanken an seine Heimat; zuweilen erfüllten sie ihn ganz unmerklich; dann wieder überwältigten sie ihn urplötzlich mit stürmischem Heimweh, so daß die Erinnerungsbilder eine Zeitlang vor seiner Seele stehenblieben, als wären es Wirklichkeiten.

Zum Beispiel: An einem heiteren Nachmittag im Juli des Jahres 1800 war er zufällig, teilweise aus Barmherzigkeit, von einem Aufseher angestellt worden, den Rasen in der rundlichen Einfriedigung im St.-James-Park zu schneiden, einem grünen Fleckchen, das auf dem bekiesten Spazierweg bloß drei Minuten von der rauchgeschwärzten, rußigen alten Brauerei des Backsteinpalastes entfernt ist, der dem öffentlichen Zufluchtsort, an dessen Rand er steht, seinen alten Namen verliehen hat. Es war ein kleines Oval, umgeben von einem Eisenzaun, zwischen dessen Stäben das eingeschlossene Gras hervorguckte wie ein wildes, eingesperrtes Geschöpf des Waldes aus seinem Käfig. Und der Fremde Israel starrte manchmal verträumt umher und stand da wie ein erstaunter entlaufener Stier oder wie ein Pequod-Indianer*, wenn er unbefugterweise in fremdes Eigentum eingedrungen ist, er, der vor vielen Jahren an den Ufern der Narragansett-Bay* eingesperrt war. Und die Seele unseres armen Verbannten wanderte heim nach Neuengland. Denn während er so an die Heimat dachte und inmitten der erquickenden Stille dieser kleinen Oase arbeitete, da erzeugte ein entzückter Gedanke den anderen, bis sein Geist schließlich sehnsüchtig und doch halb scherzhaft bei der Vorstellung von dem alten Huckleberry, dem Lieblingsreitpferd seiner Mutter, verweilte. Und als er dann plötzlich ein kratzendes Geräusch vernahm (von irgendeinem

Radschuh außerhalb, gegen das Eisengitter), glaubte er in seinem Wahn, es sei der alte Huckleberry selber im Stall, der ihn (Israel) mit dem Klappern seines beschlagenen Vorderhufes gegen die Bohlen zu sich rief; denn das war so seine Gewohnheit, wenn er Hunger hatte. Im nächsten Augenblick warf Israel seine Sichel hin, und mit einem Büschel weißen Klees, den er, ohne zu überlegen, ergriffen hatte, eilte er ein paar Schritte weit, um dem eingebildeten Rufe zu willfahren. Bald aber hielt er inne, schaute sich hilflos in der Umzäunung um, und da fiel ihm ein, daß ein ganz anderes Oval, das große Oval des Ozeans, zu überqueren sei, ehe er seinen närrischen Auftrag ausführen könnte. Und auch dann noch würde er den alten Huckleberry des Klees längst überdrüssig finden, da er doch ohne Zweifel schon manchen Sommer tot unterm Klee begraben sein mußte. –

Und viele Jahre später, als er in einem ganz anderen Teil der Stadt und dazu noch bei weit weniger verlockendem Wetter mit seinem Bündel Binsen durch die Red-Cross-Straße* nach Barbican* schritt, in einem Nebel, so dicht, daß die abgedunkelten und ineinander verschmolzenen Häuserblöcke im Dämmer ins Riesenhafte aufragten und hintereinander wie schattenhafte Hügelketten um Mitternacht dastanden, vernahm er ein verworrenes Geräusch wie von Tieren auf der Weide – Trampeln, Muhen, Hallorufe – und plötzlich eine Stimme, die ihm zurief, gewisse Kühe anzuhalten, die nach Smithfield* sollten und die im Nebel verwirrt und widerspenstig geworden waren. Im nächsten Augenblick sah er den weißen Kopf – so weiß wie eine Orangenblüte – eines Stiers mit schwarzem Rumpf der Viehherde voraus; geisterhaft schimmerte er durch den Dunst. Und alsbald vergaß Israel, daß er hinkte, und flink half er mit Schreien und Gebärden; ja, er war eifriger dabei, das rebellische Vieh zurück nach Barbican zu treiben, als die besorgten Bauern, die Eigentümer, selbst. Alte Erinnerungen machten ihn förmlich besessen. »Nach rechts, nach rechts!« schrie er, als die Bauern, an der Straßenecke angelangt, die Herde nach links, in Richtung auf Smithfield zu, trieben. »Nach rechts! Ihr treibt sie ja auf die

Weide zurück – nach rechts! Dieser Weg führt zum Scheunenhof!« – »Scheunenhof?« rief eine Stimme. »Sie träumen wohl, alter Mann.« Und so wurde Israel, der jetzt ein alter Mann war, von den Luftspiegelungen behext; er hatte geträumt, noch einmal daheim in der Nebelwelt des Housatonic-Gebirges, noch einmal als rotbackiger Bub auf den Hochlandweiden zu sein. Doch wie anders kam ihm nun der schale, seelenlose, tote Londoner Nebel vor als jene beweglichen Dünste, die wie Ziegen die purpurroten Gipfel erklommen oder wie versprengte Rudel von Gespenstern in wildem Durcheinander herniederjagten und in toller Flucht auseinanderfuhren, über die Ebene hin, so daß der Hirtenknabe hoch oben allein blieb, scharf abstechend vom Himmel wie ein Ballon.

Im Jahre 1817 machte er noch einmal eine traurige Zeit durch, als wiederum der Friede die entlassenen Soldaten über London ergoß, so daß jeder Beruf überfüllt war. Auch Bettler ließen sich wie Heuschrecken an allen Wegrändern nieder. Krüppel mit Holzbeinen stelzten einher, zahllos wie französische Bauern in Holzschuhen. Und wie vor dreißig Jahren, als der Verbannte von allen Seiten den flehenden Ruf vernahm, der nicht ihm galt: »Eine ruhmvolle Narbe, auf Ehrenwort, bei Bunker Hill geholt oder vor Saratoga* oder Trenton*, im Kampf für Seine gnädige Majestät, den König Georg!« – Genau so wurde der Ruf vor dem immer noch lebenden Israel, unserem ewigen Juden, in verbesserter Auflage von einer neuen Generation Unglücklicher wiederholt: »Eine ruhmvolle Narbe, auf Ehrenwort, vor Coruña geholt, oder bei Waterloo, oder vor Trafalgar*!« Und doch waren manche dieser Bittsteller nie außerhalb des Londoner Rauches gewesen; es war in ihrer Art eine schlaue Aristokratie, die, ohne die eigene Person groß in Gefahr zu setzen, einen recht bedeutenden Anteil an Ruhm und Gewinn der blutigen Schlachten beanspruchte, während manche von den wirklichen Helden, zu tapfer zum Betteln und zu verstümmelt zum Arbeiten, sich ruhig in eine Ecke legten und zugrunde gingen. Und so dürfen wir hier als etwas für sein

Volkstum Bezeichnendes erwähnen, daß Israel, der Amerikaner, trotz seiner zeitweilig ganz verzweifelten Not, nie im Schlamm unterging und tatsächlich bettelte.

Obwohl er in der Folge aus mancher gelegentlichen Drei-Penny-Arbeit durch die herzuströmenden Tausenden, die, wie er, mit dem Hunger kämpften, verdrängt wurde, so gelang es ihm doch, irgendwie durchzukommen, wie die zähe, alte Klippeneiche, die, obwohl von Hagelkörnern im Sturm zerhackt und sogar mutwillig von dem vorüberziehenden Holzfäller verstümmelt, trotz der Bedrängung neidischer Nachbarn und der Fesseln der Felsen, sich gegen alle Übermacht durchsetzt und den Lebensnerv der Pfahlwurzel gesund bewahrt. Und selbst gegen sein Ende zu, in seinem düstersten Dezember, konnte unser ausgedienter Kämpe von Zeit zu Zeit eine flüchtige Wärme in seinen höchsten Ästen verspüren. In seinem Dachkämmerchen zu Moorfields, über einer Handvoll wieder entzündeter Kohlen (sie mochten in der Nacht zuvor irgendeinen Lord erwärmt haben), die er auf der Straße zusammengescharrt hatte, pflegte er seinen Jammer im Gespräch mit seinem einzig überlebenden und nun mutterlosen Kinde, dem noch bleibenden Benjamin seiner alten Tage, zu verscheuchen. Er sprach von dem fernen Kanaan überm Meer und erzählte dem Jungen seine Abenteuer auf den Hügeln Neuenglands, an die er sich so wohl erinnerte, und schilderte ihm Gegenden von wohliger Seligkeit und Fülle, an der auch die Ärmsten teilhatten. Und darin bestand, so flüchtig er auch war, der andere Trost, auf den vorhin angespielt wurde.

Auf diese Märchen von den Glücklichen Inseln der Freien, erzählt von einem, der dort gewesen war, lauschte der arme, geknechtete Knabe von Moorfields Nacht um Nacht wie auf die Geschichten von Sindbad, dem Seefahrer. Wann würde ihn sein Vater dorthin führen? »An einem Tag in der Zukunft, mein Junge« war stets die hoffnungsvolle Antwort eines hoffnungslosen Herzens. Und »Wollte Gott, es wäre morgen!« war stets die glühende Entgegnung.

Mit solchen Reden legte Israel, ohne zu wollen, die Keime

zu seiner schließlichen Heimkehr. Denn mit zunehmendem Alter fühlte der Knabe ein wachsendes Verlangen, seinem vererbten Elend zu entrinnen, indem er seinem Vater und sich selbst die Reise ins Gelobte Land ermöglichte. Dank seiner Ausdauer gelang es ihm auch schließlich, alle Hindernisse zu beseitigen und sich an der richtigen Stelle für sein ungewöhnliches Anliegen Gehör zu verschaffen. Kurz und gut, der amerikanische Konsul ließ schließlich fünf gerade sein und sorgte dafür, daß Vater und Sohn auf der Themse nach Boston eingeschifft wurden.

Es war im Jahre 1826, ein halbes Jahrhundert nachdem Israel als junger Mann auf der Fregatte »Tartar« in Gefangenschaft geraten und vom selben Hafen aus weggefahren war, welcher jetzt sein Ziel bildete. Wie er so als Achtzigjähriger das Meer überquerte, trug er Locken, so schneeweiß wie dessen Wellenschaum. Es war, als sei der weißgekräuselte alte Ozean sein Bruder.

27

Requiescat in pace

Es war zufälligerweise am vierten Juli, daß das Schiff in den Hafen einfuhr und im Dock vor Anker ging. Und kaum eine halbe Stunde nach der Landung wäre unser alter Mann im Gedränge der lärmenden Menge bei Faneuil-Hall* beinahe von einem patriotischen Triumphwagen im Festzug überfahren worden, auf dem eine bestickte Fahne mit folgender Inschrift in Goldbuchstaben wehte:

BUNKER HILL
1775
RUHM DEN HELDENHAFTEN KÄMPFERN!

Auf Copps' Hill, innerhalb der Stadtgrenze, wo eine der feindlichen Stellungen in der Schlacht gewesen war, fand unser Wanderer an jenem Tag endlich Ruhe. Hier setzte er sich auf einen Hügel des Friedhofs und überschaute das Schlachtfeld in der Richtung von Charles-River, wo damals das eben erst begonnene Denkmal noch kaum zu sehen war, wie ein emporstrebender Saatsproß im frostigen Frühling. Auf diesen Hügeln hatten seine nun zitternden Hände vor fünfzig Jahren beide Enden seiner Muskete geführt. Hier hatte er sich auch jene Wunde auf der Brust geholt, die später im Gefecht mit der »Serapis« von einem Entermesser durchkreuzt worden war, so daß er jetzt ein Narbenkreuz trug.

Lange Zeit saß er stumm da und schaute mit stumpfem Blick umher. Der schwüle Julitag ging zur Neige. Sein Sohn versuchte ihn ein wenig aufzuheitern, bevor er aufstand, um zum Quartier zurückzukehren, das ihnen der Kapitän des Schiffes vorläufig angeboten hatte. »Nein«, antwortete der alte Mann, »ich werde doch keine bessere Ruhe finden als hier bei den Grabhügeln.«

Doch schließlich zog ihn der Knabe weg von dem Armenfriedhof, und am nächsten Morgen durch eine freiwillige Sammlung unter allen Fahrgästen dazu ermutigt, brachen Vater und Sohn auf und fuhren mit der Postkutsche in das Land des Housatonic. Doch als der Verbannte in diesen alten Gebirgssiedlungen auftauchte, da war es weniger eine Rückkehr als eine Auferstehung. Vor allem erkannte ihn niemand, und niemand erinnerte sich, je von ihm gehört zu haben. Allmählich aber stellte sich heraus, daß vor mehr als dreißig Jahren der letzte bekannte Überlebende seiner Familie in der Gegend, ein Junggeselle, dem Beispiel von drei Vierteln seiner Nachbarn folgend, Hab und Gut veräußert hatte und nach einem Landstrich weit im Westen gezogen war. Wohin, konnte niemand genau sagen.

So wollte Israel wenigstens sein Vaterhaus noch einmal wiedersehen. Doch es war vor langer Zeit niedergebrannt. Von seinem Sohn begleitet, ging er dann, mit geschwächten Augen und zitterndem Herzen, die Stelle suchen. Doch die Wege waren vor Jahren verlegt worden. Auf der alten Straße weideten nun die Schafe. Die neue lief quer durch ein Gebiet, wo früher Obstbäume gewesen waren. Neue Obstgärten, von anderen Sprößlingen gezogen und zu ihrer Zeit gepfropft, wucherten auf den sonnigen Abhängen in der Nähe, wo seinerzeit Brombeeren büschelweise zu pflücken gewesen waren. Schließlich gelangte der Alte auf ein Feld, wo Buchweizen im Winde wogte. Es kam ihm vor, als sei es eines der Felder, die er oft selber geschnitten hatte. Doch als er sich erkundigte, erfuhr er, daß noch vor drei Sommern ein Walnußhain dort gestanden habe. Dann entsann er sich von ferne, daß sein Vater einmal die Absicht geäußert hatte, einen solchen Hain zu pflanzen, um die benachbarten Felder gegen den kalten Nordwind zu schützen. Nur der genaue Ort, wo dieser Hain hätte hinkommen sollen, war seinem schwindenden Gedächtnis entfallen. Doch schien es durchaus möglich, daß der Walnußhain während seiner langen Abwesenheit gerade auf diesem Fleck Erde angepflanzt und abgeerntet worden war, so gut wie die jährlichen Saaten vorher und nachher.

Bald danach betrat er am Abhang des Berges einen alten, unberührten Wald, der ihn irgendwie bekannt anmutete, und als er halbwegs darinstand, hielt er inne und betrachtete einen seltsamen vermoderten Haufen, der sich auf der einen Seite an eine kräftige Buche anlehnte. Obwohl dieser Haufen überall, wo er mit dem Stock, wenn auch noch so leise, berührt wurde, zusammenstürzte, so bewahrte er doch da und dort selbst noch im Zustand des Staubes die genauen, merkwürdig deutlichen Umrißlinien dessen, was er ursprünglich gewesen war – nämlich ein halbes Klafter stämmiger Schierlingstanne (eines der widerstandsfähigsten Hölzer), das von einer vergangenen Generation zerhackt und an Ort und Stelle bis zur Schlittenzeit aufgestapelt worden war. Wie das aber zuweilen in solchen Fällen so geht: Infolge irgendeines Versehens war das Holz dem Vergessen und dem Zerfall überlassen worden. So, wie es dalag, war es nun Zeuge von für immer aufgegebenen Absichten und Symbol eines langen Daseins, das noch im einstigen Mißgeschick dahinmodert.

»Träumt mir«, sann der verwirrte Alte, »oder was bedeutet's, daß mir ein kalter, wolkiger Morgen einfällt, vor langer, langer Zeit, als ich jenen krummen Holzblock gegen die Buche – damals noch ein Schößling – lehnte? Nein, nein, es ist unmöglich, daß ich so alt bin!«

»Komm weg aus diesem finsteren, feuchten Wald, Vater!« flehte sein Sohn und führte ihn fort.

Wie sie so ziellos hin- und herstreiften, sahen sie einen Mann beim Pflügen. Langsam trat der Wanderer näher und traf ihn neben einem Häuflein baufälligen verbrannten Mauerwerks, das aussah wie ein eingestürzter Kamin mit den Pfosten der Feuerstelle; es war da und dort dürftig überzogen von dünnen, zähverwurzelten, runden, schützenden Flechten wie Siegeloblaten eines Testamentvollstreckers. Eben als die Ochsen zum Stehen gebracht wurden, bog des Fremden Pflug seitwärts, weil er plötzlich an irgendeinem eingesunkenen Stein am Grunde der Trümmer hängen geblieben war.

»Das ist jetzt das zwanzigste Jahr, daß mein Pflug auf diesen alten Herdstein aufgefahren ist. So, alter Mann, schwüler Tag, heute.«

»Wessen Haus hat denn da gestanden, Freund?« sagte der Wanderer und stieß mit seinem Stock gegen den halb begrabenen Herd, wo eine frische Furche ihn zudeckte.

»Weiß nicht; den Namen vergessen; westwärts gezogen, soviel ich weiß. Kennen Sie die Leute?«

Doch der Wanderer blieb die Antwort schuldig. Sein Auge haftete nun auf einer eigentümlichen, natürlichen Krümmung oder Wölbung in einem der bemoosten Steinpfosten.

»Was starrst du so an, Vater?«

»Vater! Hier«, und er stocherte mit seinem Stock herum, »hier pflegte *mein* Vater zu sitzen und hier meine Mutter, und hier machte ich als kleines Kind meine schwankenden Schritte hin und her, genau wie ich es jetzt wieder tue, auf derselben Stelle, aber unter freiem Himmel. Die Enden begegnen sich. – Pflüge zu, Freund!«

Wir tun wohl am besten, dieses Leben wie in Wirklichkeit rasch zu Ende zu bringen.

Nur wenig bleibt noch zu sagen.

Durch gewisse Launen des Gesetzes wurden seine Gesuche um ein Ruhegehalt abgewiesen. Seine Narben blieben die einzigen Orden. Er diktierte noch ein schmales Büchlein, den Bericht seiner Schicksale. Längst aber ist es vergriffen – er selbst dahingegangen – sein Name verschollen. Er starb am selben Tag, an dem der Sturm die älteste Eiche seiner heimatlichen Hügel stürzte.

Anmerkungen

5 *Bunker Hill* (auch Bunker's Hill): Anhöhe auf der Halbinsel Charlestown bei Boston (Massachusetts). Dort fand am 17. Juni 1775 das erste größere Gefecht zwischen den englischen Truppen und den amerikanischen Freischärlern statt. Zweimal griffen die Engländer erfolglos an, da sie von einem mörderischen Kugelregen empfangen wurden. Erst beim dritten Ansturm nahmen sie den Hügel mit dem blanken Bajonett. Auf seiten der Briten gab es 1054 Tote und Verletzte, darunter 89 Offiziere, während die Amerikaner 420 Tote und Verwundete beklagten, darunter General Joseph Warren. Trotz der Niederlage hatte dieses Gefecht eine ungeheure Wirkung auf den Kampfgeist der Amerikaner, da es bewies, daß der ungleiche Kampf durchaus nicht so aussichtslos war, wie es erst schien.

6 *Sparks, Jared* (1789–1866): Von seinen Zeitgenossen äußerst hochgeschätzter amerikanischer Geschichtsschreiber, der u. a. auch ein 25bändiges biographisches Nachschlagewerk (»The Library of American Biography«) herausgab.

7 *Berkshire:* Im Inneren von Massachusetts gelegenes Hügelland, den letzten Ausläufern der Appalachen.

7 *Housatonic:* Strom, der in den Grünen Bergen von Massachusetts entspringt und in den Long-Island-Sund mündet.

7 *Bootes:* Gestirn am nördlichen Sternenhimmel, zwischen Großem Bären und Krone gelegen (Bärenhüter).

9 *Taconic:* Gebirgskette, die Vermont und Maine bis hinunter nach New York durchzieht.

14 *Hudson:* Mächtiger Strom, der im Adiróndackgebirge entspringt und sich bei New York in den Ozean ergießt.

14 *Connecticut:* Strom, der an der kanadischen Grenze entspringt und im Long-Island-Sund endet.

15 *Putnam, Israel* (1718–1790): Populärer General im amerikanischen Befreiungskrieg. Die Nachricht vom Gefecht bei Lexington und Concord erreichte ihn am Pfluge. Ohne zu zögern, ließ er seine Arbeit liegen und eilte sofort nach Cambridge, um sich zu stellen.

16 *Charlestown:* Früher selbständige Stadt und Hafen in Ostmassachusetts, heute mit Boston vereinigt.

17 *Providence:* Hauptstadt des Staates Rhode Island, an der Narragansett-Bay.

17 *Eustatia:* Vermutlich ist die kleine Insel St. Eustache in den Kleinen Antillen gemeint.

18 *Piscataqua:* Grenzfluß zwischen New Hampshire und Maine.

18 *Nantucket:* Insel und gleichnamige Stadt, die Massachusetts vorgelagert ist. Von dort fuhren einst die Walfänger aus (vergleiche Melvilles »Moby Dick«).

19 *Lexington:* Das erste Gefecht im amerikanischen Befreiungskrieg am 18. April 1775. Der kurz zuvor ernannte englische Militärgouverneur schickte eine kleine Truppe aus, um ein von den Aufständischen angehäuftes Waffenlager bei Boston zu beschlagnahmen. Diese wurde beim Durchmarsch durch Lexington ins Gefecht verwickelt, auf dem Rückzug umzingelt und unter schweren Verlusten zur Ausgangsbasis zurückgeworfen.

21 *Sicinius Dentatus:* d. h. Siccius Dentatus. Anspielung auf eine Episode aus der Geschichte Roms. Während der Herrschaft der tyrannischen Decemvirn (451–450 v. Chr.) ließen sie den greisen, mit Narben bedeckten Plebejerhelden, den tapfersten Mann Roms, aus dem Hinterhalt ermorden.

21 *Cambridge:* Boston gegenüber gelegen, heute Sitz der Harvard-Universität.

22 *Portsmouth:* Kriegshafen an der Südküste Englands.

23 *Spithead:* Reede am Eingang zum Hafen von Portsmouth.

26 *Fontenoy* (in Belgien): Große Schlacht im österreichischen Erbfolgekrieg (11. Mai 1745), in der die Engländer und die Österreicher von den Franzosen geschlagen wurden.

34 *Brentford:* Stadt an der Themse in Middlesex, oberhalb Londons.

42 *Georg III.:* Englischer König von 1760 bis 1820. Gleich bei seiner Thronbesteigung ersetzte er den älteren Pitt durch einen seiner Günstlinge. Später war der verhaßte Lord North sein williges Werkzeug. Georg III. förderte durch seinen Starrsinn selbst den Abfall der nordamerikanischen Kolonien.

43 *Ravaillac, François:* Er ermordete am 14. Mai 1610 aus religiösem Fanatismus Heinrich IV. von Frankreich und wurde hernach gevierteilt.

47 *»Unterhaltender Zeitvertreib«* (Diversions of Purley): Eine Altersschrift von Horne Tooke.

47 *John Woodcock* und *James Bridges:* Keine Angaben zu ermitteln.

48 *Horne Tooke:* Englischer Politiker und Philologe (1736–1812), war 1760 Pfarrer zu New Brentford, machte von 1765 bis 1767 Reisen in Frankreich, ergriff dann in Pamphleten Partei für die aufständischen Amerikaner und wurde deshalb ein Jahr lang ins Gefängnis gesperrt. Anläßlich der Französischen Revolution wurde er 1794 zum zweitenmal im Tower gefangengesetzt unter der Anklage des Hochverrats, schließlich aber freigesprochen.

49 *Doktor Franklin, Benjamin* (1706–1790): Franklin war das 17. Kind eines Seifensieders. Er erlernte die Buchdruckerkunst und erwarb seine ganze umfangreiche Bildung autodidaktisch. Er errichtete in Philadelphia eine eigene Druckerei (1726) und wurde durch die Herausgabe einer Zeitung und seiner humorvollen, moralphilosophischen Schrift »Des Armen Richard Almanach« in weiten Kreisen bekannt. Er beschäftigte sich auch mit Physik, besonders mit der Elektrizitätslehre; bekannt ist seine Erfindung des Blitzableiters. Später wurde er Postmeister von Philadelphia und schließlich sämtlicher britischer Kolonien in Amerika. – Zwischen 1764 und 1775 vertrat er die Neuenglandstaaten bei der britischen Regierung in London. Am 4. Juli 1776 war er Mitunterzeichner der Unabhängigkeitserklärung und ging dann als Gesandter der Vereinigten Staaten nach Paris. Dort erwirkte er im Krieg mit dem Mutterland eine Allianz mit Frankreich (Ludwig XVI.) und war entscheidend am Abschluß der Friedensverträge von 1782 und 1783 beteiligt. Er ist der bedeutendste Vertreter der Aufklärung in Amerika.

66 *Hobbes von Malmesbury, Thomas* (1588–1679): Philosoph und Zeitgenosse Descartes', mit dem er in Briefwechsel stand. Als der große Gegner des Republikaners John Milton vertrat er streng autoritäre Staatsgedanken in seinem »Leviathan«. Seine Philosophie ist materialistisch, sein Moralsystem auf den Egoismus des Menschen gegründet.

68 *Bruder Bacon:* Roger Bacon (1214–1294), Mönch, als Philosoph Gegner der Scholastik, gleichzeitig einer der größten Vertreter der experimentellen Naturwissenschaft im Mittelalter und Wegbereiter des modernen Materialismus.

70 *Otard:* Eine Art Likör, die noch heute in Cognac hergestellt wird. Die Flasche ist dickbäuchig und hat einen langen Hals.

80 *Paul Jones:* Amerikanischer Seeoffizier und Abenteurer (1747 bis 1792), gebürtiger Schotte, dessen Vater Landschaftsgärtner war. Er ging mit zwölf Jahren als Schiffsjunge nach Virginia, machte viele Fahrten zur See, auch im Dienste des Sklavenhandels. Angeekelt, fuhr er schließlich nach England zurück, wo er zum Kapitän befördert wurde. Bei einer Meuterei auf seinem Schiff tötete er den Rädelsführer (Mungo Maxwell) und mußte, um sich der Gerichtsbarkeit zu entziehen, fliehen. Für einige Zeit verschwand er und tauchte erst 1775 wieder in den Vereinigten Staaten auf, in Philadelphia. Er trat in den Dienst der amerikanischen Marine ein und führte allerlei Kreuzfahrten zwischen den Bermudas und Neuschottland auf der »Providence« durch, die ihn berühmt machten. Die weiteren Abenteuer, wie sie bei Melville berichtet werden, entsprechen genau den historischen Tatsachen. – Nach Beendigung des amerikanischen Befreiungskrieges wurde Paul Jones im Jahre 1781 von der Kaiserin Katharina nach Rußland gerufen, um den Krieg gegen die Türken zu führen, was aber durch Hofintrigen verhindert wurde. Bitter enttäuscht kehrte er nach Frankreich zurück und starb in Paris.

81 *Jersey:* Größte von den (heute englischen) Kanalinseln im Golf von Saint-Malo.

83 *Louisbergh:* Gemeint ist Louisburg, einstiger Seehafen und wichtige französische Festung in Südostkanada (Neuschottland), die 1745 von den Briten genommen wurde.

87 *Dwarsschlingen:* Horizontale Querstangen an der Mastspitze zum Befestigen des Topps sowie der Toppsegel.

92 *Herzogin D'Abrantès:* Junot, Laure, geborene Permon (1783 bis 1834), rühmte sich, von Napoleon, der sie wegen ihrer Hofintrigen »Petite Peste« benannte, einen Heiratsantrag erhalten zu haben.

118 *Lukian:* Griechischer Satiriker des 2. nachchristlichen Jahrhunderts. – Aus einem Zitat im Anhang zu »Moby Dick« ist zu entnehmen, daß Melville unter den verschiedenen Lukian-Übersetzern an William Tooke (1744–1820) denkt, der als Kaplan der englischen Kirche nach Kronstadt und bald darauf nach St. Petersburg gerufen wurde, wo er mit vielen bedeutenden Würdenträgern

der russischen Kirche Umgang pflegte und selbst am Hofe der Kaiserin Katharina II. empfangen wurde. Er ist bekannt als Verfasser verschiedener Werke über russische Geschichte und gab 1820 auch eine illustrierte und kommentierte Übersetzung des »Lukian von Samosata« heraus.

118 *Tristram Shandy:* Der Verfasser Laurence Sterne (1713–1768) war Urenkel eines anglikanischen Bischofs und selber Geistlicher, der von kirchlichen Pfründen in York lebte.

118 *Rabelais:* Verfasser des satirischen Groteskromans »Gargantua und Pantagruel« (erste Hälfte des 16. Jahrhunderts).

120 *Sir Edward Hughes:* Britischer Admiral (1720–1794), war als Kommodore in Indien und schlug sich mit seinem Gegner, Admiral Suffren, 1783 in fünf grimmigen Schlachten vor der Koromandelküste (nördlich von Ceylon).

120 *Admiral Suffren:* Pierre-André de Suffren (1729–1788), einer der erfolgreichsten französischen Admirale, kämpfte während des nordamerikanischen Befreiungskrieges (in den Jahren 1782/83) in Ostindien gegen die englische Flotte, die er trotz ihrer Übermacht in Schach zu halten verstand und sogar viermal besiegte, allerdings ohne einen entscheidenden Ausgang zu bewirken. Er starb im Duell.

121 *Scilly:* Die äußersten Inseln an der Südwestspitze von England.

121 *Kap Clear:* An der Südspitze von Irland.

127 *Schmacke:* Einmastiges, flaches Küstenschiff.

128 *Penzance:* Hafenstadt in Cornwall, an der äußersten Südwestspitze.

128 *Wollsack:* Anspielung auf die berühmte kuriose Ottomane im Oberhaus, die dem Königsthrone direkt gegenübersteht und auf welcher der Lordkanzler zu sitzen pflegt.

129 *Whitehaven:* Hafenstadt an der Nordwestküste Englands (Cumberland).

129 *Mungo Maxwell:* Siehe unter Paul Jones, Seite 244.

130 *Sandwich:* Kleines Städtchen an der äußersten Südostküste von Kent. Nach kurzer Erkundigungsfahrt im Jahre 54 v. Chr. landete Julius Cäsar im darauffolgenden Jahre mit 15 000 Mann in der Nähe von Deal (bei Sandwich) und eroberte von da aus die ganze Insel.

134 *Ailsa:* Eine Insel im Firth of Clyde (Provinz Ayrshire, Schottland), die 1097 Fuß hoch und nur auf der Ostseite ersteigbar ist. Sie

weist rundum fast senkrechte Felswände mit Basaltsäulenbildung auf.

134 *Riese von Gath:* Gemeint ist Goliath (1. Sam. 17, 4).

135 *Coriolan:* Berühmter römischer Feldherr des 5. vorchristlichen Jahrhunderts, der nach glänzenden Siegen die Volksgunst verlor und, ins Exil getrieben, zu den Feinden überlief. Er gilt als Musterbeispiel des beleidigten Ehrgeizes.

137 *Glentine-Bay:* Vermutlich ist die Luce-Bay (an der Südwestspitze Schottlands) gemeint.

137 *Galoway:* »Mull of Galoway« heißt der äußerste Sporn der Provinz Wigtown, Südwestschottland.

137 *Loch Ryan:* Bucht auf der Nordseite der Provinz Wigtown.

138 *Clyde:* Tiefer Sund an der Westküste Schottlands, der nach Glasgow führt.

138 *Ayrshire:* Provinz an der Westküste von Schottland, am Clyde.

151 *Solway:* Tiefer Sund an der Westküste Englands und Schottlands, in die Irische See mündend.

154 *Alexander Selkirk:* Das Urbild des Robinson Crusoe. Selkirk hielt sich zwischen 1704 und 1709 auf der Insel Juan Fernandez, vor der Küste von Chile, auf.

163 *Groix:* Insel vor der bretonischen Küste im Atlantischen Ozean (vor Lorient).

164 *Arrak:* Starker Branntwein, der besonders in Ostindien aus Reis und Palmwein (Toddy) hergestellt wird.

168 *»Der Gerechte wird sich freuen usw.«:* Zitat, Psalm 58, 11.

172 *Vom Tees zum Humber:* Zwei Flüsse an der Ostküste Englands (Yorkshire).

172 *Tadmor:* Ruinenstätte von Palmyra in Syrien, einst eine blühende Stadt, die von den Römern unter Aurelian zerstört worden ist.

172 *Flamborough Head* und *Spurn Head:* Zwei Vorgebirge an der Küste von Yorkshire, nördlich der Humbermündung.

174 *Miltonische Kämpfe:* Anspielung auf eine berühmte Stelle in Miltons »Verlorenem Paradies« (1. Buch), wo die michaelischen und die luziferischen Scharen einander mit Kanonen und Feuerwaffen bekämpfen.

174 *Geist von Morven:* Eine Gestalt aus dem Reich Fingals (Nordschottland). Vergleiche »Ossianische Gesänge«.

181 *Welfen und Gibellinen:* Zwei Parteien, die im 12. bis 15. Jahrhun-

dert um die Vormachtstellung in Italien kämpften. Die Welfen waren Anhänger des Papstes, die Gibellinen des deutschen Kaisers.

182 *Lowell-Mädchen:* Arbeiterinnen in den Textilfabriken der Stadt Lowell an der Mündung des Concord (Massachusetts).

182 *Atropos:* Diejenige von den drei Parzen (Schicksalsgöttinnen), die den Lebensfaden abschnitt.

183 *Apollyon:* Nach der Apokalypse (9, 11) der König der Engel der Unterwelt.

184 *Remora:* Eine Art Tiefseefisch mit Saugvorrichtung an der vorderen Rückenflosse, womit er sich an Haifischen und Schiffen festhalten kann.

184 *Der große Brand von London:* Im Jahre 1665 schleppten Schiffe aus dem Vorderen Orient die Pest (Schwarzen Tod) in England ein. Diese wütete furchtbar, so daß in London allein die Zahl der Opfer auf 70 000 angestiegen sein soll. Auf dem Höhepunkt der Seuche starben bis 7000 Menschen im Tag. – Als diese endlich abflaute, brach der große Brand in London aus (im September 1666), der fünf Tage lang dauerte und die halbe Bevölkerung obdachlos machte.

188 *Texel:* Insel im Norden der Zuidersee, Westfriesland.

201 *Falmouth:* Hafen an der Südküste von Cornwall.

202 *Kap Lizard:* An der Südküste von Cornwall.

204 *Lord Howe, William* (1729–1814): Oberbefehlshaber der britischen Streitkräfte im amerikanischen Befreiungskrieg (1774–1778).

204 *Kniphausen:* Ehemals eine freie Herrschaft in Oldenburg, die durch die Heirat der Charlotte Sophie im Jahre 1733 an das Haus Bentinck kam. Der jüngere Sohn des Freiherrn Wilhelm von Bentinck, Johann Albert (geboren 1737), siedelte nach England über und begründete dort die englische Linie des Hauses Bentinck. Vermutlich wird auf diesen angespielt. Aus diesem Hause stammt ein späterer Generalgouverneur von Indien.

205 *Wampum:* Indianische Perlenschnur, die gleichzeitig als Schmuck und als Zahlungsmittel diente.

205 *Sagathy:* Eine Art Baumwollzeug aus der Stadt Zagazig, dem Zentrum des Baumwollhandels in Unterägypten.

205 *Adullam:* Vergleiche 1. Sam. 22, 1.

206 *Ethan Ticonderoga Allen* (1739–1789): Der Anführer der »Green Mountain Boys« von Vermont im Befreiungskriege. Allen nahm

Ticonderoga der britischen Garnison weg (am 10. Mai 1775), beteiligte sich an Montgomerys Kanadaexpedition und wurde am 25. September 1775 vor Montreal von den Briten gefangengenommen und nach England geschleppt, wo er bis zum 6. Mai 1778 in Gefangenschaft saß.

209 *Ticonderoga:* Siedlung am Champlainsee (oberes Talbecken des Hudson) im Staate New York; ein französisches Fort, das die Engländer 1759 genommen hatten und das ihnen 1775 von Ethan Allen wieder entrissen wurde, nachdem eine deutsche Truppenabteilung von den »Green Mountain Boys« fast völlig aufgerieben worden war.

212 *Joe Miller* (1684–1738): Berühmter englischer Komiker, der wegen seiner witzigen Aussprüche und Einfälle sprichwörtlich geworden ist.

212 *Bayard:* Pierre du Terrail, Seigneur de Bayard (1443–1524), ein berühmter französischer Haudegen, der sich in den Kriegen Karls VIII., Ludwigs XII. und Franz' I. durch hervorragende Tapferkeit auszeichnete, weshalb er den Titel »Ritter ohne Furcht und Tadel« erhielt.

212 *Tom Hyer:* Vermutlich ein zeitgenössischer Abenteurer.

212 *Dajaken:* Ureinwohner von Borneo.

213 *Tyburn:* Einstmals bekannte Richtstätte in London.

213 *Guy Johnson:* Sir William Johnson (1715–1774), britischer Offizier und Pionier in Nordamerika, der das Fort Johnson gründete. Er wurde für seine Dienste im Kampf gegen die Amerikaner vom englischen König reich belohnt, so daß er nach dem Kriege wie ein Fürst lebte. Er besaß besonders großen Einfluß über die Indianer, da er ihre Sprache gelernt hatte.

213 *Albe Bellgarde:* Eine englische oder französische Studentenverbindung.

214 *Lord Chesterfield, Philip:* Englischer Staatsmann (1694–1773) und Schriftsteller, Verfasser der »Briefe an meinen Sohn«, worin er in elegantem Stil die Grundsätze weltmännischer Lebenskunst entwikkelt.

214 *Botany-Bay:* Früher wurden britische Sträflinge häufig nach der Ostküste Australiens, nach der Botany-Bay in der Nähe von Sydney, deportiert.

215 *Damon und Pythias* (eigentlich Pinthias): Zwei Philosophenfreunde

aus der Zeit des Tyrannen Dionys zu Syrakus, die durch ihre Treue sprichwörtlich geworden sind.

219 *Schreckenssümpfe:* »Dismal Swamps«, großes Sumpfgebiet im Süden von Virginia und Norden von North Carolina. Nach anderen Angaben im Innern von Florida.

224 *Dis:* Der Gott der Unterwelt, auch Pluto genannt.

224 *Guy Fawkes' Tag:* Am 5. November 1605 wollte Guy Fawkes, im Auftrag der Katholiken, den König Jakob I. samt dem ganzen Parlament in die Luft sprengen, wurde aber rechtzeitig daran gehindert. Seither pflegt das Londoner Volk den 5. November mit Feuerwerk zu feiern.

224 *Southwark:* Altes Londoner Quartier auf der Südseite der Themse. Alte Stiche zeigen die dortige Brücke beiderseits mit riesigen Wohnbaracken flankiert.

227 *Die Dämonen der Apokalypse:* Anspielung auf eine Stelle aus der Apokalypse (16, 16), wo Armageddon erwähnt wird.

228 *Monument:* Hohe dorische Säule in der Nähe des Tower zur Erinnerung an den großen Brand von London vom September 1666.

229 *St. Giles (-in-the-Fields):* In der Nähe des Britischen Museums gelegen, diente ursprünglich einem Aussätzigenasyl als Kapelle.

229 *Houndsditch:* In der Nähe von Liverpool-Station, früher (wie der Name besagt) Stadtgraben, in dem sich die Hunde tummelten, dann Judenviertel, heute als Flohmarkt eine Londoner Sehenswürdigkeit.

229 *Holborn-Bars:* Holborn, östliche Fortsetzung der New Oxford Street, vielleicht seinerzeit eine bekannte Wirtschaft oder eine Zollstelle.

230 *Malthus, Thomas Robert:* Englischer Nationalökonom (1766–1834), der die Bevölkerungsfrage in seinem Werk »Essay on the Principle of Population« (1798) behandelte und Maßnahmen zur Einschränkung der Geburten vorschlug.

230 *Moorfields:* In der Nähe der heutigen Moorgate und des London Wall.

230 *»Facilis descensus Averni«:* Zitat aus Virgils Äneis, VI. Buch, Vers 126. Es sollte allerdings »Averno« heißen. – Der Avernus ist ein See bei Cumae in Kampanien, in dessen Nähe der Eingang zur Unterwelt gedacht wurde.

231 *Schwarze Höhle von Kalkutta:* Unter Robert Clive (1756) erhob sich

ein bengalischer Herrscher, nahm die 146 Mann starke Besatzung von Fort St. William bei Kalkutta gefangen und sperrte sie in eine enge, niedere Zelle (»Black Hole of Calcutta«), wo 123 von ihnen starben.

231 *Charing Cross:* Zentraler Verkehrspunkt in der Londoner City.

231 *Covent-Garden-Markt:* Noch heute der wichtigste Gemüse- und Früchtemarkt in der City.

232 *Pequod* (bzw. Pequot): Ein ausgestorbenes Indianervolk, das im 17. Jahrhundert im südlichen Neuengland lebte.

232 *Narragansett-Bay:* Bucht vor Rhode Island.

233 *Red-Cross-Straße:* In der Nähe der heutigen Aldersgate-Station.

233 *Barbican:* Früher Stadttor oder Wachtturm in der Stadtmauer, bei der Aldersgate-Station.

233 *Smithfield:* Platz, wo unter Maria der Blutigen, der Tochter Heinrichs VIII., die Ketzerverbrennungen stattfanden; in der Nähe des heutigen Holborn-Viadukt gelegen.

234 *Saratoga:* Am Oberlauf des Hudson, im Staate New York; dort schlugen die Nordamerikaner am 17. Okt. 1777 die Engländer unter General Burgoyne.

234 *Trenton:* Hauptstadt im Staate New Jersey, am Delaware. Dort errang sich 1776 General Washington einen der ersten Kriegserfolge, indem er die hessischen Truppen in die Flucht schlug.

234 *Coruña, Waterloo, Trafalgar:* Bekannte Entscheidungskämpfe in den Napoleonischen Kriegen.

237 *Faneuil-Hall (Boston):* Gebäude (gegründet von dem nordamerikanischen Kaufmann Peter Faneuil, 1700–1743), in dem die ersten Protestkundgebungen gegen die englische Kolonialpolitik stattgefunden haben sollen; deshalb »die Wiege der Freiheit« genannt.

Herman Melville

Herman Melville wurde 1819 als Sohn einer Kaufmannsfamilie in New York geboren. Schon früh zeigte er Interesse an Literatur, während seine Leidenschaft für die Seefahrt geweckt wurde, als er sich mit achtzehn Jahren als Matrose nach Liverpool einschiffte. 1841 ergriff er die Gelegenheit, auf einem Walfänger in den Pazifik zu segeln. Bei dem Versuch, dem Schiffsdienst zu entkommen, geriet er in eine, wie er sagte, »sanfte« Gefangenschaft. Nach vier Monaten schiffte er sich nach Tahiti ein und gelangte über die Sandwich Inseln nach Honululu. Zurück in den USA, heiratete er 1847 und zog auf eine Farm in Berkshire.

Nach seiner Rückkehr in die Heimat hatte er begonnen, seine Erlebnisse zur See literarisch zu verarbeiten. In schneller Folge entstanden die Romane *Typee* (1846), *Omoo* (1847), *Mardi* und *Redburn* (1849), *White Jacket* (1850) sowie 1851 *Moby-Dick*, eines der bedeutendsten Werke der amerikanischen Literatur, gefolgt von *Pierre* (1852). Gleichzeitig schrieb Melville für die Zeitschriften von Harper und Putnam, in denen er unter anderem *Bartleby the Scrivener* (1853) und *Israel Potter* (1855) veröffentlichte. Nach den Mißerfolgen von *Mardi* und *Pierre* verfuhr Melville in *Israel Potter* strenger mit seinem Stil und vermied allzu reiche Abschweifungen.

Seit 1863 lebte er in New York, wo er verbittert als Zollinspektor im Hafen arbeitete. In den Jahren 1886 bis 1891 schrieb er seinen letzten Roman *Billy Bud*, der erst 1924 posthum veröffentlicht wurde. Melville starb 1891.

In *Israel Potter* greift Melville das Schicksal eines Bauernjungen aus Neuengland auf, dessen Erlebnisse in den 1824 anonym erschienenen Aufzeichnungen *Life and Remarkable Adventures of Israel Potter* erzählt wurden. Mit dichterischer Freiheit gestaltet Melville sie literarisch um und durchsetzt sie mit persönlichen Elementen. Die sich vertiefende Verzweiflung gegen Ende des Buches erweckt den Eindruck, daß Melville im tragischen Schicksal Israel Potters ein bitteres Gleichnis für sein eigenes Leben sah. Im Bewußtsein, daß ihn in seiner Heimat niemand zu würdigen verstand, widmete er *Israel Potter* schließlich ironisch dem Denkmal von Bunker Hill, Symbol des wahren Geistes der Vereinigten Staaten von Amerika.

Inhalt